国家社会科学基金重大项目「中国近代日记文献叙录、整理与研究」（项目编号：18ZDA259）阶段性研究成果

江苏省「十四五」时期重点出版物出版专项规划项目

中国近现代稀见史料丛刊

【第十一辑】

柳慕曾日记

（清）柳慕曾 著

隋雪纯 整理

张剑 徐雁平 彭国忠 主编

本辑执行主编 徐雁平

凤凰出版社

图书在版编目（CIP）数据

柳慕曾日记 / （清）柳慕曾著；隋雪纯整理.
南京：凤凰出版社，2024. 12. --（中国近现代稀见史
料丛刊）. -- ISBN 978-7-5506-4329-1

Ⅰ. I265.2

中国国家版本馆CIP数据核字第2024Y0F518号

书　　　　名	柳慕曾日记	
著　　　者	（清）柳慕曾	
整　理　者	隋雪纯	
责　任　编　辑	郭馨馨	
特　约　编　辑	莫培	
装　帧　设　计	姜嵩	
责　任　监　制	程明娇	
出　版　发　行	凤凰出版社(原江苏古籍出版社)	
	发行部电话025-83223462	
出版社地址	江苏省南京市中央路165号,邮编:210009	
照　　　排	南京凯建文化发展有限公司	
印　　　刷	江苏凤凰通达印刷有限公司	
	江苏省南京市六合区冶山镇,邮编:211523	
开　　　本	880毫米×1230毫米　1/32	
印　　　张	8.75	
字　　　数	227千字	
版　　　次	2024年12月第1版	
印　　　次	2024年12月第1次印刷	
标　准　书　号	ISBN 978-7-5506-4329-1	
定　　　价	88.00元	

（本书凡印装错误可向承印厂调换,电话:025-57572508）

存史鑑今

袁行霈題

袁行霈先生題辭

「音实难知，知实难逢，逢其
知音，千载其一乎！」（《文心雕龙·
知音》）今读新编稀见史料丛
刊，真有始获知音之感矣。

傅璇琮谨书

二〇一二年

傅璇琮先生题辞

殚精竭虑旁搜远绍

重新打造中华文史资

料库

王水照　二〇一三年一月

王水照先生题辞

柳慕曾像

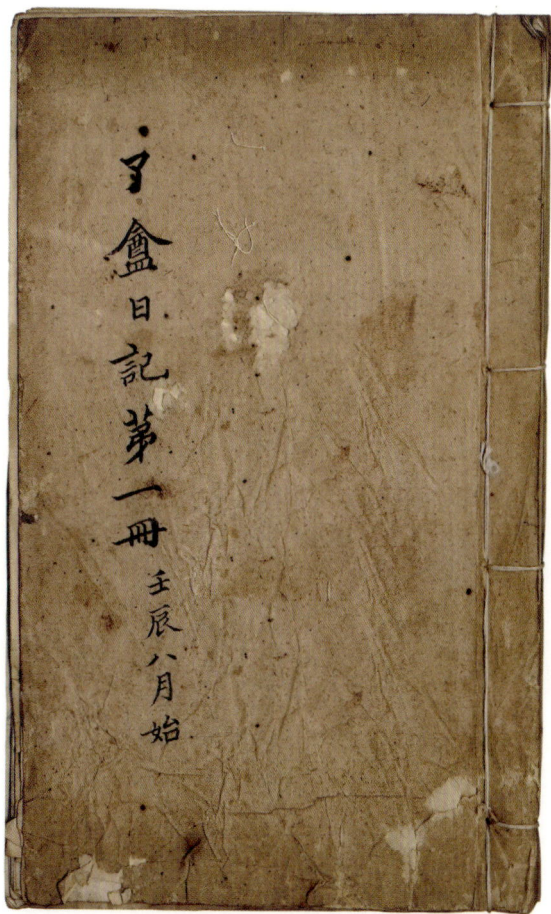

《了庵日记》（苏州博物馆藏）

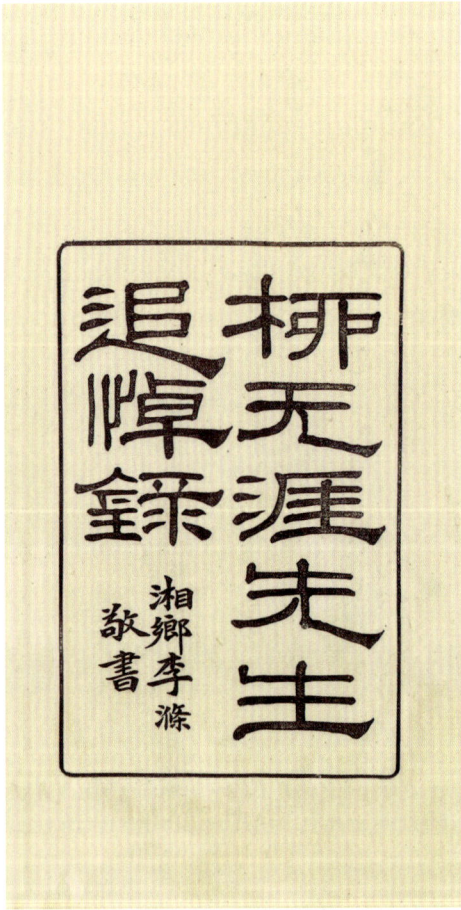

柳无涯先生追悼录

追悼録

湘郷李滁
敬書

《柳无涯先生追悼录》（吴江图书馆藏）

《中国近现代稀见史料丛刊》总序

在世界所有的文明中,中华文明也许可说是"唯一从古代存留至今的文明"(罗素《中国问题》)。她绵延不绝、永葆生机的秘诀何在?袁行霈先生做过很好的总结:"和平、和谐、包容、开明、革新、开放,就是回顾中华文明史所得到的主要启示。凡是大体上处于这种状况的时候,文明就繁荣发展,而当与之背离的时候,文明就会减慢发展的速度甚至停滞不前。"(《中华文明的历史启示》,《北京大学学报》2007年第1期)

但我们也要清醒看到,数千年的中华文明带给我们的并不全是积极遗产,其长时段积累而成的生活方式与价值观具有强大的稳定性,使她在应对挑战时所做的必要革新与转变,相比他者往往显得迟缓和沉重。即使是面对佛教这种柔性的文化进入,也是历经数百年之久才使之彻底完成中国化,成为中华文明的一部分;更不用说遭逢"数千年来未有之变局""数千年未有之强敌"(李鸿章《筹议海防折》),"数千年未有之巨劫奇变"(陈寅恪《王观堂先生挽词序》)的中国近现代。晚清至今虽历一百六十余年,但是,足以应对当今世界全方位挑战的新型中华文明还没能最终形成,变动和融合仍在进行。1998年6月17日,美国三位前总统(布什、卡特、福特)和二十四位前国务卿、前财政部长、前国防部长、前国家安全顾问致信国会称:"中国注定要在21世纪中成为一个伟大的经济和政治强国。"(徐中约《中国近代史》上册第六版英文版序,香港中文大学出版社2002年版)即便如此,我们也不能盲目乐观,认为中华文明已经转型成功,相反,中华文明今天面对的挑战更为复杂和严峻。新型的中华文明到底会怎样呈现，又怎样具体表现或作用于政治、经济、文化等层面，人们还在不断探索。这个问题，我们这一代恐怕无法给出答案。但我们坚信，在历史上曾经灿烂辉煌的中华文明必将凤凰浴火，涅槃重生。这既是数千年已经存在的中华文明发展史告诉我们的经验事实，也是所有为中国文化所化之人应有的信念和责任。

不过，对于近现代这一涉及当代中国合法性的重要历史阶段，我们了解得还过于粗线条。她所遗存下来的史料范围广阔，内容复杂，且有数量庞大且富有价值的稀见史料未被发掘和利用，这不仅会影响到我们对这段历史的全面了解和规律性认识，也会影响到今天中国新型文明和现代化建设对其的科学借鉴。有一则印度谚语如是说："骑在树枝上锯树枝的时候，千万不要锯自己骑着的那一根。"那么，就让我们用自己的专业知识与能力，为承载和养育我们的中华文明做一点有益的事情——这是我们编纂这套《中国近现代稀见史料丛刊》的初衷。

书名中的"近现代"，主要指 1840—1949 年这一时段，但上限并非以一标志性的事件一刀切割，可以适当向前延展，然与所指较为宽泛的包含整个清朝的"近代中国""晚期中华帝国"又有所区分。将近现代连为一体，并有意淡化起始的界限，是想表达一种历史的整体观。我们观看社会发展变革的波澜，当然要回看波澜如何生，风从何处来；也要看波澜如何扩散，或为涟漪，或为浪涛。个人的生活记录，与大历史相比，更多地显现出生活的连续。变局中的个体，经历的可能是渐变。《丛刊》期望通过整合多种稀见史料，以个体陈述的方式，从生活、文化、风习、人情等多个层面，重现具有连续性的近现代中国社会。

书名中的"稀见"，只是相对而言。因为随着时代与科技的进步，越来越多的珍本秘籍经影印或数字化方式处理后，真身虽仍"稀见"，化身却成为"可见"。但是，高昂的定价、难辨的字迹、未经标点的文本，仍使其处于专业研究的小众阅读状态。况且尚有大量未被影印或数字化的文献，或流传较少，或未被整合，也造成阅读和利用的不便。因此，《丛刊》侧重选择未被纳入电子数据库的文献，尤欢迎整理那些辨识困难、断句费力、衷合不易或是其他具有难度和挑战性的文献，也欢迎整理那些确有价值但被人们习见思维与眼光所遮蔽的文献，在我们看来，这些文献都可属于"稀见"。

书名中的"史料"，不局限于严格意义上的历史学范畴，举凡日记、书信、奏牍、笔记、诗文集、诗话、词话乃至序跋汇编等，只要是某方面能够反映时代政治、经济、文化特色以及人物生平、思想、性情的文献，都在考虑之列。我们的目的，是想以切实的工作，促进处于秘藏、边缘、零散等状态的史料转化为新型的文献，通过一辑、二辑、三辑……这样的累积性整理，自然地呈现出一种规模与气象，与其他已经整理出版的文献相互关联，形成一个丰茂的文献群，从而揭示在宏大的中国近现代叙事背后，还有很多未被打量过的局部、日常与细节；在主流周边或更远处，还有富于变化的细小溪流；甚至在主流中，还有漩涡，在边缘，还有静止之水。近现代中国是大变革、大痛苦的时代，身处变局中的个体接物处事的伸屈、所思所想的起落，借纸墨得以留存，这是一个时代的个人记录。此中有文学、文化、生活；也时有动乱、战争、革命。我们整理史料，是提供一种俯首细看的方式，或者一种贴近近现代社会和文化的文本。当然，对这些个人印记明显的史料，也要客观地看待其价值，需要与其他史料联系和比照阅读，减少因个人视角、立场或叙述体裁带来的偏差。

知识皆有其价值和魅力，知识分子也应具有价值关怀和理想追求。清人舒位诗云"名士十年无赖贼"（《金谷园故址》），我们警惕袖手空谈，傲慢指点江山；鲁迅先生诗云"我以我血荐轩辕"（《自题小像》），我们愿意埋头苦干，逐步趋近理想。我们没有奢望这套《丛刊》产生宏大的效果，只是盼望所做的一切，能融合于前贤时彦所做的贡献之中，共同为中华文明的成功转型，适当"缩短和减轻分娩的痛苦"（马克思《资本论》第一卷第一版序言）。

　　《丛刊》的编纂，得到了诸多前辈、时贤和出版社的大力扶植。袁行霈先生、傅璇琮先生、王水照先生题辞勖勉，周勋初先生来信鼓励，凤凰出版社姜小青总编辑赋予信任，刘跃进先生还慷慨同意将其列入"中华文学史史料学会"重大规划项目，学界其他友好也多有不同形式的帮助……这些，都增添了我们做好这套《丛刊》的信心。必须一提的是，《丛刊》原拟主编四人（张剑、张晖、徐雁平、彭国忠），每位主编负责一辑，周而复始，滚动发展，原计划由张晖负责第四辑，但他尚未正式投入工作即于2013年3月15日赍志而殁，令人抱恨终天，我们将以兢兢业业的工作表达对他的怀念。

　　《丛刊》的基本整理方式为简体横排和标点（鼓励必要的校释），以期更广泛地传播知识、更好地服务社会。希望我们的工作，得到更多朋友的理解和支持。

2013年4月15日

目　录

晚清文士身份、知识的承衍与革变
（代前言）

柳慕曾(1869—1918)，字幼卿，一字翰臣，号巳仲，晚署自讼，别号无涯、了庵，亦作无瑕、了憨。江苏吴江胜溪人，近代革命者柳亚子的叔父。通岐黄，旁及天算、舆地之学，兼擅书法；清末例贡生，候选中书科中书，入民国任县议员、财政审查等，为设立初等小学、创开女学风气之先驱。柳慕曾生平正处光、宣之交，宗族胜溪柳氏又属分湖三大世家①，实为晚清江南文人士绅②之代表。苏州博物馆藏《了庵日记》，为柳慕曾作于光绪十一、十三至十六、十八至二十年的日记

---

① 分湖柳氏研究，主要集中在家庭史、社会史方面，如吴滔关注分房原则在分湖柳氏日常活动的体现以及对家族内部功能性关系的制约（《分房原则在日常生活之呈现——以分湖柳氏大胜三墙门为中心》，张国刚主编《家庭史研究的新视野》，生活·读书·新知三联书店2004年版，第262—283页）。在柳氏日记研究方面，柳兆薰、柳亚子日记已有整理本行世，相关研究也较为深入，如蔡少卿基于柳兆薰日记研究太平天国土地政策（《从〈柳兆薰日记〉看太平天国的土地政策和历史作用》，《南京大学学报[哲学社会科学版]》1980年第3期）；稻田清一则通过柳兆薰日记考察江南地主的社会活动空间（[日]稻田清一《清末江南一乡村地主生活空间的范围与结构》，《中国历史地理论丛》1996年第2期）。柳慕曾日记近年得以影印，然尚未有专门整理和深入考察。

② "士绅""乡绅"都曾用来指中国社会结构中皇权以下的整个知识分子阶层，包括退任官僚及其亲眷、接受教育的地主等（见费孝通《中国士绅》，生活·读书·新知三联书店2009年版；徐茂明《江南士绅与江南社会[1368—1911年]》，商务印书馆2014年版）。

(1885—1894),跨域其十七岁至二十六岁,其中记载了其日常起居、活动交游、进习举业等情况。

本文以整理柳慕曾《了庵日记》原稿内容为中心,分析江南地方宗族网络、家学渊源、桐城文脉、礼法俗例等交织中形成的个体观念、情感与生活状态,并通过考察柳慕曾的学术理念、阅读视野、知识结构等建构与渐变,研究晚清地方文士身份与知识的沿承与调整,及其在时代变局中转向近世的重塑。

一、晚清江南乡绅的形塑:
宗族轴心的文化模式与日记的功能

《了庵日记》主要记录了柳慕曾自晨至夜的生活轨迹,在以温经读文、习业修课为核心内容之外,也包含了家族礼法、人情交谊等更为丰赡的信息,呈现以宗族为轴心的江南世家日常样态,立体勾勒出晚清青年士绅的成长史;同时,其在日记中自我心绪与思索的书写,也展现了柳慕曾在家族文化语境背景下对个体身份的体认与省察。

(一) 江南世家的生活形态:礼法、人情与教育

1. 胜溪柳氏家族的传承与维系

柳慕曾先世家浙东慈溪①,因明季兵燹,始祖春江迁居北厍南东村并衍成五大房支,其中第五房六世柳学洙于乾隆二十七年(1762)移居分湖(今江苏省吴江县东和浙江省嘉善县交界处)北滨大港上,七世柳琇于乾隆四十五年迁居大胜村②(别称胜溪),成为第五房的北支,经过数代繁衍,扩大至三房,分别居住在柳宅东、中、西三墙门;

---

①　据《分湖柳氏第三次纂修家谱》第 1 册,胜溪草堂 1923 年版。

②　光绪《吴江续县志》卷二十二人物七,《中国地方志集成》第 20 册,凤凰出版社 2008 年版,第 456 页。

吴江左江右湖,居民散处湖滨水涯,与家族其他支脉虽水乡暌隔,但"音书往复,日以为恒"①,通过互寄书信、彼此造访等维护近亲远戚之关系,形成稳定有序的宗族生态。

家族的密切联系直接体现在疾病诊治方面。当自己及亲眷患病,多延请家中德高望重的长辈为医,体现出"儒而知医"②的色彩,如腹痛且寒热则请舅父来定方(光绪十三年六月初十日记);恕甫"咯血大半碗"、大哥患感冒,皆延请"子屏伯父"即同出大港上柳学洙支系的族伯柳以蕃诊治(光绪十一年九月初二日、光绪十四年一月二十三日记),母亲风寒与肝疾缠身则亲自至大港向屏伯父求方(光绪十六年一月廿三日记)。

同时,胜溪柳氏的家族因"分房"和嗣后而使其宗族结构盘根错节,道光三年(1823)十月初四日,春芳、树芳和毓芳妻冯氏分门析居③,五世祖柳毓芳无子,以其弟柳树芳长子柳兆青为后;兆青亦无子,以其弟柳兆薰长子柳应墀为后;柳兆薰次子柳应奎年仅十八岁即殁,因而将柳慕曾还后本生,而其兄柳念曾则承继其生父柳应墀之大宗。复杂的家族关系,加之其本宗尚有留在大港上的南支一系,皆使其宗族礼法规制更趋复杂,尤其以元旦等节庆最为代表。

《了庵日记》中,柳慕曾分别于光绪十三、十四、十六、十九、二十年五次记载了柳氏宗族的春节活动情况,元旦当日晓起祀神,随祖父、大哥祀灶、谒家祠、拜先人神像,饭后随至东中两宅先人遗像暨王考灵筵前叩拜、拜谒,合宅贺岁,三房轮值主祭"五代图";此外,整个正月的柳氏家族都有着紧凑成熟的日程规划。初二往大港贺岁,初

---

①　柳亚子《先考钝斋府君行述》,《吴江历史人物碑传集》下册,苏州大学出版社 2019 年版,第 1106 页。

②　贾宏涛《翁氏日记的疾病叙述及其家族医疗史》,《常熟翁氏日记研究》,凤凰出版社 2022 年版,第 172 页。

③　柳树芳《胜溪居士自撰年谱》,南京图书馆古籍部藏,第 14a 页。

三下午接灶神、土地,晚上祭于养树堂、丈石堂两处;初四中午家祭,午后收先人神像;初五晓起接路头,收先人遗像;此后直至正月下旬,则往来柳氏各房以及莘、雪巷、黎、盛等地贺岁,近十年中"循俗例"典仪流程几近完全一致,显示出柳氏"举族之礼无失坠"[①]的稳定秩序。

在婚庆方面,《了庵日记》光绪二十年(1894)载录了其续弦沈氏的流程:正月初八封缮道日礼帖,初九请尔安送道日礼帖至雪巷,三月初四至初七写客目、请目、请帖,十一、十五、十六日写喜帖,二十日请尔安至雪巷行纳币礼,点灯行聘始回,设宴款尔安,两席共九人,四月初一"喜事一切布置今日始约粗备",夜饭请邻并阖宅上下人等。初二日为婚期,午后用大船一号只遣下人迎娶,另小船两号,一为大媒挹山,一为雪申、少泉两东席所坐。送亲者为屖庐、骚庐暨十三、十五两弟,并书宜、砺石共六人,子正时陆续均还,丑一初二刻结亲,至天明始毕。

然而此种稳固而繁琐的旧例轨范所导致的财力、精力损耗,也给家族带来了颇为沉重的枷锁和负担,因而柳慕曾日记中也可以见出处于清季柳氏后裔对于蹈循旧法的渐变观念,如光绪十九年家族诸人向先人像肃恭行礼之际,"五婶忽因故与六叔大相龃龉","五婶"系夔梅公第三子柳应嵩夫人陆氏,"六叔"即应嵩弟柳应衡,其争讼之由在于,应衡希望将其次子兼金过继给痴而无子的应嵩,然陆氏又领养一子,想与兼金作为弟兄辈延师课读;应衡私心独占家产,故以"异姓乱宗"为帜,在祭祖时对陆氏养子施加拳脚[②]。如此情形不禁令柳慕曾感慨"可诧可叹",也预示着家族的分崩离析。而了庵本人面对行礼叩拜也"颇觉疲乏",光绪十七、十八年,柳慕曾连续两年元日不随众行礼。

---

① 柳兆薰《续捐田记》,光绪《分湖柳氏重修家谱》卷十《家乘二》。
② 此事详情据柳亚子《五十七年》(柳无忌、柳无非编《柳亚子文集　自传·年谱·文集》,上海人民出版社 1986 年版)所述,第 96—97 页。

　　此外,自逊村公柳瑴以下由于平生节俭,在柳兆薰时有一万二千元大洋积蓄,然自柳应墀逝世、长女兰瑛出阁、念曾慕曾先后娶妻、慕曾原配凌氏去世等婚丧喜庆大量用度,使得家底自其父柳应墀去世后就逐渐中空。柳慕曾对此也有所感知,因此光绪二十年婚宴时虽礼法程式齐备,然由于"年来物力既艰,意兴复鲜,又值慈亲久病",因而心绪不佳,故一切从简,"略请客,惟及至戚",即使如此,所请宾客也多未到,因而"甚觉寥寥,席罢尽散"(四月初二日记)。

　　2. 以家族为纽带的社交活动与挚友关系

　　友人晤谈对弈、茶叙宴饮也是青年柳慕曾生活的固定日程,《了庵日记》所载柳慕曾往来挚友计 67 位,经与《分湖柳氏第三次纂修家谱》、柳亚子《五十七年》、柳无忌《分湖胜溪柳氏世系表》等比对考索,其中主要人物及与柳慕曾之关系如下表所示:

姓　名	与柳慕曾/柳氏关系
柳念曾(寅伯/幼云)	柳慕曾兄
柳应衡(六叔)	柳毓芳嗣子柳兆元第三子,柳慕曾族叔
柳应磐(七叔)	柳兆元第四子,柳慕曾族叔
柳受章(焕伯)	族叔柳应陛长子
柳受晋(明仲)	族叔柳应陛次子
柳受璜(瑞叔)	族叔柳应陛季子
柳受钧(小轩)	柳兆青嗣孙、族叔柳应磐子
柳受荣(燮卿/小灶)	族叔柳应衡长子
王子蕃	柳受钧妹丈
任畹香(兰生叔)	以内阁学士统领皖北,柳受钧妻任氏伯父
凌廷枚(恕甫)	柳慕曾母亲胞弟之子,柳慕曾大姊柳兰瑛配偶
费树达(敏农/忍安)	柳慕曾兄媳费漱芳之父费吉甫嗣子

姓　名	与柳慕曾/柳氏关系
徐文藻(帆鸥)	柳慕曾兄媳费漱芳之父费吉甫长女费琴芳配偶
俞焕章(文伯/钝庵)	柳慕曾兄媳费漱芳之父费吉甫夫人俞氏内侄
蔡寅(清臣)	柳慕曾小妹柳玉瑛的配偶
沈廷镛(咏韶/厔庐)	柳慕曾继配沈夫人大兄
沈廷钟(根黄/跻庵)	柳慕曾继配沈夫人二兄
谢绥之(绥之)	柳慕曾母亲胞弟凌淦挚友
凌泗(磬生/莘庐)	柳慕曾母亲胞弟凌淦堂兄
凌昌焕(文之)	凌淦侄孙
郑恭燮(理卿)	柳慕曾祖母邱氏之妹长子
郑慈谷(式如)	柳慕曾祖母邱氏之妹长孙

　　柳慕曾社会关系的主要范围,集中于同姓族人以及与大胜柳氏同为"分湖三大世家"①的莘塔凌氏、雪巷沈氏或其姻亲,可见家族之谊也成为柳慕曾交游的基石。《了庵日记》中多记友人到访,留宿书楼,与其同酬饮、谈笑而睡甚迟的记录,如光绪十一年(1885)"至兰生处谈,恕甫、秀甫同去,还来澡身,与恕甫、寅伯酬饮大醉,借立秋作畅饮地,乐甚"(六月廿七日记);光绪十六年"与厔庐联床夜话,甚乐"(二月十三日记);二月十九日自钮家巷至雪巷途中,"连夕舟中与骚庐掷《升官图》为戏",次日"灯后拇战痛饮,在席几无不吐者。席罢,与仲书、砺石掷《升官图》,寅刻始寝";三月十六日"夜与厔庐同榻剧谈,快甚"。又如每年正月约中旬相互拜访贺岁之际则共同游冶,光绪十五年在雪溪,与咏韶等并留宿园中"夜谈甚快";围棋、剧谈,看书画,"甚乐也"(一月十七、十八日记);光绪十六年正月十五至十七日

---

　　①　柳亚子《五十七年》,第44页。

与屋庐、骚庐、古封等掷《太虚幻境图》，"就枕时已晓色破窗矣"；廿一日与敏农、兰叔、大哥"掷《升官图》为戏，夜半始散"。其生活照料也多蒙友人关怀，如光绪十九年（1893）赴省试途中在舟中受风寒，屋庐为其拟方，因此感叹曰："此次患病，热势过盛，且在客中，苟非同伴竭力调护，岂能如以安然就愈耶？良友多情，何殊骨肉，受惠之深，惟有铭感而已。"（七月二十日记）光绪二十年婚配沈氏的打点布置，"大哥力居多"（四月初一日记）。

诸友人中，柳慕曾与沈廷镛、沈廷钟兄弟为"肺腑深交"[1]，与凌恕甫及其堂弟凌定甫"相爱最深"[2]，由此亦可见柳、凌、沈之密切交谊，《了庵日记》中柳慕曾计写信381次，接信243次，其中接凌廷枚信40次，致沈廷钟书31次，与沈廷镛往来书信最多（75次），将与谈称为"知己谈心"（光绪十一年四月十八日记），光绪十一年八月廿七日刻图章两方，阳文"心心相印"并赠恕甫。

同时值得注意的是，柳、凌、沈三家族还通过婚配以加强家族之间的稳定联系，柳慕曾的祖母邱氏之妹长孙郑式如，是柳慕曾侄柳亚子妻郑佩宜的父亲；柳慕曾原配凌夫人为凌淦（字砺生，号退修）侄女，而柳母为凌淦之姊，因此柳妻实为柳母的内侄女；凌淦子凌恕甫，是柳慕曾大姊柳兰瑛的配偶；柳慕曾继室，继配沈夫人，为雪巷通议大夫沈中坚次女，其兄长即是柳慕曾挚友沈廷镛、沈廷钟昆季，实乃"以管鲍之深交，联潘杨之密谊"[3]，"造膝话言"深切友情之外，更以忝附姻亲骨肉关联，强化了"绸缪情话，同心断金"之情。

3. 家学授受与桐城派的流衍

从《了庵日记》中称"诸师"，载"母舅命课文明日补作"（光绪十一年六月初八日记），以及写信致屏伯父"请课题"，屏伯父亦寄其切问

---

①　《吴江历史人物碑传集》下册，苏州大学出版社2019年版，第1113页。

②　柳亚子《挽沈跻庵》，《沈跻庵先生追悼录》，1923年。

③　沈流芳《先考根黄府君行略》，《吴江历史人物碑传集》，第1111页。

课卷三十字本、课文等记载来看。柳慕曾直接师承有三：一为诸福坤，二为凌淦，三为柳以蕃。诸、凌、柳三人皆为芦墟切问书院①主讲，凌淦是切问书院的创办者，柳以蕃曾任院长，而诸福坤肄业于切问书院，以蕃则因多病倩其衡量诸生卷。就师承渊源来看，三人及所在的切问书院皆属桐城派。柳以蕃咸同间以文学驰名里巷，陈寿熊、沈曰富为知交，为文缜密高雅，宗桐城姚鼐②，诗追逐苏黄二家，雄处入韩。诸福坤"以文章道义教授于乡，从之游者云集鳞萃"③，影响甚大，古文"思虑深、识见远、议论痛切"④；凌淦深于旧学，又能吸收新思潮，就并世人物而论"不在南海康有为之下"⑤，与堂兄凌泗皆师从陈寿熊，受古文法。

桐城派自刘大魁、姚鼐始，书院讲学已成为桐城派衔续文教、流广宗脉的重要途径。姚鼐晚主钟书院讲席，门下著籍有"四大弟子"管同、梅曾亮、方东树、姚莹，四人"各以所得传授徒友，往往不绝"，"四杰"后再传弟子更多，以书院为传衍媒介⑥是桐城派二百年中代有传人、突破地域空间限制的重要因由。

同样重要的是，对于凌淦、柳以蕃来说，他们不仅是柳慕曾的塾师，同时还分别是其舅父和族伯，而就家学渊源而言，分湖柳氏同样与桐城关系甚密，柳树芳为诗"精警明爽，不屑为钩章棘句"⑦，与同

---

① 取陆耀切"切问斋"之名，建于光绪元年(1875)，光绪《吴江续县志》卷三营建二，第 349 页。

② 诸福坤《柳君价人墓表》，《吴江历史人物碑传集》下册，第 1023 页。

③ 陈去病《柳无涯先生墓志铭》，《南社丛刻》二十一集，江苏广陵古籍刻印社 1996 年版。

④ 沈昌眉《杏庐集外文序》，《吴江沈氏长次二公剩稿》，第 139 页。

⑤ 柳亚子《五十七年》，柳无忌、柳无非编《柳亚子文集 自传·年谱·文集》，第 60 页。

⑥ 徐雁平《书院与桐城文派传衍考论》，《南京晓庄学院学报》2006 年第 1 期。

⑦ 光绪《吴江县续志》卷二十二人物七，第 456 页。

邑郭麟、娄县姚椿交情甚笃，郭、姚都是姚鼐的门生，而居分湖大港、为诗"闲适清旷"的柳清源，正是树芳从子，也是慕曾业师柳以蕃的父亲。古槎公柳树芳成为胜溪柳氏以文学传家的信念，所谓"慕曾"及其兄名"念曾"者，其意正在于"仰体古槎公守先待后之盛心"①。先辈绪论与濡染庭训皆成为胜溪柳氏发愤向学的动因，沿承先人名望，使个人才学成为宗族事业的延续与发展，也是桐城文脉在柳氏一族辗转相续的原因。

以上可见桐城之学在柳氏家学流衍与师承授受相与为一。学术文化风气通过以血缘关系为依托的师承网络建构；诗学观念也由此在课业授受中传承。柳慕曾执经受业于三人，习古文法，被目为诸福坤"高第弟子"，并由此进入了桐城派的谱系②。其"卓精萧选"③，在日记中自云"平时所当致力者，《文选》而外，如《吕氏春秋》《抱朴子》《淮南子》《文心雕龙》等，皆足资采择"。为文至严密，论文极峻刻，同时主张"文辞弗难于博肆，而莫难于简炼，篇无累句，句无赘字，尽之以约，而义无不赅，韵流词外，低徊讽之弗能置"④。

除了柳氏家族内部的历时性传承，其与凌、沈二氏的共时性家族姻亲关系也通过学派同宗巩固，并试图建构起分湖"文化世族群"⑤，将一门风雅代相蝉联。柳慕曾与其兄柳念曾，雪巷沈廷镛、沈廷钟兄弟，以及莘溪凌宝树、沈宝枢兄弟等以柳、凌、沈家族交谊为基础形成的文人群体，"以两沈、双凌、二柳之名噪东南"⑥，在吴江一地具有一定的影响力。他们诗学观念也相互影响，如柳慕曾在日记中明确赞

---

① 柳亚子《五十七年》，《柳亚子文集　自传·年谱·文集》，第 84 页。

② 柳慕曾与柳以蕃、凌泗皆入《桐城文学渊源考》。

③ 陈去病《柳无涯先生墓志铭》，《南社丛刻》二十一集。

④ 王德钟《胜溪夫子柳公诔》，《柳无涯先生追十悼录》，民国七年铅印本。

⑤ 徐茂明《明清时期苏州的宗族观念与文化世族》，《史林》2010 年第 6 期。

⑥ 金祖泽《沈屋庐先生暨配凌夫人墓志铭》，《吴江历史人物碑传集》下册，第 1094 页。

同沈廷镛，认为：

> 屋庐言学诗须从晚唐入手，作文宜先讲求骈体，庶几门径可寻、尺寸是得，所谓"刻鹄不成尚类鹜"者也。若学散体文而不以汉魏六朝为之基，则积理未深，必致空疏、尘腐之诮；学诗不宗晚唐而安矜高古，势必致支离放诞、漫无纪律，岂非"画虎不成反类狗"耶？（光绪十八年十一月二十一日记）

除了"结社论文，网罗献典，辑遗订坠"，三姓还相互切磋课艺，如《了庵日记》载柳慕曾光绪十一年（1885）六月初十日录恕甫六月初三日课作，并同期摘录寅伯（其兄）课作；十二日摘录恕甫、寅伯六月初八日课作等，由此使桐城学派的传承与家族文化的发展相互巩固。

（二）青年士绅的闲雅生活

青年时期的柳慕曾除了读书习文，同时还有着专擅之技与习惯个性，《了庵日记》勾勒出其悠游雅适的生活面貌，其中不乏情性与趣味。

1. 能弈善饮

陈去病《柳无涯先生墓志铭》称柳慕曾"能弈善饮"[①]，实揭橥其嗜好之重要方面，侄柳亚子也回忆其"书法和酒量都很出名"[②]。柳慕曾尝从凌淦学弈而称高第弟子，不仅将对弈作为与大哥、六叔、恕甫等亲友的日常活动，同时还时常画棋盘，钞、摆以及检校棋谱如范西屏《二子谱》《四子谱》等，其着迷程度可见一斑。如光绪十六年六月二十一日记：

> 己未，晴。读文十遍，摆弈谱一局。作书上舅父，致大姊，致

---

① 陈去病《柳无涯先生墓志铭》，《南社丛刻》二十一集。
② 柳无忌、柳无非编《柳亚子文集　自传·年谱·日记》，第1页。

厔庐昆仲。灯后至兰叔馆中摆《范二子谱》二局,还钞弈谱二局。看《平寇始末》一卷。

除了长于弈能,柳慕曾还"尤豪于饮",据其子所撰《行述》,其"饮啖有河朔壮士风……床下藏越酒数坛,每更阑人静,则泼醅独酌,有酬云邀月之概"①,与吴望云、任兰生为酒友;时常夜间酣饮大醉,"不能作一事"(光绪十一年五月二十三日记)。

2. 书法刻章

柳慕曾好尚"墨趣"并兼擅篆刻的特点,同样在《了庵日记》中呈现鲜明。从姚凤生之门习书法,姚凤生常寄其字课、大字样等为范本,光绪十一年(1885)八月十九日收到"姚师大字样十叶,字课四册",光绪十四年九月初三日接姚师新刻《字学臆参》两册;同时命柳慕曾将其课作"寄去二十字"以审阅;光绪十一年九月十三日经由姚凤生所示汉唐诸碑,开始研习古碑。在书法观念方面,以"至秀练而不流于枯寂,雄健而不流于肥重"(五月十六日记)为佳,临帖计有《西狭颂》《虞恭公碑》《百石卒史碑》《九成宫》《景君碑》《乐毅论》《洛神赋》《龙门造像魏灵藏》等,兼习隶书、小楷、草书,大字、中字、胡桃字等;鉴于其笔法精赡,族中长辈友朋多有委其书者,如祖父命其隶赠何鸿舫先生古诗一篇,伯父柳以蕃命其隶书自题《三十九岁小影七绝十首》《寿诸太父子文》等,平母舅祭幛、家祠中三面神碑的写就(光绪十九年二月二十三日、四月二十九日记),亦多承其力;同时多为友朋写琴条、窗心、团扇、喜对、挽联、便面、楹联等。

光绪十一年刻名号印章及图章共计 29 方,其图章技艺承自姚师,且与友人恕甫常切磋,如三月十一日傍晚接到恕甫寄来图谱一张"系姚师为渠所刊者,苍劲挺秀,自成一家",其"翻阅久之,不觉技

---

① 柳翼高、柳景高《先考巳仲府君行述》,上海图书馆藏《柳无涯先生行述》,民国七年(1918)石印本。

痒"，感叹"珠玉在前，因当自愧耳"；十五日将近日所刻图章印成一纸寄至恕甫，"谬加奖评"。五月初九日记：

> 恕甫刻石章曰"性刚才拙"，苍劲无匹，佩服之至，不敢不志。黄昏又惠我石章一方，篆曰"巳仲八分"，服之感之，无以报之，因亦学雕"瘦石"二字还赠，不足云报，亦聊以示意而已。

着实怡然自乐，在日记中屡记其对所刻图章，"甚是得意""甚为惬意"，除少数刻之赠兄念曾外，多为自用，如"巳仲曾观""巳仲手笔""松陵柳慕曾印"等，而刻文"游志六艺""文人多癖""心与白云闲""世愤未破"等，也体现着柳慕曾的志意与性情。

3. 适惬风趣

光绪十一年（1885），年方十七岁的柳慕曾对朝夕四时皆有着细腻的体察，如三月初二日记：

> 庭中白山茶初开，弱质经风，大有不胜之态。因移置室中，且便赏玩，其丰神娟秀，足令意移。夜间灯光之下，花影更是可爱，至足乐也。

初三日见夜间星斗正辉，则卜来朝有杲杲日出。初四日则记：

> 天果晴。偶步春郊，但见桃红与柳绿争妍，舞蝶偕游蜂角戏。莺啼燕语，耳中一片春声；日暖风和，眼底一团春意。暮春之乐，夫复何言？

另有初八日记：

> 夜来凭栏眺望，见天上半轮明月，庭中一带名花，月映花而

倍净,花得月而愈妍。徘徊久之,命人作天际真人想。此境此情,正人生不可得多时也。

就诗赋文辞而言,除了制举试帖之作外,柳慕曾光绪十三年(1887)日记册末附有《赋得腌鸭蛋得藏字》一首,见出其生活趣味:

> 嗜好酸咸处,累累瓮里藏。
> 鸭烹通食谱,蛋腌问厨娘。
> 浸水原多法,调灰别有方。
> 品评新旧老,色判黑红黄。
> 借佐芹菹嫩,偏偕菜甲香。
> 膳羞非俊膳,乡味话家乡。
> 出壳茶前咽,和蔬汤后尝。
> 尚添同类列,鸡子满盘装。

柳慕曾于光绪十四年三月二十二日至黎里镇,至种善堂、米业公所、武庙游玩,又至玉林春茗叙,东庙观剧;光绪十六年至沪途中,游愚园、大花园,在三雅园、天福园、天仙园观剧,且在酒楼、饭店茗叙、大餐,在升园洗澡;秋日与大兄、大姊持螯小饮,"颇适"(光绪十八年九月十七日记);光绪至金陵应举,"雇划子船进城,寓定在淮清桥塊致和街嵩泰照相馆内地板房一间,价二十五元。宽敞幽静,大可容膝"。如此种种,皆展现出优裕适惬的生活环境及以闲暇寄兴的雅趣。

(三) 立志戒责与《了庵日记》的"去私改过"功能

以宗族为轴心的伦常名教、"学行继程朱之后"[①]的桐城道统与

---

① 王兆符《方望溪先生原集三序》,《方苞集》,上海古籍出版社 2009 年版,第 906 页。

家学合一，形成柳慕曾立名成学、继振家声的内在观照，体现在《了庵日记》"幽独之地""方寸之微"的自我书写和建构之中，即立日记之要务，除了"每日所课暨酬应之事"，更重要的是作为戒责自新的方式和载体，以克服志气昏惰和旧日积习，实现读书养性的儒家文士理想。

1. 刻励奋发

柳慕曾日记中常有"今后凡事务当刻励奋发"（光绪十一年五月十六日记）的决心，读《近思录》，"看其论格致工夫……近来觉心上勃勃，颇有奋发有为之气，当从此努力加鞭，不可使其气复馁，勉之勉之"（五月十八日记）。因天气炎热而"心烦意乱"，看书读文皆不能用心而惶愧不安，认为自己"大约神识不清，又因躁热，愈觉昏乱"，不禁大叹"再无方法开发之，奈何奈何！"（五月初七日记）又如由于游冶宴乐、亲朋"坚留过节"而在黎里七日，因此自省"素性懒惰迟缓，每次出门必逾期而返"，慨叹"积习难改，日甚一日，可不猛省哉？"（光绪十八年八月十六日记）

光绪十八年（1892）八月初四日又记：

> 余自去秋患病后，精力疲惫，志气昏惰，偷闲玩日，逸以生淫溺，晏安而不返，甘鸩毒其如饴，愆尤丛集，日蹈日深而不自觉。古人有言："涓涓不绝，将成河海。"况余之决堤溃防，势且百倍于涓涓者，其更何所底止耶？中夜不寐，一隙偶明，默念平日，愧悔莫容，因思立志自新，以赎厥辜。然恐弱卒旧斗未交，馁而败北，懦夫立志不崇朝而气馁，苟无触机动心，可以时使警觉者，安能历久而不改耶？此日记之设所由不容缓也。

同年除夕日，回顾自己由于淹缠不绝的疾病而"精力大损"，眼睛刚有所好转，又染上耳恙，认为自己"素性疏慵"，加上病后体孱便更难振作，其反省自己近年来"志业荒退"，立志不再"蹉跎倏焉卒岁"，来年"务当改其惰气，持以恒心，庶不虚负此境与时耳"。

2. 痛戒迟睡

柳慕曾素日喜迟睡晏起，赋诗作文多在点灯后："好与灯火作缘，每至夜深人静，辄复展卷弄翰，怡然忘倦，溽暑严寒都不自觉。"光绪十八年（1892）八月十六日晚临睡前，其发急症，先是左目微痛，此后肛门之右忽肿起如疣，分析原因，认为多由少睡所致，自省往往好逞一时之兴，不顾精力，"所伤实甚"，认为年来身羸弱大率由此为端，因而生出"痛戒"此习的愿望。直到二十二日渐愈，再反思其致疾之由皆因"在外不谨慎不保养而起"，再下决心"以后务须痛戒"。

其深知自己通宵达旦，"起必逾午，甚或将晚，阴阳颠倒"的积习"几如痼疾"，认为多"伤身废事"，甚至"一切弊习，皆由此起"，痛加反省：

> 欲求振作而不能早起，是犹南辕而北辙也，庸有济乎？张文端《聪训斋语》、曾文正《家书》《家训》皆以晏起为深戒，夫二公之所谓"晏起"者，特不能黎明即起身耳，若余之亭午犹酣眠者，则真二公之罪人矣。（光绪十八年八月二十四日记）

但实际上，此后其仍夜间读报、晤谈等，二十九日上午屋庐、仲书等至黎而其尚未起，因此再痛下决心："耽逸废事过难自恕，当图力改，戒之勉之。"九月十二日上午屋庐还雪，柳慕曾又未及送："晏起习毫不能改，既欲立志自新而萎靡不振，如此空言自责，其谁欺乎！"然十八日依旧夜与荃丈畅谈，"就寝极晏"。光绪十八年十月仍与骚庐"畅谈至曙"，"夜谈甚快，又致达旦"（初四至初七日记），光绪十九年正月初五、初六日"起复逾午"。

光绪十八年十一月二十三日，柳慕曾左目复红，深知原因在其"连宵朝寝过晏，又于灯下多费目"，因而"极悔"；至十二月二十一日目红仍未退净、时剧时减，因此决心以后晚间"不作细楷，不看洋板小字，庶几可复"。

柳慕曾将力戒迟睡作为"立志自新之一大端"以自我勉励,但实际上,其深知此习已积重难返,因此尚给自己留有余地:"虽不能立时痛改,当徐徐变易。"光绪十九年除夕日记中,将由于侍奉母亲疾病作为晚寝益发"习惯自然"的因由,但同时承认"迩来慈亲疾已渐愈",因而希望自己"徐图移转",以免遂成痼疾。然而光绪二十年(1894)元月祭龙神,仍"因晏起未与"(初十日记),可见戒除迟睡之弊,终究难以实现。

以上反映出柳慕曾将日记作为修身自持方式的功能,一方面,"记日记"行为本身就是一种锻达恒心的方式,由于妻子去世、母亲之疾、大父之丧等变故和眼疾等原因而数月未记日记,其自我反思"可谓无恒者",故光绪十八年八月初五日起自识"誓无一日之间断",然而实际未能达到,此后四日记皆在八月初八补书,因而反省"立志之始即如此怠忽迟延,安能保常久不间断乎",决心"以后在家每夜必须将本日记写好,迟次日必补,不可积搁"。另一方面,受到桐城派以曾国藩为代表的清儒借日记自治身心、绳过纠愆作法的影响,因而内容重在"苟有过失,而能自觉者,必记之此册以自戒责",其时常翻阅昔年日记(光绪十八年十二月二十二日记)以自省自察,正如其自陈,设日记之"私意"在"借此感触,或可冀稍除旧染以幸免于大庆",有着"去私必拔根株,改过不遗毫发"的"希圣希贤"(光绪十八年八月初四日记)之理想。

与其行述、墓志中着力塑造其宽厚恭谨、耆年硕德的形象不同,在日记中,更为突出的是作为青年人的柳慕曾嗜饮好弈、烂漫纵逸的一面,其睡极迟,也充满自省和惭愧,然终不能改。也正是这种真实,能够与晚年的德行与众望相互补充,从而使柳慕曾的形象更为立体和生动。

二、学术兴趣之变:帖括词章与经世实科的消长

(一) 科举的投入与游离

1. 应举课程

柳琇一支迁至胜溪后,二世树芳"始崛起文艺之林",也为胜溪柳氏"文化世家"族业初步建构起以"仕宦、科举、学术"为核心要素①的先路;慕曾祖父柳兆薰"承其余绪,刻苦励学",生父吴江学优廪生②,柳应墀年十九为县学生,二十七岁食廪饩,三十五岁而贡太学③;由于应墀早卒,家中举业一时难以为继,祖父柳兆薰"惧先泽之沦坠"而将希冀寄于柳念曾、柳慕曾兄弟,望其"成名甚亟"④,因此敦促其勤学以"继往开来之业",除了延请诸、凌、柳三位"重望经师"⑤课考读外,《了庵日记》中还展现出青年柳慕曾进学修业的方式、经历与心态。

柳慕曾的课习举业有着清晰的既定日程规划,《了庵日记》载录了其题为"课程"计划:

> 朝晨写白折半叶,或临帖几页。
> 六月二十八日,姚师寄示课程每日(苗)[描]中字一页,至十日汇订一册,每期习大字,以习成五字为度,每字(苗)[描]两页,共(苗)[描]十页,订成一册寄去。

---

① 凌郁之《苏州文化世家与清代文学》,齐鲁书社 2008 年版,第 20 页。
② 柳应墀、柳应磐《先姚节孝杨太孺人行述》,《吴江历史人物碑传集》下册,第 961 页。
③ 熊其英《柳君墓志铭》,《吴江历史人物碑传集》下册,第 1049 页。
④ 柳翼高、柳景高《先考巳仲府君行述》,《柳无涯先生行述》。
⑤ 柳亚子《先考钝斋府君行略》,《吴江历史人物碑传集》下册,第 1106 页。

上午读文三十遍。

午后温经书二十页，看书几页。

六月二十日改：午后理经书二十页，读诗几首，看书几页，俟秋凉后仍遵旧课。

黄昏读文十遍，读试帖几首。

文期三八。

逢五写大字一页，黄昏看书。

六月二十日增：逢十作诗三首。

（光绪十一年九月十一日记）

从其具体实践来看，主要包括写字、理经、看书、读文、课作五部分。晨起后临字、读文以十遍计，看著述及诗文选本，作八股试帖并誊清；若当日任务未能完成，则后一日须补作、补读。如光绪十一年七月二十日补读《论语》"君赐腥篇"。研读经书的侧重逐年有变化，如光绪十一年主要校理《左传》；光绪十三年则专攻《说文》，抄录《说文解字》并于七月初七日告成，初八日装潢，分十二册，初十日书《说文》签，同年还检校桂馥《说文解字义证》、王筠《说文韵谱校》等。

日课分诗、文（包括经解、赋、论、小讲等）两大类，题目取自切问书院官课以及县试题，限时创作誊正，光绪十六年七月初三日作文题"彼以其富五句"、作文题"恭宽信敏惠合下二句"，皆八点出题、三点完卷；光绪十一年六月二十日完成"第一期诗课题三，'三顾草庐''臧谷亡羊''诗家才子酒家仙'。交卷六点钟"；课卷返至书院批阅并排序次，如光绪十一年六月廿七日"晚来诗课已看出，第一期"，光绪十四年三月廿八日"知切问二月中两期课卷已阅出，初二期第三名，十八期第二名"；同时，经由业师批阅审读后的课卷则重新传回，再加以润色修改后誊录，《了庵日记》称为"录窗作改本"（光绪十六年四月初一日记）；同时，柳慕曾还将窗课定期加以整理，如光绪十一年八月初一日"订春季课作"，光绪十三年三月廿四日"订理去年文诗赋字课"等。

在时文方面，柳慕曾将蒋拭之、洪肇懋、焦袁熹、唐公模等进士、举人以及塾师姚孟起等人的文章作为典范，抄录并反复诵读，如光绪十一年记：

> 写文一首，"'皆目明也'至'苟日新'"，唐公模"。读二十遍。

此外，其还将江南贡院闱墨经艺、切问书院课卷作为学习材料，不仅"看""点窜"时文，还通过"摘锦"如"摘录五月十三期、五月十八期寅伯课作""录五月廿三日期恕甫课作"等以资学习备览。

虽然有着周密的计划，但并未慎终如始，《了庵日记》中所作诗文数量如下：

时间	光绪十一年 (1885)	光绪十三年 (1887)	光绪十四年 (1888)	光绪十五年 (1889)	光绪十六年 (1890)	光绪十八年 (1892)	光绪十九年 (1893)	光绪二十年 (1894)
作文题	34	45	27	0	13	0	24	0
作诗题	18	11	12	0	8	0	4	0

光绪十一年至光绪十四年，柳慕曾为筹备初次乡试而勤加练习，作诗文题数量最多；此后由于秋闱不中，加之长子冀高生、妻产后遭疾卒、祖父柳兆薰去世等变故及治丧葬等繁重事务[1]，从光绪十七年夏至光绪十九年二月"未尝一课时艺"（二月二十二日记），因而技疏手生，不仅课题数量减少，同时制文以"起讲"为主，代替了完整课艺的练习。多"作文半篇""课文未竟""仅成一讲"，悔愧言"殊难自恕"。柳慕曾"早岁能诗文"，然终究"跌宕名场"[2]，这一结局从备考中便可见

---

① 据《先考巳仲府君行述》："岁戊子，复促应秋试，一击不中。是冬不孝冀高生，先批凌孺人以产后遭疾卒，府君素敦伉俪谊，痛悼过情。越二岁庚寅冬，莳庵府君弃养。府君以承重与伯考共治丧葬，哀毁尽礼。"

② 柳翼高、柳景高《先考巳仲府君行述》，《柳无涯先生行述》。

出端倪。

2. 科场铩羽

柳慕曾受命承嗣柳应奎,为守护家产①,祖父柳兆薰"援例纳粟",使柳慕曾以中书科中书注选籍。光绪十四年"促应秋试,一击不中";至光绪十九年二度赴秋闱,"几获隽矣",然"终铩羽归"②。此两次乡试的经历在《了庵日记》中均有完整的记述。

光绪十四年(1888),时年20岁的柳慕曾初赴乡试。应试乃举族之要事,因此出行前,柳慕曾循家族旧例,在灶神前及两处家祠内拈香。出行安排方面,提前雇用"试船"和"舟人",宗族亲友多有同试者,则共同前往,如光绪十四年柳慕曾与大哥、青丈、六叔及亦周同考,光绪十九年则与帆鸥、燮卿、冠山、李叔夔同考录遗试,与屋庐、六叔、清臣同考乡试。此外,在疏通人脉方面,家族也极力为其打点周全,如光绪十四年六月三十日接徐梦鸥信,知悉"江南主试正李文田,副王仁堪";抵金陵后钱少江"来关照"(十四日记),光绪十四年贡监案由钱少江告知:"给灯牌费两元,另付验照费三百五十文,即托渠去领。"(七月二十八日记)光绪十九年送录遗案、发还乡试卷等也皆由钱少江办理。

首次赴考,柳慕曾光绪十四年七月初九日即抵达金陵,二十六日先试录科,是日记载:

> 二点钟起,三点时雇划子船,至贡院前,候之良久始开点,八点封门。文题:"子张学于禄"一章;策问:"《列女传》载许穆夫人事与《韩诗外传》合具,鲁、韩二家《载驰》诗说不同《毛传》,试引

---

① 柳亚子《五十七年》:"祖父为了继承给未婚的父亲,就是我的叔祖芝卿公的关系,怕族人来抢夺家产,很早就捐了一个中书科中书,便没有去考小考了。"柳无忌、柳无非编《柳亚子文集 自传·年谱·文集》,第49页。

② 柳翼高、柳景高《先考巳仲府君行略》,《柳无涯先生行述》。

申其义";诗题"'闲寻书册应多味'得'寻'字,六韵"。五点钟
出场。

此场柳慕曾取贡监案苏属第一。初八日赴乡试,归程在京口登岸与
同伴至金山畅游,"俯视长江,远对焦山,气象万千,不可言喻"(光绪
十四年八月二十日记),见出蓬勃的盛年心志,然此次乡试并未中举。

　　光绪十九年(1893),25 岁的柳慕曾再赴秋闱。先试俊秀案录
遗,七月二十六日记:

　　　　阴晴参半。是日俊秀录遗,余一点即起,三点时雇小舟与帆
　　鸥、燮卿同去。四点登岸,适遇大雨,衣服尽湿。五点进场……
　　七点出题,文:"莫大乎尊亲"三句;策问马政;诗"'畏人嫌我真'
　　得'真'字,六韵"。默圣谕四行有余。

　　八月初二日,得知"取俊秀案,阖属统排,未悉名次",得以再度赴
乡试。然而此后考试却颇不顺利。初八日首场"各处人极拥挤",其
所夹袋中对时表"竟被剪绺攫去",可见秩序混乱;更重要的是,柳慕
曾应试期间因夜间受寒致急症并发:

　　　　夜间忽患泄泻共四五次,四鼓始睡,复起一次,加以夜雨不
　　止,须过七十余号方致号底,以致狼狈不堪,虽带有药物,服之毫
　　无效验。

　　初九日泄泻两次,十一、十五日又两次忽发肝疾,"天气蒸热异
常,汗下如雨,竟日局卧号中"。此番考试相比光绪十四年的踌躇满
志,显得更为仓促多舛而"精神委顿",柳慕曾回思初八日夜间光景,
以为"但能勉强终场已为大幸",然而终究"文字潦草不暇顾""以空策
草草完卷"(初十、十六日记),因此结果不佳亦成必然。九月二十二

日上午得榜信,知"仅中震邑曹胡珏",十二月十九日乡试卷发还:

> 出十六房,同知衔江苏试用知县邓遗经荐,头场批:"首艺以禅受诂题,词严义正,寄托遥深,以有根柢,三有机势,诗谐";二场批:"五艺皆整齐严肃,焕乎有章";三场批:"略不伤气";堂批"清畅无疵"。并见荐卷。单江震共二十人。江十三人:沈维钟、王偕龙、金祖泽、金洽恒、沈恩培、王森宝、杨明善、蔡寅、柳慕曾、陆椿、倪祖培、凌昌炘、顾緺康;震七人:陆昆勋、凌树谟、凌应霖、周宝贤、王榜第、王赓飔、汝仁凤。

柳慕曾虽被荐卷然最终并未中举,其科举之途亦就此终止。实际上,对于柳慕曾来说,其应举更多是"副先人之望",而非适愿之举。因此《了庵日记》中所呈现的两次应试经历不但疾病交加,甚至是痛苦难耐的经历:

如光绪十四年(1888)八月初八日午初进场,"拥挤异常,受伤者甚多",接卷后携考具至北总门,"人多路隘,竟不能入候",至傍晚始至考号处,"草草收拾,狼狈不堪,腹馁身瘦,困苦万状"。十一日次场"拥挤略减",然由于"号已近底,臭秽异常",遂携考具至旁室,方得"臭气略减"。十四日大雨终日,进场"泥途滑之,殊觉不堪"。十五日考毕三场后感到"散场后精神疲乏",因此返程舟中"惟熟睡而已"。同时,柳慕曾观察到考试中"规极宽,并不盖戳,各场皆然""各任翻阅抄书"等科场规矩渐崩坏的趋向。

相比之下,应举之外的活动显得更能提振其兴趣,如光绪十四年八月十三日考完乡试第三场后,"下午至问渠纳茗,灯下与寿丈围棋一局",方感到"精神较上场似胜";光绪十九年头场考毕,与赁寓屋主人施植云谈至灯后一点钟。又如临近考期,依旧游冶弈饮未绝。赴金陵途中一路与同伴"拗战酣饮",抵金陵后,先后纳茗修容、游览贡院,又至陈公祠观弈、泊舟秦淮,还游妙相庵,以致肝气略发又加寒热；第一场考毕后，又买物件，游愚园、贡院，与友人至陈公祠、玉楼春、得月台茗叙，在寓所围棋、酣饮；至次月十五日全部考毕后，"私心已极欣"，自云："本更何他望哉！"实道出其本心。

（二）著书与旁及之学：从通经到致用

柳慕曾少时，门内之政由其祖父柳兆薰一手操持，其因而得以专心读书，"有志于名山著述之业"①。撰著有《了庵诗文词》存目②。从《了庵日记》来看，青年时期的柳慕曾同样尝试撰著舆地、笔记杂说等子学。

1.《方舆纪略》：舆地学的著述尝试

胜溪舆地之学几成风尚，如其生父柳应墀兼治地理洋务之学，有《补魏源海国图志》；凌磐生则有《吴疆域图说》等，柳慕曾"尤穷天算兼舆图"③即数算舆地之学，能"不假师传，独窥奥秘"④，或即与此风气有关。

自光绪十八年（1892）十一月十八日起编钞《方舆纪略》，直至光绪二十年元月，柳慕曾每日编钞半页至一页不辍，其翻阅洪氏《乾隆府厅州县图志》，通过此书以乾隆五十三年（1788）为断，判断"盖书成于是年也"，《乾隆府厅州县图志》是柳慕曾编钞《方舆纪略》的重要参考，一方面分析此书结构"凡五十卷，为图二十，首纪三原、京师一图，兴京、盛京一图，次十九布政司所辖江宁、江苏一图，余各一图，次牧地及新疆外藩，末附朝贡诸国、府县建置"，同时将该书作为重要的资

---

①④　柳翼高、柳景高《先考巳仲府君行述》、《柳无涯先生行述》。

②　据《分湖柳氏第三次纂修家谱》卷六；《苏州民国艺文志》（载吴江图书馆有稿本，近人编《江苏艺文志》则称"未见"（江庆柏主编，孙中旺、曹培根增订《江苏艺文志·苏州卷》，凤凰出版社2019年版，第3062—3063页），笔者访今江苏省苏州市吴江区图书馆亦未见。

③　陈去病《柳无涯先生墓志铭》、《南社丛刻》二十一集。

料来源,如光绪十八年十一月二十九日"近编《方舆纪略》,江苏已全安,安徽将及一半,因无图,终不能明了",因此摹《安徽全图》以复补绘,自感"惟笔胶指僵,草草钩成,甚不惬心,此叶仍须摹过"(光绪十八年十一月二十九日记),十一月三十日又影摹《山西全图》一叶。

2.《灵檀杂录》:钞记诗文典实

自光绪十八年(1892)十二月起,柳慕曾钞《灵檀杂录》一叶,"专记典实以供诗文之用",其自言成书因由在于其"性善忘,披览所及,阅时稍久,辄不记忆,即循常习用之典,尔都模糊恍惚,不能举其源本",其在阅读《甘亭集》的过程中,发现其中典坟有注尚多未晓;又因查检类书,时有所获而"恐逾时复归乌有",因设一册以"供诗文之用",其编纂宗旨在于"无论常言僻典,皆录于上,随见随钞,不为类次",名曰"灵檀录"则意在"聊以备遗忘而便检阅"(光绪十八年十二月十一日记)。

3.《了庵随笔》:杂录闻见臆说

光绪十八年(1892)十二月二十四日,柳慕曾感到设《灵檀杂录》之外,其"涉览所及,与谈论所得其足以广闻见而资考核覆者"同样不少,因此又设一册,间有臆说亦附记于此,名曰"了庵随笔",自言"自惭愚昧,学识毫无,芜杂谫陋之诚在所不顾矣",凡不入《灵檀杂录》者,皆记于此书。

这种著书的特点,与柳慕曾的学术兴趣有关,其认为《切韵指掌图》《切简可编》等音韵学"殊难通晓";相比之下,对于应用实务之学表现出更为深入的关注。除了舆地之学及杂说外,柳慕曾还广泛涉猎医学、算术和农学。其曾学医于李匏斋,随着年岁成熟,逐渐由求医到自诊自疗,如对于屏伯父为母亲所拟药方,其品尝后,内心疑惑"未知能应手否",显示出其初具医理并渐成独立的判断,其母服用此方后果然"腰痛转剧,兼及头面,四支无定方,似伏风外窜",体现出医术不断精进。光绪二十年,则分别为自己、继室沈氏诊疗。二月十四日连夜咳嗽多稠痰,今夜微有寒热,次日"身热退净,精神殊形委顿,胃纳亦减",因而自行开药,即取前所服董梅丈所开药方,"略为增减再行配服",从结果看似颇为奏效:"入夜精神稍胜。"至十八日"感冒渐愈"。四月初一,沈氏前服简星斋所开药方,效果不显,因此柳慕曾"自拟方"为其医治,沈氏服四剂后"诸恙渐平,眠食略复";二十四日后沈氏肝疾复发,柳慕曾仍自拟方,至月末,沈氏"始得徐愈"。

此外,柳慕曾还擅长算术,光绪十三年(1887)一月初六日、光绪十五年十二月十三日至十五日、廿四日均记载其"习数";因而柳亚子《自传》中回忆柳慕曾才资颇高,"算学是颇有成就的"①;柳慕曾还将此专长投入料理宗族事务中,如常"暇算账目""检理旧账""结算账目"等,另如至萃和堂收款(光绪十五年十二月初四日记)、代渊甫伯父为归并田产书券(光绪十八年九月初九日记)等,同样展现出柳慕曾注重实务的特点。

三、日记所反映的柳慕曾知识结构的调整

1. 阅读视野的拓展:从经解文史到报章杂著

通过梳理《了庵日记》,可以见出光绪十一年至二十年中柳慕曾阅读视野的特点及变化情况。第一,为博科第而研读考究"汉宋诸儒训诂义理之书,六代三唐文章词赋之学"②,为柳慕曾书籍世界建构的根柢。阅读、圈点、校理《诗经》《大学》《中庸》《礼记》《论语》《说文》,同时广览《历代石经略》《毛诗传疏》《仪礼古今文疏义》《凤氏经说》等传说经解类书籍;此外由于光绪十三年精研《说文》,还集中阅读小学类文献如段玉裁《说文解字注》、张行孚《说文揭原》、桂馥《说文解字义证校勘记》、胡承珙《小尔雅义证》等;光绪十八年兴趣转向"致力《文选》"(十一月二十五日记),因此多翻阅胡果泉《文选考异》、

---

① 柳无忌、柳无非编《柳亚子文集 自传·年谱·日记》,第1页。
② 柳亚子《先考钝斋府君行述》,《吴江历史人物碑传集》下册,第1106页。

杭世骏《文选课虚》等。

同时,为适应备考需要,科举应试读物成为柳慕曾阅读大宗。主要包括《(浦)五编》《八铭初集》《切问会卷》《简学斋试帖》《学海堂集》《学海堂二集》《莲溪试帖》《澹香斋试帖》《天崇文英》《桐云阁试帖》《柏蕴皋全稿》11 种时文汇编,《唐诗近体》《赋学正鹄》等诗赋选集,同时还有《论文宗旨》等传授科举制艺心得技巧的读本;而时人文集的选择,如骈体著称的彭兆荪《小谟觞馆文集》《甘亭文集》,也以就学于技法为指向。

第二,柳慕曾书籍阅读与其所受桐城派的学术教育相互参证。《曾文正公家书》《年谱》《事略》《杂著》《经史百家杂钞》以及别集类对杜诗、韩文、刘蓉《养晦堂文集》的阅读偏重也反映了其对以曾国藩为代表的桐城派的认同与接受。而曾国藩之后桐城派更趋向致用、时务①,也影响了柳慕曾的学术观念,其从光绪十一年(1885)研习《说文》《尔雅》到光绪十八年评说"近时经艺"最重"须以诸子之辞藻,运群经之典实,富丽典奥乃为足",反对专事考据,认为此"徒尚充足无当"(光绪十八年十一月二十日记)的认识转向,也展现出其对桐城义脉的延续与发展。

第三,自光绪十八年起,柳慕曾形成披阅报章的习惯。其几乎每日都翻阅《申报》《京报》,虽然距离报纸发行当日已有一定滞后,如光绪十八年八月二十二日看十三、四、五日《申报》、光绪十九年四月初一日看前月廿二、三日《京报》等,但仍有力地将柳慕曾的视野从江南村居拓展至更为广大的空间范围。如光绪十八年八月初一、二日《申报》载江都县朱大令捕蝗事,其方法为:"于潮湿处开沟,将虫赶集,以洋油一二分掺入水内灌之,立毙。"柳慕曾摘录并评论:"此大令心得之法,已有成效,可法也。"

---

①　徐雁平《桐城文章中"尚有时世":以同光年间莲池书院之讲习为中心》,《清代文学研究集刊》2010 年第三辑。

又如读光绪十八年八月初五日《申报》,知齐豫水灾、荆州公安因大雨决堤"被灾颇重"、皖北泸州又成旱灾,感叹"司农有告匮乏之忧,义振无息肩之日,天意茫茫,正不知何时厌祸也"(八月初八日记)。光绪八年(1882)八月二十二日,看《申报》载武功山有会匪聚集、四出劫掠,肆意驿骚附近各乡县,人心惶惧,迁徙一空,面对此盗贼窃发、灾祸频仍的情况,柳慕曾发出"人之忧其能已乎"的感叹,后读廿八日《申报》,得知武功山会匪已由官军剿败,闾阎亦安堵如常,不仅"可称大幸",然而又表示了自己的担忧:"所获匪首不过会中头目,虽经擒斩数名,而此外漏网者正复不少,且匪党遍布各省,现虽暂时伏匿,而蟠结之势,依然未解,此次风波,幸而即定,将来祸变,正未可知耳。"从而推动传统知识分子以经学义理为主轴而逐渐转向对民族国家和日常人生的关切。

同时值得指出的是,报刊还挑战了儒学经典的权威,光绪十八年八月初三日载康有为"《新学伪经考》一书都十四卷"书讯,在上海文同书局发售,价银二两。称此书将《易》《毛诗》《古文尚书》《周礼》《左传》《尔雅》《说文》皆考为伪书,柳慕曾对此甚为惊异,称之"奇创";然对此尚有怀疑:"未知果有独见卓论否?"这对柳慕曾产生了一定冲击,见出其旧学新知交迭中逐渐重构的知识秩序。

第四,十年间,柳慕曾阅读书籍的类别重心也存在转移。以时序和四部分类,《了庵日记》所记书目计有数量如下表所示:

四部分类	光绪十一年	光绪十三年	光绪十四年	光绪十五年	光绪十六年	光绪十八年	光绪十九年	光绪二十年
经	3	14	0	1	0	0	1	0
史	1	2	1	3	3	5	6	3
子	7	11	4	6	6	5	7	2
集	8	8	1	1	2	4	6	1

由此可见,子史两部渐成柳慕曾的主要类目,其嗜读近人杂著,尤好

稗史、小说。阅读的笔记小说计有《浮生六记》《阅微草堂笔记》《篆友蛾术编》《輶轩语》《右台仙馆笔记》《客窗闲话》《燕山外史》《劝戒四录》《稗史》《快心编》《比目鱼传奇》《萤窗异草》《觚剩》《觚剩续编》《海上花列传》15部，杂志连载如光绪十八年八月初九日"看新出第十二期《海上奇书》"，九月初九日"看第十三期《海上奇书》"等，也扩充了柳慕曾接触小说读物的渠道。

　　实际上，将书籍作为充实增广知识的方式，是柳慕曾阅读结构调整的内在动因：近代报刊是时事的重要载体；而子史两部的崛起，则由于其客观上满足了知识分子"大则可以悟道，小则可以观物"①的知世格致的诉求。柳慕曾光绪十一年痴迷篆刻之学，研读《清承堂印谱》《篆刻针度》《瑶草堂图章谱》等篆刻论著，广习古今人关于篆法、印学和刀法等论说；光绪十三年因与恕甫皆患病，"目泪鼻涕，不能久视"，"恕甫又患腹痛"（七月十四日记），而取阅《黄帝内经·素问》《却老编》等以求养生之道；光绪十九年则因操持母亲延医治病而翻阅《笔花医镜》《神农本草百种录》等医学书籍；小说尤好仇远《稗史》，如光绪十五年、十六年"终日以稗史消遣"（光绪十五年十二月廿七日记、光绪十六年二月廿三日记），光绪十六年亦常"暇看稗史"（八月初一日记），赴上海途中"小酌舟中，非谈天即看稗史，颇不寂寞"（光绪十六年八月初三日记），光绪十九年省试毕，返程途中"读稗史消遣"（八月二十日记）；史部则主要聚焦于《平定粤匪纪略》《圣武记》等纪事本末类，《孤忠录》《黎里忠节录》等传记类及《交山平寇始末》《郎潜纪闻》等杂史类，尤以吴可读尸谏、太平天国等，体现其对"当世"事件的关注；狭邪小说、杂史传奇等虽并非直接"叙述国是"，但却是二十世纪诸多知识观念的温床②，柳慕曾以琐闻屑谈为媒介，开拓了"现

---

①　《论中国学者将尚子书》，《申报》1878年7月18日。

②　王德威《被压抑的现代性：晚清小说新论》，（台湾）城邦文化事业有限公司2003年版，第40页。

代性"理念、文化和经济政治现象等知识空间，也是文人在二十世纪初的变局中逐渐从旧经故纸转向现实世界的表现。

2. 异域外邦的新知探索

就内容而言，报刊读物提供的知识倾向于时政经济要闻、实务之学及狭邪琐语，而从《了庵日记》的记载来看，柳慕曾关于近代化及外邦异域的认知更多由接触涌入的新事物而实现。由其尝著一书名曰"无奇不有"，见出尚奇的"风趣"①性格，由此将闻见外邦事、物及其新异感受详载于日记之中。

首先是对舶来品的好尚。光绪十四年（1888），托恕甫购东洋印色"价三元，灯下试之"，赞其为"精品"（一月初三日记）；玉表倕带来"划乌丝机器"一副，则惊叹其"甚精妙"（九月十一日记）。

其次是对照相技术的接受与喜好。如光绪十四年其至金陵应考，同时"请席主人照相"（七月廿一日记）；光绪十五年元旦与屋庐、定甫在盛，晚"至芙蓉镜照相馆议价"，一片价两圆六角（正月十二日、十三日记）；光绪十六年二月又至芙蓉镜照相馆"以内子前在沪上所印之照属其展大，议价洋泉五圆"（十五日记），至雪巷时，恰逢照相馆主梁梅村，"午后为余照小影二"（四月初十日记）。最后是对异邦景观的探索。如其光绪十六年抵上海，则至"法大马路闲眺"，法大马路即彼时上海租界之公馆马路，以法领事署在此而得名②；"闲眺"街景，见其好奇游观之情；同时，柳慕曾还通过耳闻丰富关于海外世界的想象，如光绪十九年听闻陆沅青口述其南洋之游的经历：

> 沅翁年四十六矣，年幼时因粤匪之难曾至南洋，方庚申之夏，郡邑相继失守，黎镇团练未几而溃，镇遂陷。时沅翁方十二岁，被虏至郡垣，次年辛酉遂至粤东，居潮郡最久，凡五六年，颇

① 柳翼高、柳景高《先考巳仲府君行述》、《柳无涯先生行述》。
② 徐珂《清稗类钞》，中华书局 2010 年版，第 87 页。

能通其土语。难平后无以为归，因随人贾南洋佐会计，出香港口，过越南，自省会至潮、自潮至香港约各五百里，自香港至越南约三千里。远至槟榔屿……沅翁随贾数年甫得归里，年已二十四年矣。

（正月初八日记）

除了记载其自黎镇、郡垣、粤东潮郡、香港口、越南终至南洋的南行过程外，还详述了槟榔屿的地理和风景：

其地近属英夷，去粤已万里，负山面海，中平旷千余里，山多槟榔，因名焉……天时有暑无寒，三冬常如初夏，朔风霜雨雪所不至，故夹衣即可卒岁，非若粤地，犹有时需棉衣也。

此外，日记还转述了槟榔屿物产甘蔗"较闽粤产尤大，围可四五寸，其味奇甘，异于常蔗，多熬为糖霜，无生食者，以故产糖极盛"等细节。从亲临感受西洋景观、接受东洋商品融入日常生活，到通过口耳相传想象南洋图景，展现出以柳慕曾为代表的江南地方士绅的世界知识也不断拓展着外沿。

四、结　语

《了庵日记》记录了柳慕曾光绪年间的出处行迹，反映了清末文士知识谱系建构的过程以及身份观念的承续与革变。首先，其呈现了柳慕曾士绅文人身份在宗族轴心的文化模式之下的形成过程。柳慕曾通过音书往复、医患互动、婚丧节庆及祭祀的礼制因循等方式参与和维系胜溪柳氏的家族生态；宗族血缘及与"分湖世家"凌、沈两氏联姻也为柳慕曾构建社会人际关系网络提供前提；正如其名"慕曾"所昭示，从学立志、进德修业不止于个体行为，更是继统曾祖考柳树芳文业、振扬家族声望的使命；而柳慕曾的师承关系也同样以宗族为依托,柳慕曾舅父、族伯即塾师,使柳氏家学流衍与师承授受相与为一,并借此关联切问书院等地方文教,构建和融入文人集群。此外,柳慕曾《了庵日记》所记载其青年时代之能弈善饮、擅书法篆刻及游冶安闲的适惬清趣,也反映出士绅世家之仓廪丰实对个体的滋养;而师法宗族先贤、领受家训命义使柳慕曾"立志戒责",要求刻励奋发、自省痛戒迟睡,并赋予《了庵日记》"去私改过"的功能。

随着柳慕曾母亲、祖母于 1896 年、1897 年相继去世,戊戌之秋(1898)柳氏分房,其兄柳念曾移家黎里,冬十月柳慕曾移家周庄,《了庵日记》遂成为胜溪柳氏解体前的最后载记。《了庵日记》中,青年柳慕曾一方面遵从宗族诗礼传家、科名仕宦的冀望,其日课规程、读书理经、制艺作文都有着为仕而学的鲜明导向,但从其自述的赴试之疲累乃至痛苦体验可见,对于柳慕曾来说,应举"席先世遗业"的意义甚于自我心志,因此随着光绪十四年(1888)、十九年的两试乡闱而不中,其个人学术兴趣也逐渐由通经而转向致用,如自发编撰舆地学著述《方舆纪略》,并立《灵檀杂录》《了庵随笔》二册笔记杂录,以及求医到自诊的医术发展、理账目田产等族务活动,可见其对实务等经外旁及之学的投入。

《了庵日记》的意义,还在于反映出以柳慕曾为代表的晚清文士知识结构的调整。在阅读视野的变化方面,自光绪十一年至二十年,经解注说、批点选本、试帖典范等科举应试读物是柳慕曾早期的阅读大宗;远汲韩文杜诗,近崇曾国藩、刘蓉等别集阅读呈现出其对桐城文脉的接受;随着《申报》《京报》的兴起,遂形成披阅报章的习惯;阅读书籍的类别重心则由经学逐渐向子史转移,其阅读结构的调整,除了受到时兴读物的影响,还来自扩充篆刻、医学等相关知识的驱动,同时,近人稗史杂传、笔记小说中记载的当世重大变革与社会奇闻的阅读,侧面反映出其对社会时局的关注;眺望公馆马路街景、使用"机器""东洋印色"等产品,以及关于海外"南洋"奇观的闻说,也见出柳慕曾世界知识的拓展。

　　总之,《了庵日记》记录了清末苏州府吴江文人柳慕曾十年生活史,从中可见出对晚清文士身份体认、知识结构始于宗族统绪之形塑,并在时代变局下逐渐变易与转型。胜溪柳氏的法度礼制、宗族脉系是柳慕曾读书应举志业和社会关系形成的基石;家学流衍与师承授受合一,促进了桐城派在柳氏宗族的传承;以日记戒责自省以师儒希圣、去私改过,则是其宗族轴心下文化人格的具体表现;十年间柳慕曾对科举的投入与游离、著述及旁及之学可见出其从帖括词章到经世实科、由通经到致用的学术兴趣转向;柳慕曾阅读视野重心由科举制艺逐渐向近代报章和时人子史杂著转移,并以笔记小说等作为关切时局的媒介,结合目见耳闻等途径获取世界知识,呈现出晚清文士通经学古的同时,现代性也有所萌蘗与波动。

　　《了庵日记》创作于 1885—1894 年,正处于甲申中法之战后、甲午中日战争前,实为"空前大变局"①的十年,作为科举落第、偏居江南乡村的士绅文人,青年柳慕曾仍以宗族为立身之基,且在与家族文化共生的过程中,逐渐形成对自我身份、知识结构的观照、体认与革新。柳慕曾"感激时变"和自我启蒙的意识虽未完全明确,但其对科举流弊的观察、致用实务的取向与新事物的兴趣等,实已为此后参与促进定经界以谋自治,设乡学以惠寒贫的社会改革奠定了基础。如由于"知非育才不足以救国"而参与创办元江公学,捐资之外还担任教课;创开女学风气,有"慨然有移风易俗之想";促成创设"抚御游民会"(后改名"岁余保农会")、邑教育会、劝学所等;而其光宣至民国初年诸多具有开创意义的"苦心擘画,文化始启"②的实践,溯其源始,正是在《了庵日记》记载的十年轨迹中,发轫于青年柳慕曾的文士身份、知识的承衍与革变之中。

---

　　①　柳亚子《五十七年》,柳无忌、柳无非编《柳亚子文集　自传·年谱·日记》,第 37 页。

　　②　柳翼高、柳景高《先考巳仲府君行述》,《柳无涯先生行述》。

整理凡例

整理所用底本为苏州博物馆藏《了庵日记》影印件(《苏州博物馆藏近现代名人日记稿本丛刊》第 20、21 册,文物出版社 2018 年版),整理凡例大致如下:

一、据《中国近现代稀见史料丛刊》体例,将正文书名改作《柳慕曾日记》。

二、据《中国近现代稀见史料丛刊》要求,正文所有整理文字除特殊情况外,均使用规范简化汉字,避讳字酌改回本字。

三、古人记录字号或地名时有时以音同或音近之字代替,本次整理不求统一,如其旧。

四、在正文原年、月、日后增加公元纪年,以圆括号括注其后。

五、正文夹注原为双行小字,今改用小字单行排印。

六、正文原稿确定误字者,以圆括号"( )"括出误字,后继以方括号"[ ]"括出改字,但明显的形近误字径改;原稿有脱字者,所补字亦用方括号"[ ]"括出;原稿有衍字者,用"【 】"括出。

七、正文后附入《柳无涯先生追悼录》(民国七年铅印本)、柳慕曾诗(辑自柳亚子编《分湖诗钞》),以便读者研究。

光绪十一年乙酉(1885)

三月初一日(4月15日) 晴朗,风甚厉。上午录文一首。下午写字四页,读文五遍。夜间看生文一首,读诗廿遍,读文五遍,刻图书两方,一"丽卿",一"幼堂"。"幼堂"一方刻来甚是得意。

初二日(4月16日) 阴寒,风如昨。上午录文一首。下午至兰生处闲谈,写字一页,看生文两首。夜间看生文一首,因心绪不清,不耐久坐,但杂沓翻阅而已。庭中白山茶初开,弱质经风,大有不胜之态。因移置室中,且便赏玩,其丰神娟秀,足令意移。夜间灯光之下,花影更是可爱,至足乐也。

初三日(4月17日) 阴,微雨,傍晚微晴。夜则星斗争辉,未卜来朝可杲杲日出否?上午看《近思录》两页及恕甫窗课。张元之先生所改。下午写小楷一页,录文一首,读文五遍。夜间看恕甫窗课,读诗廿遍,录文一首。

初四日(4月18日) 天果晴。偶步春郊,但见桃红与柳绿争妍,舞蝶偕游蜂角戏。莺啼燕语,耳中一片春声;日暖风和,眼底一团春意。暮春之乐,夫复何言?上午阅《近思录》两页,理《诗经》十页,读文五遍。下午写小楷一页,至兰生处闲谈。傍晚寅哥自莘溪还,知二母舅病已渐痊,甚是欣慰。夜间读文五遍,因精神疲乏,早睡。

初五日(4月19日) 淡晴。上午写隶书两页。下午写小楷半页,刻图书两方,一阴文"游志六艺",一阳文"松陵巳仲手墨"。极其得意。夜间读文八遍,又刻图书一方,阳文"雕虫小技"。太觉平淡,不甚惬意。

初六日(4月20日) 晴,甚暖。作文一篇,题:"分人以财"两句。夜间作诗一首,题:"花王得王字"。刻名号图书两方。

初七日(**4 月 21 日**) 晴,傍晚阴,风声甚厉。上午誊文一篇、诗一首。下午刻图书两方。皆阴文,一"文人多癖",一"心与白云闲"。夜间读文五遍。

初八日(**4 月 22 日**) 晴和。夜来凭栏眺望,见天上半轮明月,庭中一带名花,月映花而倍净,花得月而愈妍。徘徊久之,命人作天际真人想。此境此情,正人生不可多得时也。上午看《近思录》两页,理《诗经》十页。下午至兰生处闲谈,读文五遍。夜间看《惟是堂稿》及《四书大全》,刻名号图书两方。

初九日(**4 月 23 日**) 晴,较昨日更暖。作文二首,切问书院课,题:"《诗》云'王赫斯怒'两节"。夜间录文两首,傍晚至兰生处闲谈,后至枕上又作诗两首。题:"'阵前金甲受降时'得'降'字"。

初十日(**4 月 24 日**) 晴。作文一首,诗一首,前题。下午兰生来闲谈。夜间阅《清承堂印谱》十数页即睡。

十一日(**4 月 25 日**) 晴,甚暖。上午誊文一首、诗一首。下午至兰生处闲谈,看生文两首,又誊文一首、诗一首。夜间刻图书两方。阴文一"巳仲所作",一"寅伯手墨"。傍晚接到恕甫寄来图谱一张,系姚师为渠所刊者,苍劲挺秀,自成一家,翻阅久之,不觉技痒,但珠玉在前,固当自愧耳。

十二日(**4 月 26 日**) 晴,骤热。上午刻图书两方,一阴文"丈石山房",一阳文"巳仲"。写隶书两页。下午读文十五遍,至兰生处闲谈。夜间刻图书一方,阴文"巳仲曾观"。甚是得意,看生文一首。

十三日(**4 月 27 日**) 晴,更热于昨。上午写小楷半页,下午又写半页,热极而倦,至兰生处谈,倦稍解,然终觉心绪不清,春天岂真非读书时耶?翻阅《清承堂印谱》,略觉乏味。夜间刻图书一方。阴文"松陵柳慕曾之印"。甚为惬意,然时已十一点钟矣,即睡。

十四日(**4 月 28 日**) 阴,傍晚始霁,夜间又雨。上午看《八铭初集》。下午写小楷,未及两行,适大姊自莘来,遂辍写。傍晚刻图书两方。皆阳文,一"雕虫小技",一"巳仲"。夜间酒兴太好,不觉酣饮,早睡。

十五日(4月29日)　晴,风甚狂,下午稍息,天气顿冷。上午以近日所刻图书印成一纸,寄于恕甫,傍晚接渠回札,谬加奖评,且约十七日来溪赏牡丹,杯酒言欢,固是生平第一乐事,不禁引领而望。下午至兰生处谈,与苹叔对弈,傍晚同来瑞荆看牡丹,姚黄魏紫,凡卉怀惭;国色仙香,俗肠顿化。如此清福,正人生不易得时也。夜间又因醋饮,但谈笑而已。

十六日(4月30日)　晴。是日黻卿从伯家二姊受盘。上午看《初月楼论书》十余则,即去应酬宾客。傍晚又至兰生处谈。夜间作七律一首,即睡。

十七日(5月1日)　晴,风甚狂。是日母亲偕大姊至黎里问徐氏寄母疾,傍晚船还,知约明日去载。上午看《八铭初集》。午后恕甫来,七叔亦来赏花,同醋饮于养树堂,三点钟恕甫即还苹,甚是匆匆。傍晚至兰生处对弈。夜间读文十遍,早睡。

十八日(5月2日)　阴风仍狂。是日黻卿二伯父家二妹出阁,因服中概不排场。上午至兰生处对弈,十二点钟至苹和。下午偕苹叔诸人送亲至港口,至夜间九点钟始返,醋饮至十二点钟。傍晚母亲偕大姊自黎还,知寄母病仍不减,甚为焦灼。

十九日(5月3日)　晴,热甚,傍晚雨势甚紧,然亦略雨即至。上午看《近思录》两页,理《诗经》捌页。下午写隶书一页,看《八铭初集》。夜间又因醋饮过醉,早睡。

二十日(5月4日)　晴,更热于昨。晚际雷雨大作,虽热势未退,而心胸为之一快。作文一首,题"人之患在好为人师"。下午至兰生处谈。夜间作诗一首,题"未到晓钟犹是春"。早睡。

廿一日(5月5日)　晴,立夏。上午七叔处柴堆失火,幸救者甚众,未曾殃及他处,然已举室惊惶矣。下午饮酒,醉甚,至兰生处长谈。夜间誊文一首、诗一首。中饭后送大姊还苹,傍晚船还。接恕老札,知约廿四日来溪。

廿二日(5月6日)　晴。看《柏蕴皋稿》,下午读文五遍。至兰生处谈，夜间仍看柏稿。

廿三日(5月7日)　晴。上午看《柏蕴皋稿》，读文五遍。下午写小楷半页，作文一首。切问书院课题："子谓仲弓"至"且角"。夜间略为点窜，早睡。

廿四日(5月8日)　晴，热甚。晚际雷雨大作，甚是畅快。上午至兰生处谈。下午看生文一首，四点钟恕甫来溪约今夜伏载，明日至苏。夜间酣饮大醉。

廿五日(5月9日)　阴，顿寒。上午作诗一首。切问课题："'正午牡丹'得'晴'字"。下午誊文一首、诗一首，至兰生处谈，傍晚兰生来谈。夜间作文一首，前题。

廿六日(5月10日)　微阴，下午始霁。上午作诗一首，前题。誊文一首，中饭后誊诗一首，至兰生处谈，后兰生来谈，又与兰生对弈。下午未作一事，真无以自解也。夜间读文五遍，杂看生文。

廿七日(5月11日)　晴。上午作诗一首，前题。下午读文八遍，翻阅《清承堂印谱》，写草书一页，刻图书一方，阴文"柳州后裔"。夜间看《制义偶钞》，读文五遍。

廿八日(5月12日)　晴。上午看《近思录》两页，选读卷十数首，颠倒翻阅，不免己见，看生文三首。下午录文二首，刻图书一方，阳文"巳仲乐诵"。傍晚走访兰生不值，看生文一首。夜间录文一首，早睡。

廿九日(5月13日)　晴，午后略热。作文一首，题："不可以作巫医"。下午至兰生处长谈。夜间作诗一首，题："'花去春丛蝴蝶乱'得'丛'字"。看《浦五编》。

肆月初一日(5月14日)　阴晴参半。上午誊文一、诗一。下午写中字一页，读文十五遍，兰生来谈。夜间读文十遍。

初二日(5月15日)　两阶前涓滴不已，且风声甚厉，真《诗》所谓"终风且雨"者也。上午至兰生处谈。下午写中字一页，读文五遍，临姚师隶书尺页两页。夜间看《制义偶钞》,作七律一首,又看《八铭初集》。

初三日(5月16日) 淡晴,微雨。的是四月清和,阴乍晴光景也。上午接到徐氏寄母凶信,寅哥已于中饭后至黎。下午录文一首,读文十六遍,刻图书一方,阴文"巳仲手笔"。写隶书一页,兰生来长谈,作札一函,致恕甫。

初四日(5月17日) 晴。母亲于五点钟即至黎,晏起。下午写小隶书两页,读文十四遍,至兰生处谈。傍晚母亲偕寅哥自黎还。夜间翻阅家谱,早睡。

初五日(5月18日) 晴。上午看《近思录》两页,写小楷半页。下午看《史记菁华》二十余页,读文五遍。傍晚至兰生处谈。夜间看《惟是堂稿》。

初六日(5月19日) 晴。饭后丽卿还,知恕甫已于昨日由苏至莘。丽卿则今朝由莘溪来也。上午刻图书一方,阳文"巳仲氏"。下午至兰生处谈,为厚安写扇面一叶。傍晚寅伯自黎还。

初七日(5月20日) 晴。上午作诗一,切问书院课题:"'人不易知'得'知'字"。下午看生文三首,至兰生处谈。晚接恕甫札,知约后日来溪。夜间看董思白论文数则。

初八日(5月21日) 晴。作文一,切问书院课题:"泽梁无禁"二句。下午录文一、诗一,至兰生处长谈,夜间誊诗文各一。

初九日(5月22日) 晴。上午理《诗经》十页,看《史记菁华》。十二点钟恕甫来,下午四五点钟即还莘。傍晚兰生来谈,夜间睡极迟。

初十日(5月23日) 阴。略参睡意,夜间早睡。

十一日(5月24日) 阴雨,下午雨止。介安伯父家分析,去应酬宾客。下午与兰生对弈,夜间至十点钟始还,寅哥夜间未去。

十二日(5月25日) 晴。傍晚至兰生处谈,夜间早睡。

十三日(5月26日) 阴雨终日。上午写中字一页,隶书尺页一叶,下午刻图书一方,阴文"巳仲"。读文十遍,杂看生诗,傍晚至兰生处谈,夜间看生文两首。

十四日(**5 月 27 日**) 阴。作文一首,题"仕者世禄"。下午至兰生处长谈,与之对弈。夜间作诗一首,题:"笔补造化天无功"。睡甚迟。

十五日(**5 月 28 日**) 晴。上午誊诗文各一。下午杂看生文。夜间早睡。

十六日(**5 月 29 日**) 微阴。下午至兰生处谈。夜间早睡。

十七日(**5 月 30 日**) 淡晴。傍晚兰生来谈。夜间看《八铭初集》,读文八遍。

十八日(**5 月 31 日**) 清晨大雷电,约一时许始止,阴雨终日。上午写小楷一页,录文一首,刻图书一方,阳文"巳仲。下午录诗两首,五点钟恕甫偕大姊来溪。夜间知己谈心,睡甚迟。

十九日(**6 月 1 日**) 阴。下午钩隶书一页,《百石卒史碑》,姚师为恕甫书。至兰生处谈。傍晚兰生来谈,夜间酣饮微醉,权与谈笑而已。

二十日(**6 月 2 日**) 阴晴参半。上午读文十遍。下午钩隶书一页,读文五遍,至兰生处谈。夜间又醉。

廿一日(**6 月 3 日**) 淡阴,微晴。上午读文十遍,刻图书一方,阳文"世情未破"。写《西狭颂》三页,翻阅恕甫窗课。夜间早睡。

二十二日(**6 月 4 日**) 晴。下午双钩隶书两页,七叔来谈。傍晚至兰生处谈。夜间看《大全》。

廿三日(**6 月 5 日**) 晴。下午焕伯来谈,画格一幅。夜间微醉。

廿四日(**6 月 6 日**) 晴。上午看《大全》,十点钟至莘和陪费兰夫,恕甫同去。与幼耕长谈。夜间杂沓翻阅而已。

廿五日(**6 月 7 日**) 阴晴参半。作文一首,题:"知和而和"三句,切问书院课题。下午录清。

廿六日(**6 月 8 日**) 阴雨,下午微晴,夜间又大雨。上午费兰夫来,幼耕来谈天。午后六叔、幼耕、焕伯来长谈。黄昏与恕甫闲谈,作诗一首。切问课题:"亡羊补牢"。

廿七日(**6 月 9 日**) 阴雨终日,风甚狂。上午誊文一,下午誊诗一首。至苹叔处,见兰生信,知师母疾病,手足红疼,云是风症,甚为焦灼。看《近思录》两页,黄昏看诸名家小楷,磨墨三两池,大有墨趣,但不耐手酸耳。

廿八日(**6月10日**) 晴。上午写白折半页,写课程一纸,读文三遍。下午写隶书四页,读文十七遍,写白折半叶、双钩隶书半页。黄昏读文十遍。

廿九日(**6月11日**) 晴。上午写白折一页,下午又写一叶,读文十二遍。黄昏与大姊闲谈。

三十日(**6月12日**) 晴。上午写白折一页,下午写隶书四页,至六、七两叔处长谈。夜间热甚,辍读。

五月初一日(**6月13日**) 阴晴参半。作诗文各一。文题:"致远恐泥",诗题"青草池塘独听蛙"。

初二日(**6月14日**) 阴雨终日。上午誊文一。下午誊诗一,写小胡桃字二页,看生文一首。《八铭》:"欲修其身者,先正其心"。黄昏翻阅书籍。

初三日(**6月15日**) 晴,热于昨。上午修容。下午看理卿刻字、批大姊字。昨日影写大字,因磨墨数盂,幸备墨磨,尚不至于累坠,写中字四页。夜间翻阅书籍。

初四日(**6月16日**) 阴雨终日,热如昨。写大字一册,大隶书两册。夜间编字课数目,与恕甫谈心。

端午日(**6月17日**) 雨。中午酺饮大醉,至焕伯处谈,又至六叔处。黄昏作诗一首。鸳湖书院课题:"风雨占十五"。

初六日(**6月18日**) 阴。上午看《大全》,理姚师书法。下午双钩隶书半页,看恕甫点《才子文》,点至黄昏十点钟,剩三四首未点。

初七日(**6月19日**) 晴。上午写小字一页,看恕甫读本。下午写小胡桃字一页,看《才子书》。天气闷热,胸中烦愧,看书读文皆不能用心,大约神识不清,又因躁热,愈觉昏乱,再无方法开发之,奈何奈何！写扇子半叶。黄昏看《才子文》，大雨。

初八日（6月20日）　晴，夜又大雨。作文一首。切问课题："'臣闻之胡龁'至'以羊易之'"。黄昏作诗一。题"人情为田"。

初九日（6月21日）　阴晴参半。上午誊文一。下午誊诗一，写小字两页。恕甫刻石章曰"性刚才拙"，苍劲无匹，佩服之至，不敢不志。黄昏又惠我石章一方，篆曰"巳仲八分"，服之感之，无以报之，因亦学雕"瘦石"二字还赠，不足云报，亦聊以示意而已。

初十日（6月22日）　晴，热甚。母舅到馆，秀甫因患恙尚在苏家港。十点钟至溪。写白折半叶。下午看《八铭初集》，"欲修其身"篇。读文十二遍，看《近思录》一页。黄昏看一页，写隶书三页。

十一日（6月23日）　晴。上午写白折半页，读文三十五遍。下午写白折一页、上文一首，"省刑罚"两句，李模。方读七遍，达夫子、苹叔来长谈，写中字六页。夜间读文十三遍。下午大雨骤至，约一时许始止，爽快之至，然仍不干燥。

十二日（6月24日）　阴晴参半。上午写中字四页，读文卅遍，写中字两页，下午又写四页，翰波来，写隶书三页，理《左传》卅页，点《近思录》一页。黄昏读文十遍，读诗廿遍，点《近思录》两页。

十三日（6月25日）　雨。作文一首。题："请益曰无倦"。诗一首，题："雨声一片隔林来"。即誊清。交卷六点钟。下午祖父与母舅至大港。黄昏饮酒，点《近思录》三页。

十四日（6月26日）　晴。上午写小胡桃字一页，读文卅遍，又写两页。午后修容，又写三页，理《左传》卅页，写隶书三叶。黄昏读文十遍，读诗二十遍，点《近思录》两页。

望日（6月27日）　阴晴参半。写大字六本，大隶书两本，黄昏色字课，上文一首。"伯夷伊尹于孔子"一节，冯泳。

十六日（6月28日）　天气如昨，而热过之，地下又潮湿不堪。上午录《养晦堂文集》六页，下午两页。恕甫还莘，六点钟即来，移其前所作字课数十册，至秀练而不流于枯寂，雄健而不流于肥重，莫说现在不如,即在昔日用功之时亦且望尘弗及,而恕甫亦有不可复得之叹,可知皆在退境之中,倘再因循坐误,何以自对,今后凡事务当刻励奋发,即以字为前车之戒,庶有济乎! 戒之慎之,点《近思录》两页,读文十八遍,黄昏又细阅恕甫字课。

十七日(6月29日)　阴,顿寒。上午写中字四页,读文二十四遍。下午写中字四页、隶书三页,理《左传》三十五页。黄昏读文十五遍。

十八日(6月30日)　阴。作文一首,题:"归斯受之而已矣"。诗一首,题:"久雨望庚晴"。五点钟交卷。夜间点《近思录》两页,看其论格致工夫,见得到便要做得到,若做不到便非真见得到,近来觉心上勃勃,颇有奋发有为之气,当从此努力加鞭,不可使其气复馁,勉之勉之。

十九日(7月1日)　淡晴。上午写中字四页,读文二十遍。下午写中字八页,理《左传》四十四页。黄昏读文十三遍,读诗二十遍,点《近思》二页。饭后还十三日课文。

二十日(7月2日)　阴。上午写中字两页,还十八日课文,看试水龙,读文二十四遍。下午写中字三页、扇面一叶,龙生款。理《左传》三十页,洗砚。黄昏读文十六遍,摘录寅伯课作。五月十三期。

二十一日(7月3日)　雨。上午写中字三页,上文一首,"于此有人焉",蒋拭之。读文三十遍。下午写小胡桃字四页,理《左传》二十五页。黄昏录文一首,摘录寅伯课作,五月十八期。点《近思录》两页。

二十二日(7月4日)　阴。上午写《虞恭公碑》两页,读文三十遍。下午写《虞恭公碑》两页,中字四页,理《左传》五十页。黄昏读文十遍,读诗十遍,点《近思录》一页。

二十三日(7月5日)　晴。作文一首、题:"在弟则封之"。诗一首,题:"臧谷亡羊"。交卷五点钟,兰生来,略睡片时。黄昏醋饮,不能作一事。

二十四日(7月6日)　晴。上午写《虞恭公碑》两页,读文三十遍。下午写中字四页、隶书三页，修容，理《左传》二十三页，点《近思录》四页。黄昏读文十五遍，看生文，点《近思录》三页。

二十五日(7月7日)　阴。写大字六本。夜间写隶书三页，色字课。

二十六日(7月8日)　雨。上午上文一首，"子曰：父母其顺矣乎"，洪肇懋。读文二十遍，写中字两页，秀甫到馆。下午写中字三页，誊文一首，理《左传》二十六页。黄昏读文十遍。

二十七日(7月9日)　雨。上午还廿三日课文，读文二十遍。下午写中字十一页，理《左传》二十页。黄昏读文十遍。

二十八日(7月10日)　雨。作文一首、题："闻其声不忍食其肉"。诗一首，题："食肉者鄙谋"。四点钟交卷。稍睡片时，点《近思录》半页，心又不聚。黄昏醋饮。

二十九日(7月11日)　乍阴乍晴，如黄梅时天气。上午写中字四页，读文卅遍。下午写中字六页、隶书四页，理《左传》四十四页。黄昏读文十遍，诗廿遍。

六月朔日(7月12日)　晴，热甚。上午录文一首，上文一首，"可使高于岑楼"，姚师凤生作。读文三十遍，录文一首。下午达夫子来，写中字十八页。

初二日(7月13日)　晴，热势更甚。昨夜元夫子来治久兄疾，还廿八日课文，上午来谈，恕甫还莘，写中字捌页，修容。下午元夫子同母舅、达卿先生至大港，写中字八页，洗足。晚际恕甫来，兰生来谈。

初三日(7月14日)　晴。元夫子饭后还，改今日作字期，写大字六册，大隶书一册。

初四日(7月15日)　晴。上午读文三十遍。下午写中字七页，理卿格一页，达卿先生来，写隶书八页。黄昏苏去船还，接姚师信，字课十三册，第三期而少大字四册。墨磨一只，大字样共十五页。

初五日(**7 月 16 日**)　晴。作文一首。题:"乡原,德之贼也"。午后任畹香、友濂两世伯来,三点钟交卷,至兰生处,晚际酺饮。

初六日(**7 月 17 日**)　晴。任氏两丈还,同与恕甫同看字课及姚师隶对,读文十五遍,下午写隶书扇面一叶,荫周款。磨墨匣,看《切问会卷》,梅村世伯来,因来治久兄疾。双钩隶《百石卒史碑》一页,批理卿字课一册。

初七日(**7 月 18 日**)　晴。上午写中字三页,读文二十五遍,录恕甫课作。五月廿三日期。下午又摘录廿八日课作,理《左传》四十页,读诗廿遍,批理卿字课一册。

初八日(**7 月 19 日**)　晴。辛坨太世丈来,因治久兄疾。母舅命课文明日补作。下午看恕甫写隶对共六副。清江款一,寅伯款二,秀甫款一,理卿款一,"一付相赠",已仲款一。

初九日(**7 月 20 日**)　晴。作文一首,补昨日题,"先施之未能也"。交卷六点钟,还初五日课文。

初十日(**7 月 21 日**)　阴。上午写中字三页,批理卿字课两册,读文三十遍。"省刑罚"篇。下午录恕甫课作,六月初三日期。摘录寅伯课作,期同。理《左传》三十页,修容。黄昏看恕甫窗课。

十一日(**7 月 22 日**)　阴雨,寒甚,下午雨止。饭后写中字两页,上文一首,"去三年不反",焦袁喜。读文二十二遍,恕甫致函,渊如附去课文三篇,"在弟则封之""闻其声不忍食其肉""乡愿德之贼也"。恐难入此老异眼也。下午理《左传》廿七页,刻图书一方,阳文"莱生"。点《近思录》一页,黄昏又点三页。

十二日(**7 月 23 日**)　晴,下午阴。上午还初九日课文,读文廿八遍,摘录恕甫、寅伯课作,六月初八日期。下午理《左传》廿四页,读诗廿遍。黄昏点《近思录》两页,辛坨太世丈来。

十三日(**7 月 24 日**)　乍阴乍晴。作文一首,题:"富有日苟美矣"。六点钟交卷。

十四日(**7 月 25 日**)　晴。上午磨墨三池,读文廿五遍。下午磨墨两池,写中隶书十二页。

望日(7月26日)　晴。写《大砖塔》八册。

十六日(7月27日)　淡晴。上午读文廿五遍,上文一首。"众楚人咻之",柏谦。下午写隶书廿八页。

十七日(7月28日)　天气如昨。上午修容,录文一首,读文二十遍,批理卿字课一册。下午批两册,写格一页,中字三页,理《左传》十五页,还十三日课文。

十八日(7月29日)　晴。作文一首,题:"夫人自称曰小童"。交卷六点钟。下午母舅、祖父至大港,子屏伯父约廿四日来溪。

十九日(7月30日)　晴。上午录文两首,读文三十遍,洗砚,写隶书九页。下午又写七页,录文一首,理《左传》十五页。

二十日(7月31日)　晴。第一期诗课题三,"三顾草庐""臧谷亡羊""诗家才子酒家仙"。交卷六点钟。

廿一日(8月1日)　晴。晨批理卿字课一册,写格一页,中字四页。上午上文一首,"君赐腥必熟而荐之",徐陶璋。读三十遍,写中字四页。下午写七页,理《左传》十八页,兰生来谈。

廿二日(8月2日)　晴。上午读文三十遍。下午写中字六页,理《左传》十页,读诗廿遍,看《近思录》两页。

廿三日(8月3日)　阴雨。作文一首,题:"侗而不愿"两句。七点钟交卷。

廿四日(8月4日)　晴。上午磨墨四池,读文廿三遍,子屏伯父来,下榻书楼。下午磨墨一池,与恕甫至兰生处,两叔均见。

廿五日(8月5日)　晴,酷热。写大字七册。

廿六日(8月6日)　晴。上午写小字两页,录诗两首。下午恕甫还莘,至晚来溪,磨墨匣,至兰生处谈。

廿七日(8月7日)　晨,大雨,上午淡晴。母舅还莘,晚来诗课已看出,第一期。下午写琴条三方,敏农款。至兰生处谈,恕甫、秀甫同去,还来澡身,与恕甫、寅伯酣饮大酒,借立秋作畅饮地,乐甚。

廿八日(8月8日) 阴。上午大姊还莘，录诗六首，录恕甫诗课一首，第一期第一首。磬生母舅同密之兄来留宿。晚接姚师致恕甫信，字课廿七册第五期均来，大字样共卅叶。

廿九日(8月9日) 晴。

七月初一日(8月10日) 晴。上午录文一首，母亲近患外症，下午延寿甫来治。磬生母舅还莘，密之仍留。

初二日(8月11日) 阴雨，大风。下午批理卿字课三册，至兰生处谈。

初三日(8月12日) 阴晴参半，风稍息。下午密之还莘。

初四日(8月13日) 晴，炎热。下午母舅还莘，子屏伯父还大港，莘叔来谈。

初五日(8月14日) 晴。写《大砖塔》一百字，遵姚师命寄去二十字。晚至兰生处谈。

初六日(8月15日) 晴。上午修容，读文六遍。下午写隶书十二叶，理《左传》二十八叶，看《才子文》。

七夕(8月16日) 晴。上午读文五遍，补读"众楚人"篇。还十八日课文，录文一首，下午又录一首，理《左传》三十四叶。

初八日(8月17日) 晴。上午批仙谷字课三册，读文十遍，看《才子文》。下午理《左传》五十四页。

初九日(8月18日) 晴。饭后恕甫还莘，读文十五遍，看窗课，点《近思录》页半。下午理《左传》廿七页。

初十日(8月19日) 晴。作诗三首，题："齐姜醉遣晋公子""肉食者鄙谋""月下穿针拜九霄"。六点钟交卷。黄昏封寄。

十一日(8月20日) 晴。寅哥至黎。晨写中字一页，饭后读文二十遍，看《才子文》一首，"学而时习之"篇。洗砚，点《近思》两页半。午后理《左传》廿六叶，读《唐诗近体》四十遍、试帖四十遍，看《简学斋试帖》一首。"诗正而葩"。

十二日(8月21日)　晴。晨写中字两页,饭后读文廿遍,"省刑罚"篇。看《才子文》一首,"不亦说乎"篇。点《近思录》两页半。午后理《左传》四十五页,读《唐诗近体》四十遍、试帖四十遍,看《简学斋试帖》一首,"山月照弹琴"。洗砚,写中字一页。

十三日(8月22日)　晴。晨写中字两页,饭后读文二十遍,"伯夷伊尹"篇。看《才子文》一首,"夫子温良"篇。点《近思录》三页。午后理《左传》六十二页,读《唐诗》、试帖各四十遍,看《简学斋试帖》一首。"晴天养片云"。

十四日(8月23日)　晴。晨写中字一页,饭后读文二十遍,"于此有人焉"篇。看《才子文》一首,"齐之以刑政"篇。点《近思录》两页半,磨墨四盂,午后理《左传》三十一页,读《唐诗》、试帖各四十遍,看生诗一首。"夏雨生众绿",简学斋。

望日(8月24日)　乍晴乍雨。写《大砖塔》一百字,中字七页,隶书三页,读《唐诗》、试帖各四十遍,看《简学斋试帖》一首。"柳偏东面受风多"。

十六日(8月25日)　晴,大风。晨写中字两页,洗砚,读文四遍,饭后读文十六遍,"子曰:'父母其顺矣乎'"篇。看《才子文》一首,"吾十有五"篇。点《近思录》四页。午后读《檀弓》二十叶,《唐诗》、试帖各四十遍,看《简学斋试帖》一首,山钟摇暮天。濯足,接恕甫信,知明日来溪。

十七日(8月26日)　晴,风少息。晨写中字两页,读文七遍,饭后读十三遍,"可使高于岑楼"篇。看《才子文》一首,"父母惟其疾之忧"。点《近思录》两页半。午后读《檀弓》三十页,《唐诗》、试帖各四十遍,看《简学斋试帖诗》一首。"群峰悬中流"。

十八日(8月27日)　晴,微风。炎威复作。晨写中字一页,读文五遍,饭后修容,读文十五遍:"去三年"篇。看《才子文》一首,"禄在其中"篇。看《近思录》三页,六叔来谈,恕甫十一点钟来溪,因昨日风大,故不来,薇人伯父来。午后梅村丈来,寅哥近患为暑湿所困,因延之开方,即去,读《檀弓》十页,《唐诗》、试帖各四十遍,还上月廿三日课文。

十九日(8月28日) 晴,酷热。晨录文一首,饭后读文廿遍,"众楚人"篇。看《才子文》一首,"相维辟公"篇。寅哥昨夜服用董丈药,无所损益,寒热颇炽,今晨既凉即作,因又请子屏伯父诊治。午后四点钟还大港,兰生来谈。昨日到馆。

二十日(8月29日) 晴。寅哥昨夜寒热渐凉,惟身体软弱耳。晨摘录恕甫课作,六月十三期,补读"君赐腥"篇。饭后读文十一遍,看《近思录》五页半,点五页。午后凉风骤起,心中烦恼一吹殆尽,无不称快,至兰生处谈。夜间寅哥寒热又作。

廿一日(8月30日) 晴。寅哥今晨寒热又作。录恕甫课作,七月廿三期。饭后读文廿遍,"君赐腥"篇。看《才子文》一首,"指其掌"。点《近思录》两页半,子瑗叔来。午后读《檀弓》二十页。

廿二日(8月31日) 晴。寅哥寒热已凉,上午又请子屏伯父诊治。午后母舅到馆,点《近思录》三页,兰生来,寅哥寒热又作。

廿三日(9月1日) 晴。寅哥寒热今晨已经凉尽。上午写文一首,"'皆自明也'至'苟日新'",唐公模。读二十遍。看《才子文》一首,"入太庙每事问"。点《近思录》两页。午后读《檀弓》二十页,《唐诗》、试帖各二十遍。

廿四日(9月2日) 阴雨。晨录寅哥课作,前月廿三日期。作文一首,题,"王顾左右而言他",补上日课。交卷已晚。

廿五日(9月3日) 晴。磨墨两池,写大字一百字。

廿六日(9月4日) 阴,晴。上午还廿四日课文,录文一首,母舅选西塾名文廿一首。下午散入读卷,录恕甫课作,廿四日期。批仙谷字课一册。

二十七日(9月5日) 淡晴,午(候)[后]大雨。读文二十遍。下午读《檀弓》二十页,接姚师致恕甫信、中字书法一纸,字课四册,第八期均来。闻侣梅于十五日去世,云是时症。虽未识一面,而于恕甫处闻其为人,自令人叹惜不止。晚至兰生处谈。

二十八日(9月6日) 晴。上午写中字八页。下午读《檀弓》二十叶,《唐诗》、试帖各廿遍。

廿九日(9月7日) 晴。作文一首,题:"与之食之",补上日课。交卷六点钟。

三十日(9月8日) 晴。作诗三首,题:"吴季子挂剑""达人知命""雨声一片隔林来"。交卷四点钟,还昨日课文,录文一首。

八月初一日(9月9日) 阴雨。饭后母舅同恕甫还莘,订春季课作,看《浦五编》,录文一首。下午至兰生处谈,傍晚丽卿自苏还。

初二日(9月10日) 阴雨。上午读文十遍,"小人之道,的然而日亡",方舟。看《浦五编》。下午录文一首,至清臣处。

初三日(9月11日) 阴,午后大雨。上午读文十遍,看《浦五编》,录文一首。下午读《檀弓》廿页,录文一首。

初四日(9月12日) 阴,午后阵而稍雨,雨后即晴。饭后诸师同陈太年伯自大港来,下午同回。磨墨数池。寅哥初三日起来,今日始至书房。

初五日(9月13日) 风雨终日。写《大砖塔》一册、《【大】西狭颂》两册、中字二页,读文五遍,看《浦五编》。

初六日(9月14日) 晴。上午录文两首,看《浦五编》,录文一首。下午又一首,读《礼记》十页,洗足,接恕甫信,知母舅略有感冒,未便到馆。黄昏点《近思录》页半。

初七日(9月15日) 晴。上午晒书,读文十五遍,看《浦五编》,录文一首。下午读《礼记》十页,清臣来谈。

初八日(9月16日) 晴。上午晒书,读文十遍。"见义不为无勇也",黄淳耀。下午看《浦五编》,录文一首。

初九日(9月17日) 晴。上午修容,看《浦五编》,录文一首。下午录文两首。

初十日(9月18日)　晴。上午看《浦五编》,录文两首。下午录文两首,至兰生处谈。

十一日(9月19日)　晴。课如昨,兰生来谈。

十二日(9月20日)　晴。上午看《浦五编》,录文一首。下午清臣、子蕃来谈。

十三日(9月21日)　晴。上午看《浦五编》,录文一首,母舅到馆,知恕甫近有感冒尚未起身。下午读《礼记》十二页,点《近思录》页半,弟二期诗课已看出。

十四日(9月22日)　阴雨。上午读文十遍,看《浦五编》,录文一首。下午读《礼记》八页,磨墨数池,录寅哥诗课一首。第二期第三首。

中秋日(9月23日)　晴。写《大砖塔》"可"字隶书四十字、中字五页。

十六日(9月24日)　雨。上午写中字两页,录文两首,读文十遍,子屏伯父来。下午至兰生处谈,夜间补赏中秋。

十七日(9月25日)　阴。上午至兰生处谈,第三期诗课已看出。

十八日(9月26日)　晴。下午子屏伯父回大港,写中隶书四页。黄昏录恕甫、秀甫诗课,第三期恕全录,秀录第一首。点《近思录》两页。

十九日(9月27日)　晴。作文一首,题:"窃比于我彭",补上日课。黄昏交卷,接恕甫信,约明日来溪,并收到姚师大字样十叶,字课四册。第九期均来,第十期大字一册亦来。

二十日(9月28日)　晴。随祖父至黎,顾少连今日除几,往奠之,即至邱氏,回家已傍晚,恕甫、大姊上午来溪,还上日课文。

廿一日(9月29日)　晴。看恕甫写对。

廿二日(9月30日)　晴。上午读文十二遍。泰伯"其可谓至德"一章,蒋德竣。

廿三日(10月1日)　晴。作文一首。题:"吾从众"。

廿四日(10月2日)　晴。补誊上日课文。下午磨墨,看恕甫写对,至兰生处谈。黄昏磨墨盂。

廿五日(10月3日)　晴。上午写大字五十字,子屏伯父来。下午至兰生处谈。

廿六日(10月4日)　阴雨。上午看《浦五编》,录文一首。下午又录一首。

廿七日(10月5日)　阴雨。下午刻图书两方,阳文"心心相印"。一赠恕甫。

廿八日(10月6日)　雨。大风。与恕甫看书院卷,午后同至二加、莘和。黄昏九点钟引盘船自苏还,接到姚师与恕甫信并字课四册,第十期均来,第十一期两册。与恕甫诸人酬饮。

廿九日(10月7日)　晴。午后子屏伯父回大港,大姊还莘,看《浦五编》。

九月初一日(10月8日)　晴。写《大砖塔》八十字,中字三页,补廿五日。至兰生处。傍晚恕甫咯血数口,大约胃热所致,黄昏又吐半碗。

初二日(10月9日)　晴。上午写隶扇一,南星款。下午看《篆刻针度》一卷,黄昏看两卷。清晨恕甫咯血大半碗,延子屏伯父诊治,下午即还大港。

初三日(10月10日)　晴。下午看《针度》一卷,黄昏看四卷。饭前恕甫咯血小半碗,下午又吐半碗,七叔来问病,半夜又吐小半碗。

初四日(10月11日)　晴。饭后恕甫咯血半碗,延子屏伯父覆诊,七叔来,下午又吐半碗。

初五日(10月12日)　淡晴。晨恕甫咯血数口,延辛坨太世丈黄昏始来诊治。

初六日(10月13日)　晴。晨恕甫吐紫血一口。饭后母舅还莘,收拾书房。

初七日(**10月14日**)　晴。大风。上午六叔来,范笔客来。

初八日(**10月15日**)　阴。大姊来,下午即还,子垂叔父来陪寅哥至苏就亲,夜间伏载。

初九日(**10月16日**)　晴。

初十日(**10月17日**)　晴。下午修容。

十一日(**10月18日**)　晴。雪春表姊今日出阁,月锄表兄续娶青浦。饭后同秀甫至莘,傍晚独还。寅哥亦于今日就亲黄氏。

课程(乙酉肆月廿八日慕曾书)

朝晨写白折半叶,或临帖几页。

六月二十八日,姚师寄示课程每日(苗)［描］中字一页,至十日汇订一册,每期习大字,以习成五字为度,每字(苗)［描］两页,共(苗)［描］十页,订成一册寄去。

上午读文三十遍。

午后温经书二十页,看书几页。

六月二十日改:午后理经书二十页,读诗几首,看书几页,俟秋凉后仍遵旧课。

黄昏读文十遍,读试帖几首。

文期三八。

逢五写大字一页,黄昏看书。

六月二十日增。逢十作诗三首。

九月十二日(10月19日)　晴。下午姚师至溪,留宿书楼。闻师于初六日得长孙,欣喜之至。夜间看《戴稿图谱》,恕甫侍寝。

十三日(10月20日)　晴。姚师出示汉魏唐诸碑,目不给赏,与恕甫分购。下午头痛寒热,傍晚即睡。

十四日(10月21日)　晴。焕伯求姚师写隶对一屏六,恕甫求写隶对一。

十五日(10月22日)　晴。姚师写大字样二十五叶,《砖塔铭》

已写完矣。下午寒热又作，即睡。

十六日(10月23日)　晨雨即止。姚师赐楷对一，赐恕甫楷对一，求写张看云先生《源头活水图记》。上午大姊来，下午母舅同逸帆、秀甫、玉官来，寿伯表叔亦于上午至溪。

十七日(10月24日)　晴。上午费氏送妆奁至位置，一切皆属恕甫一人。下午式如来。

十八日(10月25日)　晴。巳刻寅哥还。是日贺客甚众，留宿者十之三，诸师因有感冒未来。

十九日(10月26日)　晴。芸太夫子同敏兄来，留宿。昨夜寒热甚炽，今日早起，下午又作，即睡。

二十日(10月27日)　晴。下午寒热又作，大吐不止，即睡。黄昏姚师伏载，明日还苏。

廿一日(10月28日)　晴。母舅同逸帆还莘，寅哥至莘祭外祖父，因连日寒热，不敢起来。

廿二日(10月29日)　晴。服子屏伯父方，下午屏伯、垂叔还大港，傍晚寒热微作。

廿三日(10月30日)　晴。傍晚略有寒热，较昨日更微矣，服药。

廿四日(10月31日)　晴。

廿五日(11月1日)　晴。午后恕甫、大姊还莘。

廿六日(11月2日)　晴。

廿七日(11月3日)　阴。

廿八日(11月4日)　晴。大风。

廿九日(11月5日)　晴。母舅来溪，下午即还。

三十日(11月6日)　晴。

十月初一日(11月7日)　晴。

初二日(11月8日)　阴雨。起床至书房。

初三日(11月9日) 阴雨参半。上午读文廿遍,读《礼记》十页,下午又十页,圈点《檀弓》两页,点《近思录》一页。黄昏读《唐诗》、试帖各四十遍,看《简学斋试帖》一首。

初四日(11月10日) 阴雨。上午修容,读文廿遍。"仁者虽告"至"然也",金声。圈点《檀弓》两页,下午读《礼记》十六页,寒热复作,即睡。

初五日(11月11日) 雨,大风且雪。上午点《檀弓》六页,下午又三页、《考工记》二页。黄昏略有寒热。

初六日(11月12日) 晴,风如昨。上午圈点《考工记》六页半,下午又三页,点《近思录》一页。寒热又作,呕吐三次。

初七日(11月13日) 晴。

初八日(11月14日) 晴。

初九日(11月15日) 晴。

初十日(11月16日) 晨雨。上午略晴即雨,作札致恕甫,下午作文一首。题:"季氏将伐颛臾"。

十一日(11月17日) 晴。上午誊昨日课文,接恕甫信,知近日痴于古碑,欲作《汉魏碑考》一书,可谓痴矣。下午看生文。晚又接覆信云:"近日不下楼,惟日以古碑消遣,亦大好事。"黄昏作札覆之。

十二日(11月18日) 晴。上午看生文。

十三日(11月19日) 晴。作文一首。题:"《春秋》达孝章"。

十四日(11月20日) 晴。上午誊昨日课文。黄昏圈戴稿八首。

望日(11月21日) 晴。上午圈戴稿三首,下午又四首,黄昏又四首。寅哥至莘,晚归,云:"恕甫现在神气颇静。"

十六日(11月22日) 晴。上午抄戴稿目录两页。下午写信致恕甫,圈戴稿二首,黄昏又九首。

十七日(11月23日) 淡晴。风甚大。寅哥至苏。起床至书房,上午圈戴稿三首,下午又二首,黄昏又一首。

十八日(**11** 月 **24** 日)　晴。风如昨。作文一首,题:"夷逸朱张"。交卷已晚。黄昏圈戴稿七首。

十九日(**11** 月 **25** 日)　晴。上午圈戴稿五首,下午又两首。

二十日(**11** 月 **26** 日)　晴。上午圈戴稿二首。下午录文一首,又圈戴稿二首。晚接恕甫信,知后日随母舅来溪。

廿一日(**11** 月 **27** 日)　晴,大风。重作十三日课题,文一首,黄昏誊清。

廿二日(**11** 月 **28** 日)　晴。上午母舅同恕甫来溪,下午即还。黄昏读戴稿十遍,写中字一页。

廿三日(**11** 月 **29** 日)　晴。

廿四日(**11** 月 **30** 日)　晴。

廿五日(**12** 月 **1** 日)　晴。上午看窗课。下午看汉碑,修容,兰生来谈,知县试决计初一。黄昏写隶书二页。

廿六日(**12** 月 **2** 日)　晴。上午读戴稿十遍,恕甫来溪,知明日赴江城,[同]伴秀甫、兰生、丈泉、叔文。下午同秀甫、兰生还莘。黄昏点《近思录》半页。

廿七日(**12** 月 **3** 日)　晴。作文一首,题:"而不佞,子曰:'焉用佞'"。写中字二页。黄昏誊正课文,读戴稿十遍。

廿八日(**12** 月 **4** 日)　阴。上午读戴稿十遍。下午录文两首。黄昏录文四首。

廿九日(**12** 月 **5** 日)　阴。大风。上午录文两首,下午又两首,读戴稿廿遍,黄昏又廿遍。

十一月初一日(**12** 月 **6** 日)　晴。上午读戴稿三十遍。下午写中字一页,读《礼记》十页,点《近思录》页半。黄昏读戴稿廿遍。

初二日(**12** 月 **7** 日)　晴。上午读戴稿三十遍。下午至焕伯处,读《礼记》九页。黄昏读戴稿廿六遍。

初三日(**12** 月 **8** 日)　晴。上午读戴稿十四遍。下午读《礼记》

八页,点《近思录》三页。黄昏读戴稿四十遍。

初四日(**12月9日**) 晴。上午读戴稿三十遍。下午写中字一页,读《礼记》八页,点《近思录》三页。

初五日(**12月10日**) 风雨。上午读戴稿三十遍。下午读《礼记》廿四页,点《近思录》一页。黄昏读戴稿廿五遍。

初六日(**12月11日**) 阴雨。上午读戴稿十五遍。下午读《礼记》十六页,接恕甫初三日信,并场作,题:"'本立而道生''孝弟也者'"。案尚未出,场后精神尚好。

初七日(**12月12日**) 晴。作文一首,即县试题。下午誊正,至兰生处谈,至恕甫第四十五,秀甫第一百三十一,初四晨出案,初五覆试。黄昏读戴稿二十遍。

初八日(**12月13日**) 晴。上午读戴稿三十遍。下午读《礼记》廿四页,点《近思录》三页半。黄昏读戴稿二十遍。

初九日(**12月14日**) 晴。上午看碑帖。下午至兰生处谈,接恕甫初七日信,初覆。题:"虽欲耕得乎后稷"。是日下午出案,初八二覆,恕甫名列卅六。傍晚旧恙复发,即睡。

初十日(**12月15日**) 晴。

十一日(**12月16日**) 晴。

十二日(**12月17日**) 晴。下午秀甫来溪。

十三日(**12月18日**) 晴。

十四日(**12月19日**) 晴。上午寅哥还家,接恕甫信,二覆题:"君子欲讷于言",初十出案,十一覆终,恕甫名列十七,十二还莘,即作札覆之。

望日(**12月20日**) 晴。

十六日(**12月21日**) 晴。恕甫、大姊来溪,知末覆,题:"'则苗''有李''顾鸿''逐虎'四讲"。正案尚未见。下午同至兰生处谈,即还莘。

十七日(**12月22日**) 雨。上午母舅来,子屏伯父来。

十八日(**12月23日**) 阴。母舅还莘,子屏伯父还大港,接恕甫信，正案已见，稚周第一，恕甫第廿。下午看杂文。黄昏读戴稿十遍。

十九日（**12 月 24 日**）　阴。上午录文一首。下午至兰生处谈。黄昏看戴稿。

二十日（**12 月 25 日**）　阴雨。下午大姊还莘，修容，兰生来谈，录文一首。

廿一日（**12 月 26 日**）　阴晴参半。下午秀甫同兰生至莘，明日进郡府试，同伴诸君仍旧。

廿二日（**12 月 27 日**）　晴。

廿三日（**12 月 28 日**）　晴。作文一首。题："公仪子为政"二句。

廿四日（**12 月 29 日**）　晴。誊昨日课文。下午读《礼记》廿页，磨墨匣，点《近思录》二页。黄昏读戴稿廿遍。

廿五日（**12 月 30 日**）　晴。上午读戴稿十遍，读《礼记》廿三页，写中字一页，点《近思录》一页。黄昏读戴稿十五遍。

廿六日（**12 月 31 日**）　阴。上午读戴稿十五遍。下午读《礼记》十四页，点《近思录》页半。黄昏读戴稿五遍。

廿七日（**1886 年 1 月 1 日**）　晴。上午读戴稿十五遍。下午读《礼记》十页，点《近思录》四页，黄昏又页半，读戴稿十遍。

廿八日（**1 月 2 日**）　晴。作文一首，题："不如乡人之善者好之"二句。

廿九日（**1 月 3 日**）　晴。誊清上日课文。下午看潘稿。黄昏看诗。夜抄《浦五编》目录一页。

三十日（**1 月 4 日**）　晴。读文廿遍。下午点《近思录》三页半。黄昏录文一首。

十二月初一日（**1 月 5 日**）　晴。作诗第四期三首，题："公仪子拔葵""多士如林""二月春风似剪刀"。黄昏誊清。

初二日（**1 月 6 日**）　晴。上午读文廿遍。"冉求曰夫子为卫君"一章，诸在文。下午读《礼记》十三页，点《近思录》二页半。

初三日（1月7日） 晴。作文一首，题："求则得之"一节。黄昏交卷。

初四日（1月8日） 晴。读文廿遍，写中字一页。下午读《礼记》十二页。黄昏看《浦五编》一首，读试帖廿遍，点《近思录》三页半。

初五日（1月9日） 晴。读文廿遍，"奢则不逊"一节，吴韩起。写中字一页。下午读《礼记》十五页，点《近思录》半页，因头痛即睡。

初六日（1月10日） 晴。点《近思录》十页。

初七日（1月11日） 晴。点《近思录》十二页，黄昏又五页。晚接恕甫信，知初一正场，题："贤于尧"。又接少安信，云初五出案，恕甫第九十二，秀甫第九十四，今日头覆。

初八日（1月12日） 晴。点《近思录》六页，黄昏又四页。

初九日（1月13日） 阴。点《近思录》十四页，黄昏又九页。

初十日（1月14日） 晴。点《近思录》十二页，黄昏又六页。

十一日（1月15日） 晴。点《近思录》十三页半，黄昏录《箴言》数条。

十二日（1月16日） 阴。写中字一页，读《礼记》十页，下午点《近思录》三页半。寅哥患耳疾，延寿甫来治，因悉府试初七头覆。题："系马"。傍晚兰叔来谈。黄昏读文十五遍、试帖廿遍。

十三日（1月17日） 晴。写中字一页，读《礼记》廿页。下午点《近思录》十页。黄昏读文廿二遍、试帖廿二遍。

十四日（1月18日） 晴。写中字二页，读《礼记》十页，录《箴言》一则。下午苹叔来，接恕甫信，知十二日出案，恕甫第三十七，秀甫第六十四。点《近思录》六页。兰叔来。黄昏读文十五遍、试帖十遍。

望日（1月19日） 晴。写中字一页，读《礼记》十三页。下午点《近思录》十页，修容。黄昏读文十五遍、试帖十遍。

十六日（1月20日） 晴，风。写中字一页，读《礼记》十六页。下午点《近思录》八页，黄昏读文十遍。

十七日(1月21日)　阴。读《礼记》十页。下午点《近思录》九页。黄昏读文十二遍,读试帖十遍。子刻雨雪。

十八日(1月22日)　雪。写中字一页,读《礼记》十三页。下午录《曾文正课程》十二条,点《近思录》六页半。黄昏读文十八遍、试帖三十遍。

十九日(1月23日)　雪。写中字一页,读《礼记》十三页。下午至兰叔处,黄昏读文六遍。

二十日(1月24日)　阴。写中字一页,读《礼》十二页。下午点《近思录》四页,录《格言》数则。黄昏读文十五遍,录《格言》几则,夜雨。

廿一日(1月25日)　阴。写中字一页,读《礼记》十一页。仲芳来。下午接恕甫信,知昨午还莘,十三日二覆,题:"五谷者"两章。名在三十六终,十八日覆。题:"'无倦'至'先有司'"。

廿二日(1月26日)　阴。写中字一页。母舅同秀甫来溪。

廿三日(1月27日)　晴。母舅同秀甫还莘。读《礼记》十三页。

廿四日(1月28日)　晴。读《礼记》七页,廿遍。下午点《近思录》三页。黄昏读文十五遍、试帖十遍。

廿五日(1月29日)　阴。读《礼记》九页,廿遍。下午点《近思录》四页。晚接恕甫信,约明日来溪,正案已见,王锡澍第一,恕甫第三十二。黄昏读文十五遍,读试帖十遍。

廿六日(1月30日)　晴。大风,严寒。读《礼记》七页,廿遍。下午点《近思录》五页。黄昏读文十八遍。

廿七日(1月31日)　晴。风如昨。下午看《曾文正公家书》一卷,黄昏看半卷。恕甫为风所阻,不果来,不胜怅怅。

廿八日(2月1日)　晴。看《曾文正公家书》一卷,下午一卷。

廿九日(2月2日)　晴。作文一首,题:"在我者皆古之制也",系王宗师观风题。

除夕(2月3日)　晴。下午看《曾文正公家书》半卷。

光绪十三年丁亥（1887）

元旦（1月24日） 己丑，雨。七点起，随祖父、大哥祀灶、谒祠、拜先人神像，饭后随至东、中两宅拜谒，是年五代图，高祖考妣，大伯父当祭；嗣曾祖考妣、嗣祖考妣，大哥当祭。暇算账目。黄昏祀先，算账，看《本义汇参》《小学集注》，十一点睡。

初二日（1月25日） 庚寅，阴。十点起，随大伯父、六叔父至大港贺岁，稚竹叔留中饭，晚归，大哥至陈思。饭后芦墟赵氏表祖姑讣至，昨日午时病故。黄昏侍祖父饮，看《本义汇参》《小学集注》，十二点睡。

初三日（1月26日） 辛卯，颇有晴意。十点起。祖父至芦吊于赵氏，归尚早。钱芝泉、子垂叔、稚竹叔、陆时庵、凌梦庚来贺岁，即去。杨幹甫来贺岁，中饭后去。傍晚接灶君、土地，祀先。黄昏看《本义汇参》，一点睡。

初四日（1月27日） 壬辰，晨雪。九点起，收先人神像，饭后随大哥至莘贺岁，晚归。黄昏侍祖父小饮，十二点睡。归后知徐帆鸥、徐子厚来贺岁，留中饭。

初五日（1月28日） 癸巳，雨。六点起，接路头，暇算账目。舅父来贺岁，即随至大港，晚归。黄昏十二点睡。

初六日（1月29日） 甲午，风，阴。九点起。大哥至苏。凌幼赓、蔡调夫、范荣仁来贺岁，即去。潘水港顾氏表弟来贺岁，中饭后去，舅父亦还。栉发。黄昏习数，十一点睡。

初七日（1月30日） 乙未，微晴。九点起，至莘，陆梦麟、孙得之父子俱在。傍晚蔡侣笙父子至，退修同夜饭，即去。黄昏与得之、梦麟联榻种蕉馆侧，十二点睡。

初八日（**1 月 31 日**） 丙申，阴，饭后微雪即止。九点起。陈逸帆来莘，黄昏联榻，三点睡。

初九日（**2 月 1 日**） 丁酉，晴。九点起，饭后叔寅同得之父子至苏，陈太年伯陶、仲平爽轩两世叔至莘，中饭同席，下午恕甫同逸帆至金溪，稍顷，与梦麟同时登舟，至家已晚，大哥已还家。黄昏十一点睡。

初十日（**2 月 2 日**） 戊戌，先雪后晴。九点起，饭后至钱氏贺岁，即至苏溪贺岁，归家未晚。黄昏小饮，一点睡。

十一日（**2 月 3 日**） 己亥，阴。十点起，大哥至黎。中饭侍祖父小饮。黄昏算账，十一点睡。

十二日（**2 月 4 日**） 庚子，晴。巳正一刻五分立春。九点起，写信致恕甫，费兰夫来贺岁，暇算账目。晚大哥至自黎。黄昏一点睡。

十三日（**2 月 5 日**） 辛丑，阴。九点起，整理书籍，陆干甫来贺岁，长谈而去。下午算账。黄昏算账，十二点睡。

十四日（**2 月 6 日**） 壬寅，阴雪。十点起，叔平舅父来贺岁，下午即还。黄昏小饮，十一点睡。

十五日（**2 月 7 日**） 癸卯，阴雨。十点起，修容。傍晚祀灶。黄昏小饮，十一点睡。

十六日（**2 月 8 日**） 甲辰，阴。十一点起，看《说文》十四字。下午随大哥至大港，晚归。黄昏小饮，十二点睡。

十七日（**2 月 9 日**） 乙巳，晴。九点起，写信二，一禀舅父，一致恕甫。看《说文》三十五字。黄昏读文十遍、赋五遍，看《本义汇参》，小饮，十一点睡。

十八日（**2 月 10 日**） 丙午，阴晴不定兼微雪。九点起，凌敏之表兄讣至，子时病故。看《说文》廿四字，写小隶对四付，接恕甫覆信，写信致恕甫。黄昏祖父命写《赠何鸿舫诗》一首，小饮，十一点睡。

十九日（**2 月 11 日**） 丁未，晴。九点起。下午母舅来溪，带来

《功顺堂丛书》十二本、《历代石经略》两本、《韵谱校》五卷、《篆友蛾术编》两本、《正字略》一本、《徐沟笔记》一本、《敏之遗诗》四首，卓卓可传，真异事也。舅父即还莘，黄昏写信三，一致张叔鹏，一致尊古堂俞先生，一致徐元圃。看《历代石经略》，小饮，十一点睡。

二十日(2月12日)　戊申，晴。九点起，作七律一首，吊敏、密两兄。黄昏看《历代石经略》，十二点睡。

廿一日(2月13日)　己酉，晴，雨。九点起，看《历代石经略》，大哥至莘吊敏之丧，晚归。黄昏钞《说文》四条，看《篆友蛾术编》《杜诗偶评》，十一点睡。

廿二日(2月14日)　庚戌，晴。九点起，看《正字略》《功顺堂丛书》，看《说文》廿二字。黄昏小饮。祖父明日至苏，今夜伏载，十二点睡。

廿三日(2月15日)　辛亥，晴。八点起。黄昏读文十遍、诗十遍，看《杜诗》，十二点睡。

廿四日(2月16日)　壬子，晴。九点起，幼如表伯来。下午舅父、叔寅来，少顷，恕甫、大姊来。黄昏醋饮，一点睡。

廿五日(2月17日)　癸丑，晴。九点起，校《说文》。黄昏十二点睡。

廿六日(2月18日)　甲寅，晴。九点起，校《说文》，看《说文》十七字。晚前祖父至自苏，黄昏读文五遍，一点睡。

廿七日(2月19日)　己卯，晴。卯五一刻七分雨水，晴。十点起，校《说文》。黄昏校《说文》，一点睡。

廿八日(2月20日)　丙辰，晴。八点起，作文一首，未竟，题："其知可及也"。黄昏十二点睡。

廿九日(2月21日)　丁巳，晴。八点起，屏伯父来溪，留宿。下午沈先生来长谈，黄昏二点睡。

三十日(2月22日)　戊午，雨。十点起，费敏农来溪，留宿丈石山房之侧。黄昏一点睡。

二月初一日(**2 月 23 日**)　己未,阴雨。八点起,饭后敏农还。下午屏伯父命隶书《自题三十九岁小影七绝十首》。黄昏一点睡。

初二日(2 月 24 日)　庚申,雨。十点起,看《说文》。黄昏十二点睡。

初三日(2 月 25 日)　辛酉,雨。十点起,校《说文》,写《会规》四册。黄昏看《说文》四十三字。十二点睡。

初四日(2 月 26 日)　壬戌,雨。七点起,是日行聘陆幹甫来。磨墨匣。黄昏醋饮。二点睡。

初五日(2 月 27 日)　癸亥,雨。九点起,校《说文》。磨墨匣。陆幹甫来。午后屏伯父还。黄昏看《说文》二十五字。十二点睡。

初六日(2 月 28 日)　甲子,阴。十一点起,看《说文》八十一字,校《说文》。大姊至油车港,请邱月泉医诊治。恕甫同去,昨夜伏载。晚归,看《说文》廿九字。十二点睡。

初七日(3 月 1 日)　乙丑,晴。九点起,校《义证》。中午祀先。黄昏校《义证》。一点睡。

初八日(3 月 2 日)　丙寅,淡晴。九点起,校《义证》。黄昏仍校《义证》。一点睡。

初九日(3 月 3 日)　丁卯,晴。九点起,接到切问官课,题:"东斋'书同文'二句;西斋'今天下';诗'陈诗观民风'"。下午作诗一首,八韵。修容。幼如表伯还黎,即来。黄昏小饮,一点睡。

初十日(3 月 4 日)　戊辰,雨。八点起。舅父还莘,即来。作诗一首,六韵。校《说文》,黄昏二点睡。

十一日(3 月 5 日)　己巳,雨。十点起,眷文一首。黄昏眷文一首、诗两首。一点睡。

十二日(3 月 6 日)　庚午,雨。寅正三刻二分惊蛰。九点起,眷文、诗各一首。兰叔来谈。黄昏一点睡。

十三日(3 月 7 日)　辛未,淡晴。九点起,收拾书厅,校《说文》。下午舅父还莘。黄昏三点睡。

十四日(3月8日) 壬申,阴雨。十点起,校《说文》。黄昏二点睡。

十五日(3月9日) 癸酉,晴。十点起,校《说文》。黄昏三点睡。

十六日(3月10日) 甲戌,晴,九点起。接舅父赐书,即覆。下午恕甫、大姊、叔寅还莘,校《说文》,祀先。黄昏十二点睡。

十七日(3月11日) 乙亥,晴,雨。九点起,修容。黄昏十二点睡。

十八日(3月12日) 丙子,大风兼雨,午前开霁。八点起,芸太父子、敏农、屏伯父、诸师、陈太年伯来溪。黄昏十点睡。

十九日(3月13日) 丁丑,晴。六点起,贺客甚众,沧二舅父、殷达丈、植庭、郑公若、徐繁友昆季、邱寿伯表叔、董梅丈、李星北均留宿。下午芸太夫子还,陪亲迎者,植(亭)〔庭〕、公若、繁友、敏农、沧二舅父、调父、兰生、久之、焕伯、中弟及大哥共十一人。十点还家,逸帆、恕甫、昆仲叔侄来溪,大姊亦来。三点睡。

二十日(3月14日) 戊寅,晴。七点起,恕甫、定甫来问宜。下午回门,晚归。诸师、陈翼丈、沧二舅父、董梅丈、李星北、帆鸥昆季、叔寅叔侄、逸帆均还。黄昏十二点睡。

廿一日(3月15日) 己卯,阴。八点起。殷达丈、植亭、郑公若、四舅父来。黄昏十一点睡。

廿二日(3月16日) 庚辰,阴。九点起。至莘祭祀,晚归。舅父、屏伯父回。黄昏雨。十一点睡。

廿三日(3月17日) 辛巳,阴晴,大风。八点起,至苏溪祭祀、送酒,傍晚归。黄昏十一点睡。

廿四日(3月18日) 壬午,晴。八点起。寿伯表叔还。校《说文》。黄昏十二点睡。

廿五日(3月19日) 癸未,晴。九点起,大哥至陈泗。午刻祀先,接恕甫信。下午大姊还,舅父来,校《说文》。黄昏酌《〈义证〉校勘记》。九点睡。

廿六日(3月20日)　甲申，晴。十点起，校《说文》，恕甫来。中午会酌，舅父、恕甫、祖父、大伯父、六叔父、七叔父、焕哥、寅哥同席共九人，席散已晚，恕甫先还。黄昏十点睡。

廿七日(3月21日)　乙酉，阴。卯正初刻四分春分。九点起，接恕甫信，即覆，修容。下午舅父还，校《说文》，六叔来长谈。黄昏小饮，十点睡。

廿八日(3月22日)　晴，丙戌。九点起，校《说文》及《义证》。黄昏校《义证》。十点睡。

廿九日(3月23日)　丁亥，晴。十点起，校《义证》，大姊来。黄昏小饮，校《说文》。十点睡。

晦日(3月24日)　戊子，晴。十点起，校《说文》，酌《〈义证〉校勘记》二叶，黄昏又二叶。十点睡。

三月初一日(3月25日)　己丑，晴。十点起，校《说文》，酌《〈义证〉校勘记》二叶，黄昏酌四叶。十点睡。

初二日(3月26日)　庚寅，晴。十点起，写信上舅父、屏伯父，写隶对一。下午接屏伯父还信。黄昏小饮，十二点睡。

初三日(3月27日)　辛卯，晴。八点起，作文一首。题："切问课题：'王子垫'至'尚志'"。傍晚至兰叔馆中。黄昏作诗一首，《兰亭修禊》。十一点睡。

初四日(3月28日)　壬辰，晴。九点起，酌《〈义证〉校勘记》五叶。下午看种荷花，校《尔雅》，兰叔来谈。黄昏看《惟是堂时文》，十二点睡。

初五日(3月29日)　癸巳，雨。九点起，写信致铁仙，酌《〈义证〉校勘记》七叶，黄昏酌二叶。十一点睡。

初六日(3月30日)　甲午，阴雨。九点起，祖父至赵田，酌《〈义证〉校勘记》两叶，修容。下午七叔父来长谈。接兰生叔信，县试初二正场,江头题:"而已可也三年",次题:"夫道一而已矣";震头题:"'行笃敬'至'在与'",次题:"故理义之悦我心"。初五出案,江覆一百九十五,陆宝銮案首,恕甫十一,叔寅一六五①。震覆一百五十。黄昏酌《校勘记》一叶,十二点睡。

初七日(3月31日) 乙未,淡晴。九点起,寅哥至黎。酌《〈义证〉校勘记》五叶。接少安信。写信三。一致舅父,一致陆幹甫,一覆潘少安。下午收拾书籍。黄昏看《近思录》二叶,十二点睡。

初八日(4月1日) 丙申,阴雨,风。八点起,写中字六十四字,温《大学》一过,《诗经》一篇,看《诗毛氏传疏》六叶,酌《篆友蛾术编》两条,读汲古本《汉书》三叶。黄昏看《说文注》两叶,十一点睡。

初九日(4月2日) 丁酉,晴,大风。七点起,至南玲祭扫,读文十五遍。下午至北玲祭扫,读唐赋十遍,看《正鹄》一首,读试帖十遍,看《简学斋》一首。黄昏小饮,读杜诗,十二点睡。

初十日(4月3日) 戊戌,晴,风。八点起,至西房、南玲祭扫,酌《篆友蛾术编》三条,读《汉书》一叶。黄昏介伯父招饮散福酒,十一点睡。

十一日(4月4日) 己亥,晴。七点起,至东轸祭扫。下午读唐赋十遍,看《正鹄》一首,读试帖廿遍,看《简学斋》一首,接恕甫信并场作三篇,正场诗题:"五云多处是三台",顾文泉第三,沈世兄陈麟十四,蔡石渠第廿,震泽繁友第十,初六初覆,头题:"'可以折狱者'至'听讼'",经题:"正德、利用、厚生",诗题:"雨中春树万人家"。初八出案,陆仁镛案首,恕甫第二,石渠十一。叔寅抱恙,昨日还家。黄昏祀先,小饮,十二点睡。

十二日(4月5日) 庚子,晴。巳正一刻十四分清明。八点起,至北庢谷字祭扫,旋回至北庢饮散福酒,共十三席,仁和纳茗,晚归。知叔寅来即还,祀灶。黄昏看《〈说文〉注》一叶,一点睡。

---

① "一六五"原用苏州码子显示,今转为汉字。

十三日(**4月6日**)　辛丑,晴。十点起,写中字三十二字,读文廿五遍、唐赋十遍、试帖廿遍,看《赋学正鹄》一首。下午大姊回莘,接舅父、恕甫信,知今晨由江开船,午刻到莘。初九二覆文题:"'以大事小者'至'保天下'",赋题:"镜清砥平",以"寰海镜清,方隅砥平"为韵。诗题:"万国衣冠拜冕旒"。十一出案,江覆七十二人,震覆五十人,江:顾文泉案首,恕甫第七,石渠十七,平舅父十九;震:陈秋槎第七,徐帆鸥十一。十二日覆终题:三、"君子道者"节。月、"日知"节。清、"孔子"节。明,"自诚明"节。均作起讲。黄昏看《近思录》一叶,钞《补正》一条。十一点睡。

十四日(**4月7日**)　壬寅,晴。八点起,温《中庸》十一章,《诗经》一篇,看《毛诗传疏》六叶,酌《篆友蛾术编》两条。黄昏看《说文注》两叶,写信致陆幹甫。十一点睡。

望日(**4月8日**)　癸卯,晴。九点起,写大字一百四十二字,接陆幹甫信。黄昏写中字四十八字。十一点睡。

十六日(**4月9日**)　甲辰,晴。九点起,修容。舅父来,知十四出正案之首,陆新甫文泉弟二,恕甫弟五。舅父晚归。黄昏作经解一道,切问课题:"席间函丈"。十一点睡。

十七日(**4月10日**)　乙巳,阴雨,略晴。九点起,录昨日经解。作赋一首,切问题:"《焚香选卷赋》,以'何以副上心忠孝之求'为韵"。未竟。黄昏十一点睡。

十八日(**4月11日**)　丙午,阴,微雨。十点起,续完昨日所作赋,即录清。作诗一首,切问题:"实事求是"。黄昏十点睡。

十九日(**4月12日**)　丁未,晴。九点起,舅父来,即还。黄昏十一点睡。

二十日(**4月13日**)　戊申,晴,夜雨。十点起,作论一首,切问题:"制举论"。兰叔来。黄昏即录清,十一点睡。

廿一日(**4月14日**)　己酉,晴。九点起,誊赋一、诗一、七律一、经解一、论一,七叔父来。黄昏钞《切问规条》一纸,十一点睡。

廿二日(4月15日)　庚戌，晴。九点起，临《九成宫》四十八字，读文三十遍、唐赋十遍、试帖十遍。黄昏看《近思录》一叶，十点睡。

廿三日(4月16日)　辛亥，晴。九点起，接恕甫信，因昨日至江城，舟中逼熟，昨夜咯血一口云云。温《中庸》九章、《诗经》一篇，看《毛诗传疏》三叶，酌《篆友蛾术编》三条，读《汉书》二叶。黄昏看《说文》，十一点睡。

廿四日(4月17日)　壬子，晴。九点起，临《九成宫》四十八字，读文十遍。下午订理去年文、诗、赋、字课，六叔、兰叔来看牡丹。黄昏十一点睡。

廿五日(4月18日)　癸丑，晴。十点起。黄昏十一点睡。

廿六日(4月19日)　甲寅，阴，晴。七点起，偕内子至莘。黄昏一点睡。

廿七日(4月20日)　乙卯，晴。酉正初刻七分谷雨。九点起，陪舅父、恕甫至胜看牡丹。傍晚至莘。黄昏四点睡。

廿八日(4月21日)　丙辰，阴。十点起，校《韵谱校》一卷。黄昏一点睡。

廿九日(4月22日)　丁巳，阴。十点起，校《韵谱校》一卷。黄昏一点睡。

四月初一日(4月23日)　戊午，晴。九点起，校《韵谱校》半卷。黄昏送恕甫伏载。明日晋郡应府试，同伴：平舅父、叔寅、幼赓、沈春孙舅父，陪考共六人。二点睡。

初二日(4月24日)　己未，晴。十点起。午后同大姊还家，祖父自苏回。黄昏十一点睡。

初三日(4月25日)　庚申，晴。十一点起，大姊至油车港就诊于邱月泉先生，写信致吴氏表伯，看《仪礼古今文疏义》。黄昏十一点睡。

初四日(4月26日)　辛酉，晴。十点起，看《小尔雅义证》《〈说文义证〉校勘记》，至兰叔馆中谈。黄昏录经解一、赋一。十一点睡。

初五日(4月27日)　壬戌，晴。十二点起，录诗一、赋一，校《说文》，钞《说文》三叶。下午大姊还，接屏伯父信、舅父信。黄昏检《说文》。十点睡。

初六日(4月28日)　癸亥，阴雨。十点起，修容，写小篆对二，刻石印二。黄昏刻，均屏伯父所嘱。十点睡。

初七日(4月29日)　甲子，阴、晴。十一点起，看《切问会卷》三月初三期。黄昏录文一首，十一点睡。

初八日(4月30日)　乙丑，晴。十一点起，作文半篇，题："'子路宿于石门'两节"。上午至二加问七叔疾，下午至兰叔馆中谈。黄昏十一点睡。

初九日(5月1日)　丙寅，阴雨。十点起，续完昨日课文，即录清，至兰叔馆中谈，幼如表伯来。傍晚校《说文》。黄昏誊正课文，十一点睡。枕上作文半篇。前题。

初十日(5月2日)　丁卯，晴。十一点起，续完昨夜课文，即录清。黄昏校《说文》，十一点睡。

十一日(5月3日)　戊辰，晴。十点起，校《说文》，作诗两首，切问课题："陶通明听三层楼松风"。黄昏录清。校《说文》，十一点睡。

十二日(5月4日)　己巳，晴。十一点起，校《说文》，誊文一、诗两，写信上屏伯父，傍晚接还信。黄昏看《经解》，写信上屏伯父，十一点睡。

十三日(5月5日)　庚午，阴雨。十一点起，校《说文》，看《右台仙馆笔记》。黄昏一点睡。

十四日(5月6日)　辛未，晴。寅正三刻二分立夏。十一点起，校《说文》，修容，看俞《丛书》。黄昏十一点睡。

十五日(5月7日)　壬申，晴。八点起，至莘。下午与铁仙畅谈，接恕甫信。场作一首，初八正场，题："江'故以羊易之也'至'则牛'；震'羊何择焉'至'见牛'"。次："'使先知觉后知'至'后觉'"，诗："众绿全经朝雨洗"。十二出案，江覆一百五十八：钱祖培案元，文泉十一，恕甫十三，叔寅五十三，石渠七十九；震：徐帆鸥廿一，陈秋槎卅一。十四初覆。黄昏三点睡。

十六日（5月8日） 癸酉，晴。十点起，同大姊、内子还溪，校《说文》。黄昏看《汉书》，十一点睡。

十七日（5月9日） 甲戌，阴雨。八点起，至兰叔馆中谈，接徐梦鸥信。作赋一段，切问课题："'辑槛旌直臣'，以'因而辑之，以旌直臣'为韵"。黄昏写隶扇一，梦鸥款。十二点睡。

十八日（5月10日） 乙亥，阴。九点起，续前赋未毕。下午大姊还。黄昏十一点睡。

十九日（5月11日） 丙子，晴。九点起，续前赋毕，即录清。至兰叔馆中谈，黄昏。

二十日（5月12日） 丁丑，晴。十点起，作试帖一首，切问课题："东丛八茎疏且寒"。至兰叔馆中谈。接恕甫信，场作一首，初覆题："孰美"，经题："四月秀葽"，诗题："先雨耘耔，得'时'字"。十八出案，共覆八十人，任厚培案首，恕甫五十三，平母舅五十六，石渠七十余；震：陈秋槎案首。廿一二覆。黄昏至兰叔馆中谈。十点睡。

廿一日（5月13日） 戊寅，晴。十一点起，作经解一，切问课题："康诰解"。录诗一、解一。至兰叔馆中谈。黄昏写信致陆幹甫，十点睡。

廿二日（5月14日） 己卯，晴。十点起，作七绝两首，切问课题："课蚕"。论一首，未竟。《保婴论》。黄昏杂看时文。十一点睡。

廿三日（5月15日） 庚辰，雨。十点起，录七绝两首、论一首。下午至大港求子屏伯父方，以近日胃呆故也。黄昏十点睡。

廿四日（5月16日） 辛巳，雨。十二点起，誊小课卷。下午六叔来谈。至兰叔馆中谈。黄昏十点睡。

廿五日（5月17日） 壬午，晴。十点起，隶古诗一首，看《经解》，至兰叔处谈。黄昏十一点睡。

廿六日(5月18日)　癸未,阴。九点起,温《中庸》六章,《诗经》一篇,看《诗毛氏传疏》十二叶,修容。黄昏校《经解》,十一点睡。

廿七日(5月19日)　甲申,阴雨。九点起,录文一首,读文廿遍、唐赋十遍、试帖廿遍,看律赋一首、戴稿二首。黄昏点《近思录》一叶、小学两叶,读韩文。十一点睡。

廿八日(5月20日)　乙酉,晴。八点起,温《中庸》七章,六叔来谈,舅父来,知二覆题:"'人之易其言也'两章",共招覆四十人。徐国华案首,恕甫三十,蔡寅殿军。廿六终覆,题:"'无不可'至'适秦'"。下午舅父还,至达夫子馆中谈。黄昏看《笔算便览》,十一点睡。

廿九日(5月21日)　丙戌,酉正三刻十一分小满。晴。九点起,读文三十遍。下午看《笔算便览》。黄昏十一点睡。

三十日(5月22日)　丁亥,晴。八点起,翻《赵氏丛书》《学海堂集》,接舅父、恕甫信。黄昏看《说文》。十一点睡。

又四月初一日(5月23日)　戊子,晴。八点起,写大字八十八字、中字四叶、篆三叶、隶三叶。六叔、兰叔来谈。黄昏订字课,看《说文》。十一点睡。

初二日(5月24日)　己丑,晴。九点起,写《九成宫》四十八字,隶篆,子祥款,扇两角。下午至兰叔馆中谈,舅父、叔寅到馆。黄昏看《惟是堂稿》,十点睡。

初三日(5月25日)　庚寅,晴。九点起,看《四书本义汇参》。下午随舅父至大港。黄昏校《说文》,十一点睡。

初四日(5月26日)　辛卯,雨。九点起,作文一首,切问课题:"颜渊曰请问其目"全下四句。黄昏十点睡。

初五日(5月27日)　壬辰,阴雨。九点起,录文一首,校《说文》,看《学海堂集》,看《质疑》。黄昏看《说文》,十点睡。

初六日(5月28日)　癸巳,雨、晴。八点起,临《九成宫》四十八字,读文廿遍,看文一首、律赋一首。未刻寅哥得一男,合家大喜,大姊来。黄昏读《经史百家杂钞》,十二点睡。

初七日(**5月29日**)　甲午,阴。九点起,看《毛诗传疏》五叶及《学海堂集》,修容,看《近思录》一叶,陈太年伯、爽轩叔来,黄昏留宿。十二点睡。

初八日(**5月30日**)　乙未,晴。十一点起,下午看切问课卷,三月十八、四月初三两期。舅父、陈太年伯、爽轩叔同至莘,至兰叔馆中谈。黄昏十二点睡。

初九日(**5月31日**)　晴,丙申。十点起,下午至兰叔馆中谈,兰叔来谈,姚师寄来第一期字课并字课一叶。恕甫到馆。黄昏录古诗一首。十二点睡。

初十日(**6月1日**)　晴,丁酉。十点起,写信上舅父。黄昏十二点睡。

十一日(**6月2日**)　戊戌,晴,风。十点起,作诗一首。内子至莘。黄昏一点睡。

十二日(**6月3日**)　己亥,雨。九点起,录诗一首,誊诗文各二。六叔来谈。黄昏作文未竟,前题。十二点睡。

十三日(**6月4日**)　庚子,阴。九点起,续完昨日课文。接舅父信,即覆。作诗一首,即誊清。黄昏录诗文各一,读《经史百家杂钞》。一点睡。

十四日(**6月5日**)　辛丑,晴。十一点起,至兰叔馆中谈。下午随大哥至大港。黄昏杂检书籍。一点睡。

十五日(**6月6日**)　壬寅,阴晴参半。十点起,作《经解》一首,"束帛戋戋",切问课题。下午腹痛,寒热,即睡。夜泄泻十次余。巳初二刻十二分芒种。

十六日(**6月7日**)　癸卯,阴。热未净,泄泻如昨,兼肝气。接陆幹甫信,大哥代覆。

十七日(**6月8日**)　甲辰,雨。泄泻渐缓,肝气如昨,延董梅丈诊治。

十八日(6月9日)　乙巳,晴。诸恙渐平,起睡无时,服药。

十九日(6月10日)　丙午,阴雨。十点起,诸恙已愈,胃纳仍不佳,服药。看《孤忠录》两卷,黄昏一点睡。

二十日(6月11日)　丁未,阴雨。十一点起,写隶匾一。黄昏十二点[睡]。

二十一日(6月12日)　戊申,阴雨。十一点起,录《经解》一首。修容。至兰叔馆中谈。临《景君碑》八十字。黄昏十一点睡。

廿二日(6月13日)　己酉,晴。九点起,临《景君碑》廿字,写楷书廿字,读文三十遍、唐赋十遍、试帖廿遍,看《赋学正鹄》一首、《简学斋试帖》一首、戴稿一首。黄昏读《经史百家杂钞》《十八家诗钞》。十二点睡。

廿三日(6月14日)　庚戌,晴。九点起,作《说》二首:《耕》《钓》,切问课。黄昏十二点睡。

廿四日(6月15日)　辛亥,阴、晴。九点起,录《说》二首;作赋未竟,拟浩虚舟《盆池赋》,以"陷彼陶器,疏为曲池"为韵,切问课题。至兰叔馆中谈。黄昏十二点睡。

廿五日(6月16日)　壬子,晴。十点起,续完前赋。下午恕甫、大姊还,兰叔来谈。黄昏小饮,十点睡。

廿六日(6月17日)　癸丑,晴。九点起,作诗一首、"开屏翠光滴",切问课题。五古两首。"拟陶渊明《饮酒》""集《归去来辞》字"。至兰叔馆中谈,黄昏十一点睡。

廿七日(6月18日)　甲寅,晴。八点起,誊切问小课卷,至兰叔馆中谈,收书画。黄昏小饮,十点睡。

廿八日(6月19日)　乙卯,雨。十点起,温《论语》一卷、《诗经》二篇,看《毛诗传疏》三叶及《学海堂二集》。恕甫、大姊来。黄昏一点睡。

廿九日(6月20日)　丙辰,雨。十点起,为屏伯父隶《寿诸太夫子文》。黄昏小饮,写信上屏伯父,一点睡。

五月初一日（6 月 21 日） 丁巳，雨。十点起，黄昏一点睡。

初二日（6 月 22 日） 戊午，雨。十点起，恕甫至莘，修容。丑正二刻十一分夏至。中午祀先，录文一首，至兰叔馆中谈，达卿先生来谈，祀灶。黄昏作诗一首，切问课题："'千门朱索迎嘉祉'得'嘉'字，五八"。十二点睡。

初三日（6 月 23 日） 己未，雨。七点起，随祖父至芦。平舅父、恕甫自莘来，都八人，同至切问会文，题："'柳下''士师'章"。晚同恕甫归。黄昏看前四月小课卷，都十一卷。二点睡。

初四日（6 月 24 日） 庚申，晴。十一点起，看小课卷，录诗一首，读试帖廿遍，看《赋学正鹄》两首、《简学斋试帖》一首、《姚惜抱先生选诗文序目》。黄昏因热停课，十一点睡。

五日（6 月 25 日） 辛酉，雨。九点起，温《论语》一卷，看《毛诗传疏》一叶。中午祀灶先，饮酒，至莘和长谈。黄昏十一点睡。

初六日（6 月 26 日） 壬戌，雨。九点起，临《景君碑》四十字，写楷书三十字，读文卅遍、唐赋十遍、试帖廿遍，看《姚选时文》一首。黄昏读《经史百家杂钞》《十八家诗钞》，看《赋学正鹄》两首。十二点睡。

初七日（6 月 27 日） 癸亥，晴，下午微雨。八点起，温《论语》一卷、《诗经》两篇，看《毛诗传疏》三叶及《学海堂二集》。黄昏小饮，十二点睡。

初八日（6 月 28 日） 甲子，阴雨。十点起，六叔来谈。黄昏十二点睡。

初九日（6 月 29 日） 乙丑，雨。十点起，恕甫还莘，作文一首，"太师挚适齐"三章。切问课题。黄昏十一点睡。

初十日（6 月 30 日） 丙寅，雨。十点起，祖父至黎，为达卿先生写诸太夫子寿屏，录文一首。黄昏小饮，十一点睡。

十一日（7 月 1 日） 丁卯，雨。十点起，作文一首、诗一首，前题。写信上屏伯父，即录清。黄昏誊诗文各一首。十二点睡。

十二日（7 月 2 日） 戊辰，晴。九点起，誊文、诗各一首，读唐赋十遍、试帖廿遍,看《赋学正鹄》一首、《简学斋试帖》一首。祖父至自黎。黄昏小饮,十二点睡。

十三日(7月3日)　己巳,晴。九点起,温《论语》一卷、《诗经》一篇,看《毛诗传疏》三叶、《学海堂二集》、《近思录》一叶,接舅父信。黄昏小饮,作覆,十二点睡。

十四日(7月4日)　庚午,阴,晴。九点起,读文三十遍、唐赋十遍、试帖廿遍,看《李选赋》二首、《陈试帖》一首、《姚选时文》一首。黄昏小饮,读《经史百家杂钞》《十八家诗钞》。十一点睡。

十五日(7月5日)　辛未,阴,微雨。八点起,写大字一百、胡桃字一百十。沧舅父来,即还。六叔来谈。黄昏写信禀屏伯父。十一点睡。

十六日(7月6日)　壬申,晴,雨。九点起,温《论语》一卷、《诗经》一卷又两篇,看《毛诗传疏》四叶,校《王氏经说》。黄昏饮酒,十一点睡。

十七日(7月7日)　癸酉,晴,雨。九点起,读文十遍,看唐赋,修容,接屏伯父信。黄昏十一点睡。戌正一刻四分小暑。

十八日(7月8日)　甲戌,淡晴。九点起,恕甫来,下午即还。作《经解》一首,切问课:"《渐》'上九,鸿渐于陆'解"。至兰叔馆中谈。祖父至杏村,傍晚归。黄昏十一点睡。

十九日(7月9日)　乙亥,晴。九点起,作《刘向扬雄优劣论》,切问课。黄昏小饮,十一点睡。

二十日(7月10日)　丙子,晴,热甚。九点起,作赋未竟,《姑苏台赋》以"姑苏台上乌栖时"为韵,切问课。傍晚兰叔来谈。黄昏十点睡。

二十一日(7月11日)　丁丑,晴热。八点起,切问传来又四月初三期课卷,接屏伯父信,至兰叔馆中谈,写信禀屏伯父。黄昏十点睡。

二十二日(7月12日)　戊寅,晴。七点起,至莘吊雪舅父丧,傍晚同恕甫归。黄昏十二点睡。

廿三日(**7 月 13 日**)　己卯，晴。十点起，续毕前赋，至兰叔馆中谈。黄昏十点睡。

廿四日(**7 月 14 日**)　庚辰，晴。十点起，作《试帖》一，题："'浣花草堂'得'都'字"，切问课。黄昏十二点睡。

廿五日(**7 月 15 日**)　辛巳。十点起，录解、论各一。至兰叔馆中谈。黄昏十一点睡。

廿六日(**7 月 16 日**)　壬午。八点起，录赋一，诗一，誊解、论、赋各一。黄昏十一点睡。

廿七日(**7 月 17 日**)　癸未，晴。十点起，誊诗一首。晚恕甫因热吐血数十口，黄昏复吐，服生大黄、童便。十二点睡。

廿八日(**7 月 18 日**)　甲申，晴。八点。恕甫血仍不止，服屏伯父悬拟方。下午写信禀屏伯父求改方，傍晚接回信。明日拟延李辛丈诊治。黄昏十一点睡。

廿九日(**7 月 19 日**)　乙酉，晴。九点起。恕甫吐血渐止，黄昏复大吐。写信请费养丈诊治。一点睡。

三十日(**7 月 20 日**)　丙戌，晴。八点起。午前李辛丈来，午后费养丈来诊治恕甫，是日吐血不多，无鲜红者。后李丈还，费丈留。黄昏十点睡。

六月初一日(**7 月 21 日**)　丁亥，晴。十点起，接屏伯父信，大哥代覆，舅父来，费丈至莘。下午舅父还莘，费丈来。恕甫晨、午吐血两次，甚多。黄昏十二点睡。

初二日(**7 月 22 日**)　戊子，晴。九点起，恕甫吐血十余口。黄昏一点睡。

初三日(**7 月 23 日**)　己丑，未初三刻大暑，晴雨参半。十点起。恕甫吐瘀血颇多。黄昏十二点睡。

初四日(**7 月 24 日**)　庚寅，晴。九点起，送养丈回，稚梅叔来，达丈来谈。晚敏农、繁友自苏来。恕甫尚吐瘀血甚多，下午微有寒热,胸前发白疮。黄昏二点睡。

初五日(7月25日) 辛卯,晴。八点起,尉侄弥月。下午写信禀舅父。恕甫吐瘀血两三口,深紫色,下午仍有寒热。黄昏二点睡。

初六日(7月26日) 壬辰,大风,雨间晴。十点起,接舅父信,送敏农、繁友至黎,看《说文》。黄昏十点睡。

初七日(7月27日) 癸巳,晴雨。七点起,看《说文》,舅父来,即还。黄昏写信禀舅父,十点睡。

初八日(7月28日) 甲午,晴,雨。九点起,切问传来五月初三西塾十八期小课卷。下午至大港。黄昏十点睡。

初九日(7月29日) 乙未,晴。八点起,看《说文》。下午偶食西瓜少许,兼有食积。触动肝气,腹中大痛,坐卧不安,莫可名状,生平未尝经此大痛也,即睡。黄昏有寒热。

初十日(7月30日) 丙申,晴。腹痛如故,上午服生大黄八分,下午腹泻一次,痛如故。兼有寒热。舅父来定方,留宿。

十一日(7月31日) 丁酉,晴,雨。腹痛稍缓,舅父还。服药,微有寒热。

十二日(8月1日) 戊戌,晴,雨。腹痛如昨,微有寒热。服药。

十三日(8月2日) 己亥,晴,雨。腹痛渐止。舅父来定方,即还。中午食粥碗许,即睡。晚际醒后,腹中又复大痛,且有寒热。服药。

十四日(8月3日) 庚子,晴。腹痛稍缓,微有寒热。服药。晚诸师来诊治。

十五日(8月4日) 辛丑,阴。舅父来。腹痛、寒热如昨。服药。

十六日(8月5日) 壬寅,晴。腹痛、寒热如昨。上午诸师、舅父还。服药,假得咏韶处奇楠香一块,服分许,下午又服二分许。服药。腹痛大减,精神疲乏异常。

十七日(8月6日) 癸卯,晴。又服奇楠香分许。服药,腹痛若失,寒热亦止,惟气喘神疲,稍稍言动已觉吃力异常,精神之疲乏可知也。

十八日(8月7日) 甲辰,晴。精神如昨。服药。舅父到馆,即求定方。

十九日(8月8日) 乙巳,晴。身体如昨。服药。卯正初刻六分立秋。

二十日(8月9日) 丙午,晴。服药。精神稍胜于昨,中午始食粥碗许。自初九日下午至今,中间惟十三日食粥一碗耳。腹痛者六七日,不食者十余日,无怪精神疲弱,身体销瘦,遍体惟余筋骨,年来未尝经此大创也。中午诸师来诊治。服药。切问传来五月十八期小课卷。

廿一日(8月10日) 丁未,晴。服药。自初十腹泻后至今日,下午始大解,解后精神乏弱异常。

廿二日(8月11日) 戊申,晴。诸师还。服药,胃气渐复。

廿三日(8月12日) 己酉,晴。服药。

廿四日(8月13日) 庚戌,雨。服药。

廿五日(8月14日) 辛亥,晴。因昨日饮食稍多,是日始饭。腹中微滞。今日停药。日上精神渐复,至丈石山房散步。

廿六日(8月15日) 壬子,晴。七点起,始至书房散步,别来已半月余矣。晚得月锄兄凶信,哀感无已,不能往吊,抱歉之至。午前舅父至梓溪。下午服药。黄昏八点睡。

廿七日(8月16日) 癸丑,晴。五点起,整理书籍。补书初九至昨日日记。修容。点《近思录》一叶,看《輶轩语》。下午服药。黄昏八点睡。

廿八日(8月17日) 甲寅,晴。五点起,磨墨匣,下午服药。黄昏八点睡。

廿九日(8月18日) 乙卯,晴。五点起,看《求阙斋日记类钞》颐养类一卷。甚有味,所言养生之道,以静坐为主,而于"视""息""眠"

"食"四字上用力,病后精神委顿,当试法之。点《近思录》一叶半,写窗心四张隶书,画窗心五张。秀甫还莘,晚来。黄昏八点睡。

七月朔日(8月19日) 丙辰,晴。入秋以来酷热异常,日上较甚,本日尤盛。未刻日有食之。五点起,隶窗心四叶、篆四叶、草五叶,又隶团扇一柄。饭前舅父自梓溪来。黄昏九点睡。

初二日(8月20日) 丁巳,晴,炎热如昨。五点起,点《近思录》叶半。至六叔处谈。黄昏八点睡。

初三日(8月21日) 戊午,晴。五点起,点《近思录》两叶,写信致沈咏韶,寄去《清承堂印赏》一部。黄昏八点睡。

初四日(8月22日) 己未,晴。五点起。病后大便不坚,复因受寒,连朝水泻,昨夜腹中略痛,本日饭后微(张)[胀],腹泻数次。服奇楠香少许。点《近思录》一叶。至六叔处谈。买《易堂阁目》《凤氏经说》两种,共四元。郑书友来。黄昏八点睡。

初五日(8月23日) 庚申,晴。戌正二刻八分处暑。五点起,点《近思录》一叶,切问传来五月初三期课卷。黄昏八点睡。

初六日(8月24日) 辛酉,晴。六点起,作文一首,切问课题:"'齐人有一妻一妾'全章"。录《说文》两叶,黄昏八点睡。

初七日(8月25日) 壬戌,晴。五点起,《说文》至此告成。黄昏八点睡。

初八日(8月26日) 癸亥,晴。五点起,渊如来,即还。装潢《说文》,分十二册。至兰叔馆中谈。黄昏八点睡。

初九日(8月27日) 甲子,晴,午后阵而不雨。五点起,写信致咏韶,看《说文》,修容。晚接咏韶覆函。黄昏八点睡。

初十日(8月28日) 乙丑,晴。五点起。饭后密云不雨。书《说文》签,誊文一首。黄昏八点睡。

十一日(8月29日) 丙寅,晴。六点起,病后脾弱,食多即(张)[胀],清晨腹鸣泄泻。至大港求屏伯父定方。晤梅蛩卿兄,即还。校

《王氏经说》。黄昏八点睡。

十二日（8 月 30 日） 丁卯，晴。五点起，校《王氏经说》《赵氏丛书》，看《说文揭原》十二叶。下午恕甫寒热大作，似有疟象。黄昏八点睡。

十三日（8 月 31 日） 戊辰，晨晴，饭后阴，渐凉。六点起，看《说文揭原》八叶。下午服药。舅父还莘，即来。恕甫寒热已靖，水泻。黄昏七点睡。

十四日（9 月 1 日） 己巳，阴雨，风，大凉。五点起，看《说文揭原》四叶，《曲园杂纂》两卷。中午祀先，午后祀灶。服药。日上伤风，虽不甚剧，但目泪鼻涕，不能久视，闭目静坐，略止泪涕。恕甫又患腹痛，大便不爽。饭后命舟请费养丈来诊治，大约明午可至。黄昏八点睡。

十五日（9 月 2 日） 庚午，阴雨，风。费丈来，为恕甫定方，并为母亲及余定方。饭后至兰叔馆中谈。服药。因昨日食多，腹泻三遍。黄昏九点睡，睡后又泻两遍。

十六日（9 月 3 日） 辛未，阴。六点起，腹泻。饭后费丈至苏溪，下午来，陆梦铃夫人、凌氏表姊邀诊。为钱冠伯隶折扇一柄。徐翰丈、毛秋丈、屏伯父来溪，伯父留宿。黄昏十点睡。

十七日（9 月 4 日） 壬申，晴。六点起，饭后养丈为恕甫、大哥定方，即还。日上微有感冒，身甚疲乏。黄昏十点睡。

十八日（9 月 5 日） 癸酉，晴，渐热。六点起，饭后诸师、陈太年伯来，即求定方。下午同舅父至莘，大伯父还港。黄昏十点睡。

十九日（9 月 6 日） 甲戌，晴，较热。七点起，看《素问》三篇，至兰叔馆中谈。黄昏八点睡。

二十日（9 月 7 日） 乙未，晴，更热于昨。五点起，看《素问》五篇。修容。写信致定甫。服药诸师方。黄昏八点睡。

廿一日（9 月 8 日） 丙子，晴。六点起。辰正二刻十一分白露。看《素问》五篇，看《却老编》《养晦堂集》。服药。蔡调夫来。黄昏八点睡。

廿二日(9月9日)　丁丑,晴。六点起,录文一首,看《素问》一篇,《说文揭原》四叶。服药。黄昏七点睡。

廿三日(9月10日)　戊寅,晴。六点起,看《却老编·谐情》一卷,俞曲园《金刚经注》两卷。写信禀舅父。看窗课。服药。黄昏八点睡。

廿四日(9月11日)　己卯,雨,顿凉。六点起,看《说文揭原》廿六叶。服药。黄昏八点睡。

廿五日(9月12日)　庚辰,晴,热。六点起,写琴条一,贯玉款,楷书。横幅一,篆书,澹吾款。至兰叔馆中谈。服药。黄昏大雷雨,九点睡。

廿六日(9月13日)　辛巳,风雨,下午晴,甚凉。六点起,看《说文揭原》三十二叶。服药。大哥至黎。黄昏八点睡。

廿七日(9月14日)　壬午,晴。六点起,酌《学海堂二集》说经三十四条。下午焕哥来谈,大哥自黎还。服药。黄昏八点睡。

廿八日(9月15日)　癸未,晴。六点起,酌《学海堂二集》说经四条。祖父命隶《赠何鸿舫先生古诗》一篇,焕哥属隶扇一柄,满益谦属隶琴条一幅,舅父自黎来,下午还莘,至兰叔馆中谈,黄昏九点睡。

廿九日(9月16日)　甲申,晴。五点起,摘《学海堂三集》说经十六条,下午偕大哥至大港求屏伯父定方,黄昏九点睡。

八月初一日(9月17日)　乙酉,晴。六点起,写信致满益谦,酌《学海堂三集》说经六十一条,整理书籍。下午敏农来。黄昏九点睡。

初二日(9月18日)　丙戌,阴。六点起,敏农回,整理书籍,周书友来,看《姚选时文》两首,服药,兰叔来谈。黄昏看《唱道真言》两卷余,九点睡。

初三日(9月19日)　丁亥,阴。六点起,写篆字三十、楷字三十,看文两首,理《大学》,杂看《修真》《家书》,服药。黄昏看《参同契》

半卷,九点睡。

初四日(**9 月 20 日**)　戊子,阴,晴。六点起,看《参同契》一卷。服药。黄昏九点睡。

初五日(**9 月 21 日**)　己丑,晴。六点起,写窗心三叶:一隶书,修年款;一隶书;一楷书。久哥属为二叔写楷扇一柄。服药。黄昏八点睡。

初六日(**9 月 22 日**)　庚寅,阴。六点起,写篆字六十、楷字六十,温《大学》,看《姚选时文》一首。六叔、兰叔来谈。服药。黄昏十点睡。

初七日(**9 月 23 日**)　辛卯,阴。六点起。酉初三刻四分秋分。饭后看理卿挂书画。午后偕大哥至大港,求屏伯父定方。服药。黄昏十点睡。

赋得腌鸭蛋得藏字

嗜好酸咸处,累累瓮里藏。
鸭烹通食谱,蛋腌问厨娘。
浸水原多法,调灰别有方。
品评新旧老,色判黑红黄。
借佐芹菹嫩,偏偕菜甲香。
膳羞非俊膳,乡味话家乡。
出壳茶前咽,和蔬汤后尝。
尚添同类列,鸡子满盘装。

光绪十四年戊子(1888)

光绪十四年岁次戊子正月元旦(2月12日) 癸丑,阴,上午微晴,积雪大消,檐滴如雨。晓起祀神、祀灶、谒祠。饭后拜先人神像,合宅贺岁,午后始散。是年五代图,逊村公大哥当祭,秀山公五叔父当祭,起亭公七叔父当祭。下午碌碌,未曾坐定。灯前家祭。夜早睡。

初二日(2月13日) 甲寅,大雪。饭后至大港贺岁,七叔、久兄、大哥同往,在焦桐吟馆长谈。屏伯父出示近著凌敏之、密之《家传》,循诵数过,如睹亡友,不禁惘然。归家尚早。夜饭小酌。

初三日(2月14日) 乙卯,淡晴。临《九成宫》七十二字,写小楷百二十字。渊甫伯、稚梅叔、骧卿兄来贺岁,中饭后即还。大哥至莘溪贺岁,晚归。托恕甫购东洋印色已来,价三元,灯下试之,洵精品也。是日积雪大消,檐滴之声,至夜不绝。下午接灶神、土地。

初四日(2月15日) 丙辰,阴,微雨。看《莲溪时文》两首。幼赓自莘和来贺岁。中午家祭,午后收先人神像。灯下读文二十遍。

初五日(2月16日) 丁巳,雨。晓起接路头,循俗例也。看《莲溪时文》六首,临《九成宫》七十二字,写小楷百二十字。夜饭小饮。

初六日(2月17日) 戊午,阴,晨晴。看《莲溪时文》三首,临《九成宫》七十二字,写小楷百二十字。兰夫自莘和来贺岁。时庵自友庆来贺岁,兼送试草。大哥至黎里、平望贺岁。灯下读文十遍,读试帖二十遍。

初七日(2月18日) 己未,雨,下午雪。范荣仁来贺岁。看《莲溪时文》六首。下午作文半首,题:"勿欺也而犯之"。灯后大哥自黎还。看《莲溪文》一首。

初八日(**2月19日**) 庚申,雨。续昨日课作未毕。金少蟾自莘和来贺岁。陆楠甫、新甫自友庆来,兼送试草。叔寅、定甫来贺岁,还已傍晚矣。是日交雨水节。

初九日(**2月20日**) 辛酉,晴。饭后至苏溪贺岁,舟中续成昨日课文。晚归,知周式如自友庆来,蔡子瑗、调夫自莘和来贺岁,芸太夫子、泮水港顾氏表弟来贺岁,中饭后还。

初十日(**2月21日**) 壬戌,阴晴参半。殷壬伯来贺岁,饭后即还。誊正前日课文。

十一日(**2月22日**) 癸亥,晴暖,颇有春意,下午阴。徐子厚自友庆来贺岁,杭竹丈来贺岁,中饭后还。

十二日(**2月23日**) 甲子,晴。大哥晋郡贺岁。沈氏姨甥来贺岁,午后即还。叔平舅父来贺岁,留宿书楼。傍晚陈太年伯来,与四舅父联榻。

十三日(**2月24日**) 乙丑,阴晴参半。饭后祖父同陈太年伯父至莘,叔平舅父亦还。傍晚祖父归家。灯下看《莲溪时文》。

十四日(**2月25日**) 丙寅,晴,午后大风。晓起,李辛丈来,上午即还。晚前大哥自郡归家。灯前袁子蕃来贺岁。

十五日(**2月26日**) 丁卯,晴。写小楷二百四十字。下午祀灶。灯后六叔父来长谈。

十六日(**2月27日**) 戊辰,晴。饭后同内子至莘贺岁。下午同叔寅至各房贺岁。晚前舅父自江城还。夜宿经畬堂右厢楼,与定甫联榻。

十七日(**2月28日**) 己巳,晴。饭后同恕甫至雪溪贺岁,咏兄、根兄、六兄均见,留宿园中,夜谈甚快。

十八日(**2月29日**) 庚午,阴雨。蒙主人坚留,不果归,在园中围棋、剧谈、看书画,甚乐也。

十九日(**3月1日**) 辛未,微晴。是日凌氏三姑母家表姊出阁,饭后同恕甫还莘往贺,知祖父昨日来莘,日上有江城之行。

二十日(3月2日)　壬申,晴暖。

二十一日(3月3日)　癸酉,阴雨。

二十二日(3月4日)　甲戌,晴。接大哥信。

二十三日(3月5日)　乙亥,晴。是日惊蛰。饭后归家,舅父同来,知祖父昨日自江城归。大哥近日有感冒,午前去载屏伯父来诊治。中午家祭。灯后咏韶自莘来,均留宿书楼。

二十四日(3月6日)　丙子,晴。饭后舅父至紫溪,下午还来。达卿先生来。

二十五日(3月7日)　丁丑,晴。徐瀚波、费漱石来,中饭后还。下午屏伯父还港。舅父、咏韶还莘,招与同往,留宿种蕉馆侧。

二十六日(3月8日)　戊寅,阴,午前雨。下午咏韶至金溪。

二十七日(3月9日)　己卯,晴。

二十八日(3月10日)　庚辰,晴。下午祖父来莘,即还。

二十九日(3月11日)　辛巳,晴暖。下午咏韶自金溪还莘。

三十日(3月12日)　壬午,晴,更暖。

二月初一日(3月13日)　癸未,阴,微雨。

初二日(3月14日)　甲申,阴雨。午后同大姊、内子归家,咏韶亦于今日还去。此次至莘,勾留半月,别无所事,惟饮酒下棋而已,舅父三十局、平舅父十局、咏韶二十局、桐轩八局。大哥今晨至郡。写信致恕甫。至兰叔馆中谈。

初三日(3月15日)　乙酉,阴晴参半。上午收拾书室。下午补书十六后日记,读文十五遍,灯下读文十遍、试帖二十遍。

初四日(3月16日)　丙戌,雨,晚霁。

初五日(3月17日)　丁亥,晴。幼如表伯来贺岁,中饭后还。至兰叔馆中谈。

初六日(3月18日)　戊子,阴雨,大风。祖父至芦川,晚归。至兰叔馆中谈,围棋四局。黄昏作小讲一,题:"穷不失义"四句,切问书院官课题。

初七日(3 月 19 日)　己丑,晴。续完昨日课文,中午家祭。

初八日(3 月 20 日)　庚寅,晴。作试帖一首,题:"'披榛采兰'得'才'字"。誊诗文各一首。写信致恕甫。灯下作试帖一首,前题,六韵。誊文半篇。是日春分。

初九日(3 月 21 日)　辛卯,晴。誊文半篇、诗一首,读文二十遍。

初十日(3 月 22 日)　壬辰,晴。上午舅父来溪,围棋五局。接咏韶信并寄来《过百龄四子谱》一部、《官子谱》一部。夜饭会酌,介伯父、六叔、七叔、中弟均来同席,共七人。是年恕甫值收。

十一日(3 月 23 日)　癸巳,晴。接大哥信。与舅父围棋三局,午后舅父还。写信致咏韶。

十二日(3 月 24 日)　甲午,雨。读文二十遍。下午至大港屏伯父处求改母亲药方,并请课题。晚归。灯下读文十遍。

十三日(3 月 25 日)　乙未,阴。内子至雪溪问内舅父疾。读文二十三遍,灯下读文五遍。

十四日(3 月 26 日)　丙申,雨。祖父至龙泾,晚归。内子自雪溪归,知内舅父患痢疾,已少愈。接咏韶信,作文一首,题:"'子问公叔文子'至'人厌其取'"。

十五日(3 月 27 日)　丁酉,阴雨。誊正昨日课文,灯下读文七遍。写信二,一禀舅父,一致大哥。

十六日(3 月 28 日)　戊戌,阴,微雨。接舅父信。写信二,一复舅父,一致恕甫。中午家祭。午后大姊还莘。种荷花计五缸。灯下读文十五遍、试帖二十遍。

十七日(3 月 29 日)　己亥,阴。读文三十遍,写小楷百二十字。接咏韶信。写信二,一复咏韶,一禀屏伯父。灯下读试帖三十遍。

十八日(3 月 30 日)　庚子,阴晴参半。上午至南玲圩祭扫嗣曾祖秀山公墓。写小楷百二十字,读文十遍。接屏伯父信。

　　十九日(3月31日)　辛丑,晴。作文半篇,切问课题:"'子曰大哉尧之为君也'全章"。兰叔来谈。

　　二十日(4月1日)　壬寅,晴。祖父至颖村补吊诸太父子,兰叔同往,下午归。大哥自郡归家。续完上日课文,至兰叔馆中手谈。

　　二十一日(4月2日)　癸卯,阴雨。至苏溪与平舅父围棋三局,晚归。

　　二十二日(4月3日)　甲辰,晴。至西房、南玲、北玲祭扫。灯后饮散福酒,颇醉。

　　二十三日(4月4日)　乙巳,晴。是日清明。至北厍角字祭扫。中午莘和饮散福酒,以宿醉未往。至兰叔馆中谈。

　　二十四日(4月5日)　丙午,阴雨。作诗一首,切问课题:"'先中中'得'之'字"。下午至东轸祭扫。灯下录文一首。

　　二十五日(4月6日)　丁未,晴。祖母至黎。誊文、诗各一首,读文十五遍。中午家祭。灯下写信致咏韶。

　　二十六日(4月7日)　戊申,晴。读文五遍。下午同内子至屏伯父处就诊,即还。灯下写信三:一禀舅父、一致逸帆、一致蕴涵。读文十遍。

　　二十七日(4月8日)　己酉,晴。饭后读文三十遍。下午临《九成宫》七十二字,写小楷百二十字,读文二十遍。灯下读文十遍、试帖四十遍。

　　二十八日(4月9日)　庚戌,雨。作文一首,题:"'思而不学'合下一章"。

　　二十九日(4月10日)　辛亥,晴。作文一首,切问课题:"'师冕见'全章";作诗一首,题:"'爱眠新著毁茶文'得'眠'字"。灯下誊正前日课文。

　　三月初一日(4月11日)　壬子,晴。写信禀屏伯父,写大字二百字。灯下誊正昨日课作。

初二日（**4 月 12 日**） 癸丑，晴。饭后读文四十五遍。下午写小楷百二十字，临《九成宫》七十二字，读文二十五遍。灯下读十遍、试帖三十遍。

初三日（**4 月 13 日**） 甲寅，晴。饭后内子至莘。作文一首，前题。晚前至六叔处长谈。灯下作诗一首，前题。

初四日（**4 月 14 日**） 乙卯，阴雨。饭后誊正昨日课作，读文十遍。下午读四十遍，至兰叔馆中谈。夜饭小饮。

初五日（**4 月 15 日**） 丙辰，阴，大风。饭后读文三十遍。下午临《九成宫》七十二字，写小楷百二十字，读文二十遍。灯下读十遍、试帖四十遍。

初六日（**4 月 16 日**） 丁巳，淡晴，微雨。大哥至黎贺咏池燕喜，午后归。饭后写信禀屏伯父，接咏韶信，即复之。读文十五遍。下午读五遍，临《九成宫》三十六字，写小楷百二十字，写信致定甫，至兰叔馆中长谈。夜饭小饮。

初七日（**4 月 17 日**） 戊午，晴。饭后读文十五遍，蔡氏祖姑母来长谈。下午至兰叔馆中手谈。灯下读文十遍、试帖四十遍。

初八日（**4 月 18 日**） 己未，阴晴参半。作文一首，题："'子曰饭疏食'一章"。灯下作试帖一首，题："'直上高楼望吴越'得'楼'字"。

初九日（**4 月 19 日**） 庚申，雨，春寒颇甚。誊正上日课作，写信禀屏伯父。是日三从妹受聘，至莘和应酬。夜饭小饮。是日谷雨。

初十日（**4 月 20 日**） 辛酉，晴。饭后读文四十遍，祖母自黎还。下午临《九成宫》三十六字，写小楷八十字。隶书喜对四副，接屏伯父信，即复之，兰叔来谈。灯下读文十遍、试帖四十五遍。

十一日（**4 月 21 日**） 壬戌，晴。饭后读文八遍，祖父命录《古风》一首。午后内子还家。读文三十二遍，黄昏读十遍、试帖四十五遍。

十二日（**4 月 22 日**） 癸亥，雨。是日三从妹送妆至陆氏，至莘和应酬。写喜对两副，一隶一楷。与兰叔诸人手谈。

十三日（4月23日）　甲子，阴。是日三从妹出阁，至莘和应酬，与仙谷诸人手谈。帆鸥来，留宿书楼。

十四日（4月24日）　乙丑，阴。饭后帆鸥回，仙谷来长谈。下午同大哥至屏伯父处。夜饭，焕哥招饮。

十五日（4月25日）　丙寅，阴雨。饭后读文二十遍，下午读二十遍，灯下十遍，试帖二十遍。

十六日（4月26日）　丁卯，阴雨。饭后读文十遍，下午读五遍。至兰叔馆中长谈。饭后小饮。

十七日（4月27日）　戊辰，晴。饭后读文十遍，下午读四十五遍。夜饭小饮。

十八日（4月28日）　己巳，阴。作文一首，题："'点尔何如'一节"。夜饭小饮。黄昏雷雨大作。

十九日（4月29日）　庚午，阴雨。誊正上日课作。写信致屏伯父。黄昏至兰叔馆中手谈。

二十日（4月30日）　辛未，阴雨。饭后同内子至舜湖。午刻至黎镇晤咏韶，知于昨晚泊舟夏家桥，相待已久。中饭后同舟至盛，舟中围棋二局，晚前抵岸，询悉河间新迁。经木桥塔场巷李宅晚酌，与郑氏、孙氏、内舅同席。灯下写信致大哥，与咏韶联榻畅谈，校《四子谱》三局。

二十一日（5月1日）　壬申，晴雨不定。与咏韶围棋三局，校《四子谱》二十八局。午后同远孚舅、韵松兄诸人至种善堂、米业公所、武庙游玩，三处牡丹极盛，惜时已零落，无可观矣。还至玉林春茗叙。

二十二日（5月2日）　癸酉，阴晴参半，晨风雨。与咏韶围棋二局，校《四子谱》五十三局。

二十三日（5月3日）　甲戌，阴雨。与咏韶围棋二局，校《四子谱》十局。午后同咏韶至郑氏、孙氏拜谒。

二十四日(5月4日) 乙亥,阴雨。饭后孙氏内舅、郑氏内表兄来答拜,与咏韶至王氏拜谒。午后同咏韶、韵松至李辛丈处。晚席郑氏内舅招饮。

二十五日(5月5日) 丙子,阴。饭后沈吉常兄来。午后同咏韶至玉林春茗叙,赴吉常之约也。晤陶爽丈,询悉今岁在吉常处下榻,引道,晚席吉常招饮。归途遇雨,甚狼狈也。与咏韶围棋二局。

二十六日(5月6日) 丁丑,阴晴参半。与咏韶围棋一局。午席王氏内姨丈招饮。

二十七日(5月7日) 戊寅,阴雨。与咏韶围棋一局。午后同至东庙观剧。晚归。知家中放舟来载,拟明日还家。

二十八日(5月8日) 己卯,阴。十一点解维,舟中摆《四子谱》两局。午后至黎花里,命舟人治午餐,适有旨酒盈壶,于是举杯独酌,弈情酒兴,佐以水色天光,询极人生乐事。惜遇石,尤未竟驶到如愿耳。傍晚抵家,知切问二月中两期课卷已阅出,初二期第三名,十八期第二名。

二十九日(5月9日) (己卯)[庚辰],晴。收拾书案,补书出门后日记。至兰叔馆中谈。与六叔围棋。录文两首。灯下摆《四子谱》。

三十日(5月10日) (庚辰)[辛巳],晴,午后阴。大哥晋郡,饭后读文二十遍。下午临《九成宫》三十六字,写小楷百六十字,读文二十五遍。灯下磨墨盂,摆《四子谱》一局。

四月初一日(5月11日) (辛巳)[壬午],晴。饭[后]读文二十五遍。下午临《九成宫》三十六字,写小楷二百四十字,读文二十五遍,至兰叔馆中谈。灯下读文十遍、试帖三十遍,摆《四子谱》。

初二日(5月12日) (壬午)[癸未],晴。饭后读文十七遍,蔡氏祖姑母来。下午写小楷二百四十字,作札致咏韶,读文三十三遍。灯下读十遍、试帖五十遍。

初三日(5月13日)　(癸未)〔甲申〕,晴。舅父来溪,围棋六局,留宿书楼。

初四日(5月14日)　(甲申)〔乙酉〕,晴。与舅父围棋六局。下午大哥自郡归。

初五日(5月15日)　(乙酉)〔丙戌〕,阴,微雨。新得云南子一付,白百三十七子,黑百六十五子,喜不自胜,故志之。下午舅父还莘。写信致咏韶。写小楷百二十字。灯下画棋盘一叶。

初六日(5月16日)　(丙戌)〔丁亥〕,阴晴参半。饭后读文三十遍,写小楷百二十字,临《九成宫》三十六字。下午读文十五遍,至兰叔馆中谈,与六叔手谈。

初七日(5月17日)　(丁亥)〔戊子〕,晴,热甚。饭后读文二十遍。下午写小楷百二十字,读文三十遍、试帖二十遍。

初八日(5月18日)　(戊子)〔己丑〕,晴。作文未竟,切问课题:"服周之冕"四句。

初九日(5月19日)　庚寅,晴。续完上日课文,至兰叔馆中谈。灯下作试帖一首,题:"'钟山龙盘走势来'得'来字'"。

初十日(5月20日)　辛卯,是日小满,阴。誊正上日课作,至兰叔馆中谈。夜大风。

十一日(5月21日)　壬辰,大风,微雨。饭后读文二十遍,写小楷百二十字,临《九成宫》三十六字。下午读文二十遍。兰叔来谈,灯下读文十遍、试帖二十遍。

十二日(5月22日)　癸巳,晴。祖父至苏,贺姚世兄悟千燕喜。饭后读文十五遍,摆《四子谱》一局。下午至兰叔馆中谈。灯下摆《四子谱》一局。

十三日(5月23日)　甲午,晴。作文一首,题:"可以为仁矣"合下一节。至兰叔馆中谈。灯下摆《四子谱》一局。

十四日(5月24日)　乙未,晴。作试帖一首,题:"'正身履道'得'时'字"。誊正今昨课作。至兰叔馆中谈。灯下摆《四子谱》。

十五日(5月25日)　丙申,晴。写小楷百二十字,画棋盘一叶。灯下与兰叔手谈。

十六日(5月26日)　丁酉,晴。饭后读文三十遍,看《欣赏集》一篇。下午写小楷百二十字,读文五遍。翰卿表叔来长谈。黄昏至兰叔馆中。

十七日(5月27日)　戊戌,阴晴参半。饭后读文五遍。陈太年伯来,午后还。灯下至兰叔馆中谈。写信致定甫。

十八日(5月28日)　己亥,晴。作文半篇,题:"君子欲讷于言"两章。接屏伯父信,并寄还课作两首。灯下录文两首。

十九日(5月29日)　庚子,晴。饭后录文一首。下午为定甫写窗心三叶,接咏韶信,祖父自苏还。灯下看窗课。

二十日(5月30日)　辛丑,晴。读文四十遍。中饭焕哥招陪陆岵瞻妹丈。灯下磨墨盒,看《欣赏集》一首。

二十一日(5月31日)　壬寅,晴。祖父至芦川,晚归。作经文一首,切问课题:"'不作无益害有益'至'则远人格'"。大哥旧恙略发,想因天热之故。

二十二日(6月1日)　癸卯,晴,炎热异常。六叔来谈。作经文未竟,题:"'命百官始收敛'至'以备水潦'"。黄昏接定甫信。

二十三日(6月2日)　甲辰,风雨,上午晴,天气顿凉。续毕上日课文,至兰叔馆中谈,接陶怡轩信。灯下作试帖一首,题:"'刻木为耕夫'得'夫'字"。

二十四日(6月3日)　乙巳,晴,大风。誊文两首、诗一首。兰叔来谈。灯下看切问课卷。

二十五日(6月4日)　丙午,晴。饭后读文二十五遍,写信致咏韶。下午写小楷八十字,读文十五遍,至兰叔馆中谈。灯下读试帖三十遍,看汪稿。

二十六日(6月5日)　丁未,芒种,晴。饭后读文三十遍,写小楷百八十字,接恕甫信,写信致定甫。下午读文三十五遍、试帖四十遍,看经文。灯下读文五遍。

二十七日(6月6日)　戊申,阴晴参半。饭后读文三十遍,写小楷百二十字。下午读文三十遍、试帖五十遍。灯下看汪稿。

二十八日(6月7日)　己酉,阴雨。作文未竟,题:"我不欲人之加诸我也"两句,枕上续完。

二十九日(6月8日)　庚戌,晴。誊诗文各一首。大姊自紫溪来,即还。

三十日(6月9日)　辛亥,晴。饭后读文三十遍,写小楷百二十字。下午读文三十遍、试帖五十遍,看经文。灯下看汪稿。

五月初一日(6月10日)　壬子,晴。饭后读文二十遍,写小楷百二十字。下午读文二十遍、试帖三十遍,看切问三月初三日课卷。灯下看汪稿。

初二日(6月11日)　癸丑,晴。饭后读文三十遍,写小楷百二十字,写信致恕甫。下午读文二十五遍,六叔父来长谈。接恕甫复信,知任畹丈于前月十九日谢世,闻之不胜惊骇。

初三日(6月12日)　甲寅,晴,热甚。上午舅父来溪,下午遣舟迓屏伯父来,均留宿书楼。与舅父围棋四局。接咏韶信。

初四日(6月13日)　乙卯,晴。与舅父围棋四局。达卿先生、六叔父来长谈。晚雨。

初五日(6月14日)　丙辰,阴雨,骤凉。中午祀先。午后送屏伯父还港。与舅父围棋三局。

初六日(6月15日)　丁巳,阴晴参半。与舅父围棋一局。午后还莘,作札致咏韶,录文一首,至兰叔馆中谈。灯下看汪稿。

初七日(6月16日)　戊午,阴,微雨。写小楷百二十字。敏农、帆鸥来溪,下午还。至六叔处谈。

初八日(6月17日)　己未,晴。大哥至黎,晚归。读文十遍,写小楷二百四十字。下午读文三十遍、试帖五十遍。灯下看汪稿。

初九日(**6 月 18 日**)　庚申,阴晴参半。饭后读文十五遍,写小楷百二十字。下午读文二十五遍、试帖五十遍,看汪稿。

初十日(**6 月 19 日**)　辛酉,阴。饭后读文三十遍,写小楷百二十字。下午读文十遍、试帖五十遍,看汪稿,至兰叔馆中谈。

十一日(**6 月 20 日**)　壬戌,阴,微雨。饭后读文二十遍,写小楷百二十字。下午同大哥至屏伯父处,晚归。兰叔来谈。

十二日(**6 月 21 日**)　癸亥,阴晴参半。饭后读文三十遍,写小楷百二十字。吴氏表伯来,午后还。中午祀先。下午读文三十遍、试帖四十遍,至兰叔馆中谈。灯下摆《四子谱》。

十三日(**6 月 22 日**)　甲子,阴晴参半。下午作文一首,题:"子谓颜渊曰用之则行",计两时半交卷。灯下摆《四子谱》。

十四日(**6 月 23 日**)　乙丑,阴。读文十遍,写窗心两叶。至兰叔馆中谈。

十五日(**6 月 24 日**)　丙寅,雨。饭后读文六遍,写小楷百二十字。下午读文三十遍、试帖四十遍,看汪稿。灯下摆《四子谱》。

十六日(**6 月 25 日**)　丁卯,晴雨不定。饭后读文二十遍,写小楷百二十字。下午读文二十遍,试帖五十遍,看汪稿。灯下摆《四子谱》。

十七日(**6 月 26 日**)　戊辰,晴,渐热。饭后读文十遍,接屏伯父信,并来周冕期课卷,录文一首。下午读文三十遍、试帖四十五遍,至兰叔馆中谈。灯下摆《四子谱》。

十八日(**6 月 27 日**)　己巳,晴。作文一首,切问课题:"'同声相应'至'万物睹'"。灯下作试帖一首,题:"'忧国愿年丰'得'丰'字"。

十九日(**6 月 28 日**)　庚午,晴,晨雨。饭后誊正上日课作。下午读文十三遍,至兰叔馆中谈。灯下摆《四子谱》。

二十日(**6 月 29 日**)　辛未,晴。饭后读文十五遍,写小楷百二十字,祭龙神,内子还家。下午读文二十五遍、试帖三十五遍。灯下摆《四子谱》。

二十一日(6月30日)　壬申,阴晴参半。读文二十遍,写小楷百二十字。下午读文二十遍,看汪稿,检校《国朝文征》缺叶。灯下摆《四子谱》。

二十二日(7月1日)　癸酉,阴雨。饭后读文十六遍,写小楷百二十字。下午读文十四遍,看汪稿,磨墨盒。灯下摆《受子谱》。

二十三日(7月2日)　甲戌,阴雨,作文一首,题:"'柴也愚'两章"。今日略有感冒,夜间寒热微作。

二十四日(7月3日)　乙亥,雨,微有寒热。精神甚疲。黄昏雷雨大作。

二十五日(7月4日)　丙子,阴雨。誊清前日课文。下午诸师、陈太年伯来溪,留宿书楼。

二十六日(7月5日)　丁丑,阴晴参半。饭后接徐梦鸥信,属隶团扇一柄,书毕即写信复之。下午诸师、陈太年伯至大港。读文十遍、试帖三十遍。

二十七日(7月6日)　戊寅,晴。祖父至芦,下午归。至兰叔[馆]中谈,与兰士手谈。午后摆《受子谱》。切问传来四月十八期小课卷。灯下摆《受子谱》。

二十八日(7月7日)　己卯,晴,骤热。录文一首,读文十遍。下午作文一首,题:"书同文",计五点钟交卷。灯下摆《受子谱》。

二十九日(7月8日)　庚辰,晴。下午至屏伯父处,晚归。黄昏至兰叔馆中谈。

六月初一日(7月9日)　辛巳,晴,更热异常。看切问西斋课卷,写信禀屏伯父。

初二日(7月10日)　壬午,晴。大哥同理卿至郡。饭后录文一首,读文二十七遍。下午读二十八遍、试帖三十遍,看汪稿。灯下摆《受子谱》。

初三日(7月11日)　癸未,晴。作文一首,题:"'叶公问孔子'

全章"。黄昏至兰叔馆中。

初四日(**7月12日**) 甲申,晴。饭后作试帖一首,题:"'娜嬛福地'得'嬛'字",誊正今、昨课作。下午读文二十遍、试帖三十遍,看汪稿,祀灶,写信致恕甫,至兰叔馆中谈。灯下与兰士手谈。

初五日(**7月13日**) 乙酉,晴。饭后录文一首,读文十五遍。下午读二十五遍、试帖四十遍,看汪稿。灯下至兰叔馆中,与龙生诸人手谈。

初六日(**7月14日**) 丙戌,晴,稍凉。饭后读文三十八遍,写小楷二百廿字。下午接姚师寄来字课,读文七遍、试帖四十遍,看汪稿。灯下摆《受子谱》。

初七日(**7月15日**) 丁亥,晴。晨起至北厍,吊于范氏,偕赵翰卿、叶尊铃茗叙,归舟遇雨,写小楷百二十字,看汪稿。下午理卿自郡还,大哥约十一去载,写信禀屏伯父,读文五遍,看汪稿。灯下摆《受子谱》。

初八日(**7月16日**) 戊子,晴,渐热。作文一首,题:"子曰雍也可使"全章切问课题。接屏伯父复信。灯下至兰叔馆中手谈。

初九日(**7月17日**) 己丑,晴。作试帖一首,题:"'六朝帆影落樽前'得'前'字"。誊正今昨课作,写信致大哥。下午读文十遍,至兰叔馆中谈,黄昏复往。

初十日(**7月18日**) 庚寅,晴。饭后读文十六遍。下午迁卧室于丈石山房之侧,碌碌未坐定。灯下摆《四子谱》。

十一日(**7月19日**) 辛卯,晴。饭后写小楷八十字。下午接屏伯父信,并切问课卷三十字本,即写覆禀,录文两首,至兰叔馆中谈。灯下摆《受子谱》。

十二日(**7月20日**) 壬辰,晴。饭后录诗文各两首。六叔来谈。下午录文一首。大哥自郡归。灯下摆《受子谱》。

十三日(**7月21日**) 癸巳,晴。是日大暑。饭后录文一首,读文五遍。下午接屏伯父信并来课文两首,录文一首。钱少江来。灯下摆《受子谱》。

十四日(7月22日) 甲午,晴。磨墨盒,看汪稿,录文一首。灯下摆《受子谱》。

十五日(7月23日) 乙未,晴。作文一首,题:"言而世为天下则",计六点钟交卷。下午至兰叔馆中谈,读文十遍。灯下摆《受子谱》。

十六日(7月24日) 丙申,晴。晓起写小楷百二十字。饭后读文三十遍,下午读十遍、试帖三十遍,看汪稿。灯下摆《受子谱》。

十七日(7月25日) 丁酉,晴。饭后读文三十遍,下午读十遍、试帖五十遍,写小楷百二十字,看汪稿。灯下摆《受子谱》。

十八日(7月26日) 戊戌,晴。祖父至同以吊任畹丈之丧,晚归。作文未竟,接屏伯父信并来课作三首。灯下摆《受子谱》。

十九日(7月27日) 己亥,晴。作文一首,切问课题:"'呦呦鹿鸣'首章"。灯下摆《受子谱》。

二十日(7月28日) 庚子,阴。晚前阵雨,饭后作诗一首,题:"'兰莫争翘'得'翘'字"。誊正今、昨课作。下午作诗一首,题:"'棋声答院静'得'声'字"。写信致沈子和。灯下摆《受子谱》。

二十一日(7月29日) 辛丑,晴。饭后读文十五遍,写小楷百二十字。下午读文十五遍,看汪稿。灯下至兰叔馆中手谈。

二十二日(7月30日) 壬寅,晴。大哥至莘吊磬二舅母丧。饭后写小楷百二十字,读文四十遍。下午读十遍、试帖九十遍。晚大哥归,接咏韶信。

二十三日(7月31日) 癸卯,晴,酷热。作文一首,题:"'唐棣之华'至'未之思'也"。六叔来谈。灯下摆《受子谱》,写信致咏韶。

二十四日(8月1日) 甲辰,晴,更热于昨。晨起誊正上日课作。饭后同大哥至屏伯父处,午前返。钞《范四子谱》一局。

二十五日(8月2日) 乙巳,晴热如昨。钞目录。达卿先生、赵翰卿来。灯下至兰叔馆中手谈。

二十六日(8月3日) 丙午,晴。写信禀姚师,又禀舅父。下午观演水龙。洗澡,甚快。灯下摆《受子谱》。

二十七日(8月4日) 丁未,晴。磨墨匣,看汪稿,写隶扇一柄,青士款。灯下摆《范四子谱》。

二十八日(8月5日) 戊申,晴。作文一首,题:"文王发政施仁"二句,计六点钟交卷。钞《范四子谱》三局。灯下摆谱。

二十九日(8月6日) 己酉,大风,天气渐凉,阴晴不定。录文两首、诗两首。写信禀舅父,接咏韶信。理卿自郡还,试船亦已放来。调夫来谈。灯下钞《范四子谱》一局。

三十日(8月7日) 庚戌,立秋,雨,大风,天气顿凉。晓起钞《范四子谱》一局。饭后收拾行装,接徐梦鸥信,悉江南主试正李文田,副王仁堪。并为友人属书隶对、窗心,此道不问已年余矣,又匆促不能报命,只好试后应之。灯下至兰叔馆中公弈。

七月初一日(8月8日) 辛亥,晴,大风。饭后修容。顾文泉来,渠同伴俱附轮,船先来,属带箱子一只。至金陵,中饭后还看工人下行李。晚接屏伯父信,并来窗作两首,青士、钱丈已来。晚饭。至六叔处,饯行,是夜青丈宿舟中。上午在家庙拈香,先行叩别。

初二日(8月9日) 壬子,大风,阴晴不定。破晓同六叔大哥登舟,同伴四人,下仆两人,一幅秋风,驶行如意,将至省垣,大哥即另舟至混堂巷外家,适大雨骤至,舟人泊舟以待,少顷雨止,进泊阊门外北鳌街,时仅十一点钟也。泊舟后即同青丈、六叔登岸打尖,复唤小舟至道前街,回泰昌栈访式如、周丈,即同至昇园洗澡,归舟已灯后矣,途中与六叔弈。

初三日(8月10日) 癸丑,晴,微雨。上午大哥自混堂巷还船,即同至桃巷坞谒姚师。中饭后还船,夜饭醋饮,与大哥弈。

初四日(8月11日) 甲寅,晴。破晓自阊门外开船,风仍东南,舟行为利,遇浒关望亭。午初过无锡,风利不及,登眺。五点钟至常州,泊舟入城,至登瀛社(掇)[啜]茗。夜饭酣饮,复登岸徜徉,久之而返。途中温《受子谱》,看汪稿,与大哥弈,写小楷百二十字。

初五日(8月12日)　乙卯,晴,雨,风仍东南。破晓自常州开船,过奔牛吕城,午初过丹阳,酉刻至丹徒镇泊舟,因遇雨故也。此去京江只十八里。途中读文二十遍,写小楷一百二十字,看汪稿,摆《受子谱》,夜饭酣饮,睡甚迟。

初六日(8月13日)　丙辰,晴,风色如昨。自丹徒开船,饭时已至镇江,泊舟后即登岸。至第一楼茗叙,遥望长江,全势俱举,徜徉至日暮而返,夜饭酣饮。

初七日(8月14日)　丁巳,晴,风仍东南。破晓自镇江开船,走新开河,薄暮过龙潭,黄[昏]至栖霞泊舟。途中作小讲一。是日炎热异常。夜饭小饮。

初八日(8月15日)　戊午,晴,风色如昨。破晓自栖霞出口,依岸而行,如履平地,过黄天荡,为栖霞出口之最阔处,薄暮抵龙冈关泊舟,金陵在望矣。是日炎热异常,与同伴诸人捣战酣饮,甚快。

初九日(8月16日)　己未,晴,炎热。辰刻抵水西门,饭后雇划子船进城,寓定在淮清桥块致和街嵩泰照相馆内地板房一间,价洋二十五元。宽敞幽静,大可容膝。午后修家禀。薄暮位置行李。一切妥帖,与同伴至桃叶渡口,纳茗修容。黄昏肝气略发,有妨清睡。至一二点,胸中块垒渐消矣。

初十日(8月17日)　庚申,晴热。晓起写小楷百二十字,读汪稿十五遍。饭后读五遍,至贡院游览,还至得月楼纳茗。下午至陈公祠在文德桥石坝街口。观弈。灯下与大哥弈。

十一日(8月18日)　辛酉,晴。晓起写小楷百二十字。饭后读文二十遍、试帖二十遍。下午读汪稿五遍,至陈公祠观弈。灯下温弈谱。与同伴至问渠纳茗。睡甚迟,肝气略发。

十二日(8月19日)　壬戌,晴,稍凉。作文一首,题:"'嚣嚣然曰'至'幡然改曰'"。蔡定夫来。至陈公祠观弈。

十三日(**8 月 20 日**)　癸亥,晴。夜间着凉,微有寒热。誊正上日课文。顾文泉、冯仲英来。黄昏早睡,仍有寒热。

十四日(**8 月 21 日**)　甲子,晴。寒热未净,精神疲乏之至。叶凤翔、唐鄂甫来。钱少江来关照。十八苏常太落遗,廿六贡监落遗。

十五日(**8 月 22 日**)　乙丑,晴雨不定。寒热已净,精神尚惫。与大哥手谈。看汪稿。褚渊如来围棋一局。

十六日(**8 月 23 日**)　丙寅,晴。看汪稿。

十七日(**8 月 24 日**)　丁卯,晴。看汪稿,与大哥围棋。下午至陈公祠观弈。是夜苏常太录遗进场。送青丈去后始睡,时已四点钟矣。

十八日(**8 月 25 日**)　戊辰,晴。晏起,录文两首。四点钟青丈出场,文题:"'逸民'四章";策问:书学;诗题:"'心与欢伯为友朋'得'心'字,六韵"。黄昏泊舟秦淮。

十九日(**8 月 26 日**)　己巳,晴。晏起,作小讲一。偕同伴诸公至妙相庵游。归舟已晚。

二十日(**8 月 27 日**)　庚午,晴。晏起,补完上日课作,至"辨考下"处。还与大哥弈。黄昏早睡。

二十一日(**8 月 28 日**)　辛未,晴,炎热。写小楷一叶。看汪稿。与大哥弈。请席,主人照相。精神不甚健旺。夜间早睡。

二十二日(**8 月 29 日**)　壬申,晴,热。誊正前日课作。渊如、子英、伯坛来谈。作试帖一首,题:"'蟾宫织登科记'得'宫'字,六韵"。至问渠纳茗。

二十三日(**8 月 30 日**)　癸酉,晴热,傍晚阵雨,快极。作文一首,题:"'说之不以道'至'器之'"。

二十四日(**8 月 31 日**)　甲戌,晴。看窗作,磨墨盒。渊如来谈,与之围棋一局。与青丈至唤渡纳茗。灯下看窗课。

二十五日(**9 月 1 日**)　乙亥,晴。收拾考具,誊正前日课文。黄昏早睡。

二十六日(**9月2日**)　丙子,晴。二点钟起,三点时雇划子船,至贡院前,候之良久始开点,八点封门。文题:"子张学于禄"一章;策问:"《列女传》载许穆夫人事与《韩诗外传》合具,鲁、韩二家《载驰》诗说不同《毛传》,试引申其义";诗题:"'闲寻书册应多味'得'寻'字,六韵"。五点钟出场。黄昏逸帆来寓长谈。

二十七日(**9月3日**)　丁丑,晴,炎热异常。饭后陆寿丈来,询知今日始至,出未定寓,即定在对面楼上,同伴共五人。陈逸帆来,围棋一局。下午与寿丈、幹甫丈围棋各一局。傍晚逸帆还寓。

二十八日(**9月4日**)　戊寅,阴,稍凉。晓起,钱少江来,知贡监案已出,俸取苏属第一,给灯牌费两元,另付验照费三百五十文,即托渠去领。与幹甫丈、陈宝莲围棋各一局。午前至逸帆寓中,与宝莲、逸帆围棋三局,即同至唤渡茗叙,还至陈寓畅饮。与幹丈围棋一局,即同还寓。睡甚迟。

二十九日(**9月5日**)　己卯,晴。晓起,修容,至江震办考处。饭后同青丈、六叔出外买物件。午前接孙得之先生信,即覆之。午后得之先生来,即同访逸帆,不值。还至文德桥,与逸帆途遇,即同至陈公祠茗叙。傍晚还寓。

八月初一日(**9月6日**)　庚辰,晴,夜雨。饭后同大哥出外买物件。下午候孙得之先生不值,至玉楼春纳茗。渊如来寓,与之围棋一局。灯下逸帆来谈。与幹丈围棋二局,寿丈、逸帆各一局。睡甚迟。

初二日(**9月7日**)　辛巳,晴。录文一首。午后同朗晖、逸帆游愚园,晚归。敏农、子勤在寓,知今日起早入城,同伴四人,即寓照相馆内。

初三日(**9月8日**)　壬午,晴。文泉来,即同至贡院游。还寓,适逸帆、宝莲来。与宝莲围棋一局。午后同至得月台茗叙,还寓已晚。灯下与寿丈、幹丈围棋各一局。

初四日(**9月9日**)　癸未,晴。近日略有感冒,请寿生兄诊治,下午服药。

初五日(**9 月 10 日**)　甲申,晴。宝莲来,与幹丈围棋一局。午后至逸帆寓中,同至得月台、玉楼春纳茗。还复至逸帆寓中酣饮。

初六日(**9 月 11 日**)　乙酉,晴。上午收拾考具,同敏农至寿生寓中,请渠复诊。午后服药。

初七日(**9 月 12 日**)　丙戌。饭后同幹丈、逸帆候得之先生还寓,收拾考具。午后服药。

初八日(**9 月 13 日**)　丁亥,晴。午初进场,拥挤异常,受伤者甚多。坐平江府北段睦字五十六号。接卷后携考具至北总门,人多路隘,竟不能入候,至傍晚始归本号。草草收拾,狼狈不堪,腹馁身疲,困苦万状。二鼓后始就寝。

初九日(**9 月 14 日**)　戊子,阴,晚雨。五鼓接题纸,头题:"子曰可与共学"两章;二题:"及其广厚"三句;三题:"堂高数仞"至"在彼者皆我所不为也";诗题:"'金罍浮菊催开宴'得'鸣'字"。二鼓时精神疲乏不堪,三艺后二未作,握管凝竟不能成只字,遂收拾就寝,夜寒甚。

初十日(**9 月 15 日**)　己丑,晚晴。五鼓起来续完三艺后二及试帖,号门已开,时已七点钟矣。晤大哥,知草稿已补但未誊正。至三点时真草俱毕,收拾出场已傍晚矣。大哥午刻出场,苹叔晚刻出场,身子无不惫甚。

十一日(**9 月 16 日**)　庚寅,晴。晨起收拾考具,午初进场,拥挤略减,较之上场劳逸悬殊。坐西文场藏字九十一号,与亦周联号,颇不寞寂,惟号已近底,臭秽异常,天又炎热。傍晚封门后亦周来告,旁有室号,因携具至八十二号,臭气略减,夜寝极早。

十二日(**9 月 17 日**)　辛卯,晴。四鼓接题纸,《易》:"物电";《书》:"淮海惟扬州";《诗》:"既景乃冈"三句;《春秋》:"夏王"桓十四年;《礼》:"脍春用葱秋用芥"。至五鼓真草俱毕,略睡,已黎明矣。

十三日(**9 月 18 日**)　壬辰,晴。破晓收拾停妥,即交卷出场,大哥已至寓良久矣。修容。酣睡。下午至问渠纳茗，灯下与寿丈围棋一局，精神较上场似胜。

十四日（9月19日） 癸巳，大雨终日。晓起收拾考具，午初进场，泥途滑之，殊觉不堪，幸不甚拥挤耳。坐东龙腮龙字十三号，本号适为上江人所据，因即驱出，而号板号舍，渠已收拾停妥，心甚德之。

十五日（9月20日） 甲午，晴。五鼓接题，第一问经学，二问史学，三问子书，四问海战，五问字学。五点时即交卷出场。大哥已于午刻出来，灯后青丈亦出，六叔大约须明日出矣。至问渠纳茗。三场已毕，精神尚可，私心已极欣幸，更何他望哉。夜间酣睡。

十六日（9月21日） 乙未，晴。收拾行装。午后至逸帆寓中，还至唤渡茗叙。夜睡极迟。

十七日（9月22日） 丙申，晴。饭后雇划子船，驶行李至原船。午前登舟，因舟子欲结伴同行，遂停泊城外未开。与大哥弈。摆《四子谱》。傍晚登岸散步。黄昏早睡。

十八日（9月23日） 丁酉，晴。破晓自水西门开船，走新开河。薄暮至高子港泊舟，去京江三十余里，东南风大作，须即缓为妙。场后精神疲乏，舟中惟熟睡而已。

十九日（9月24日） 戊戌，晴。风仍东南，舟行五六里，至缺渡不能出口，遂泊舟，适子遴、渊如两船亦至，相叙颇不寂寞，与子遴围棋一局。午后风略和，众舟同发，抵暮泊舟金山口。黄昏登岸散步。

二十日（9月25日） 己亥，晴。破晓渡江至京口。饭后登岸略游，还船知近日有都天会，试船为浮桥所阻，皆不能进，遂复登岸与同伴至金山畅游。由江天寺入山，至法海、浮玉诸洞，俱少憩，直至江天一览，俯视长江，远对焦山，气象万千，不可言喻。午后还至京江第一楼小酌，晤逸帆、朗辉诸君，知两舟同泊甚近。还船后邀逸帆、宝廉来船，畅饮极欢而散。

二十一日（9月26日） 庚子，晴。风仍东南，破晓自镇江开船至陵口泊舟。

二十二日(**9 月 27 日**)　辛丑,晴。仍遇顶风,破晓自陵口开船。午后至常州泊舟,登岸略购物件。入朝京门至登瀛社纳茗,修容。还船,至逸帆舟中畅饮。夜睡极迟。

二十三日(**9 月 28 日**)　壬寅,阴,北风大作。五鼓自常州开船,午刻过无锡,薄暮至浒关泊船。黄昏登岸散步。

二十四日(**9 月 29 日**)　癸卯,晴。晨泊金阊门外,至飞丹阁纳茗,洞馥泉藻身。

二十五日(**9 月 30 日**)　甲辰,晴,西北风。五鼓开船,午后抵家。惊知七叔父于七月十五日去世,六婶母于七月初八日去世,惊心动魄,闻之不知所措。

二十六日(**10 月 1 日**)　乙巳,晴。午后偕大哥至大港,求屏伯父定方。

二十七日(**10 月 2 日**)　丙午,晴。饭后偕大哥至莘谒舅父,傍晚归家。灯下与大哥围棋一局。服药。

二十八日(**10 月 3 日**)　丁未,晴。收拾书室,写信致咏韶。午后与大哥围棋一局,复至兰叔馆中弈。灯下摆《四子谱》,服药。

二十九日(**10 月 4 日**)　戊申,晴。六叔来谈。修禀上屏伯父。写信二致恕甫、达甫。酌书目。达卿先生来谈。灯下摆《四子谱》,服药。

九月初一日(**10 月 5 日**)　己酉,晴。饭后随祖父、大哥至家庙灶前拈香叩谒。酌书目。与大哥围棋一局。傍晚兰叔来谈。灯下修禀二致诸师、舅父。

初二日(**10 月 6 日**)　庚戌,晴。大哥至黎,约后日归家。收拾书籍。画格子。下午六叔父、蔡条夫来长谈。

初三日(**10 月 7 日**)　辛亥,雨。饭后接恕甫信,并来姚师新刻《字学臆参》两册。写大中楷六十字。下午写小楷二百字,写信致恕甫。

初四日(**10月8日**)　壬子,阴雨。上午写大中楷五十字,大哥自黎还。中午祀先。午后与大哥围棋三局。灯下摆《四子谱》。是日处寒露。

初五日(**10月9日**)　癸丑,晴,下午雨。大哥至苏。饭后写大中楷六十字。午后摆《四子谱》。

初六日(**10月10日**)　甲寅,晴,午雨即止。写大中楷三十字。秀甫来,下午还。摆《四子谱》。

初七日(**10月11日**)　乙卯,晴。饭后写大中楷三十字。下午摆《四子谱》。大哥自省垣归,围棋一局。灯下与大哥围棋一局。修禀致屏伯父。

初八日(**10月12日**)　丙辰,晴。饭后写大中楷一叶,酌书目。下午与大哥围棋一局。灯下摆《四子谱》。

初九日(**10月13日**)　丁巳,晴热。祖父至芦。饭后酌书目。下午与大哥围棋一局,酌书目,作札二致恕甫、秀甫。傍晚祖父归,接咏韶信。灯下摆《四子谱》。

初十日(**10月14日**)　戊午,晴,仍暖,午后风雨,渐凉。酌书目。傍晚与大哥围棋一局。灯下写信致恕甫,编书目。

十一日(**10月15日**)　己未,晴。酌书目。晚接恕甫信,知于昨日同大姊来溪,玉表侄亦来,带来划乌丝机器一副,甚精妙。

十二日(**10月16日**)　庚申,晴。午前恕甫、大姊来溪,玉麟同来。

十三日(**10月17日**)　辛酉,晴暖,傍晚阵雨。写中字一頁,余惟弈谈而已。

十四日(**10月18日**)　壬戌,阴晴参半。写中字三叶,与大哥诸人弈。

十五日(**10月19日**)　癸亥,阴晴参半。写中字十叶。下午与恕甫诸人弈。接蔡条夫凶报,骇悉于今日病故,可惊可叹。

十六日(**10月20日**)　甲子,阴,大风天气,渐寒。写中字一叶。

中饭六叔招恕甫饮,余与大哥与。(与)[于]灯下写信致达卿先生。

十七日(10月21日) 乙丑,晴,风未息,寒甚。写大字八十字。六叔来长谈。

十八日(10月22日) 丙寅,晴。与恕甫诸人弈。

十九日(10月23日) 丁卯,晴。大哥至黎吊蔡条夫之丧,晚归。画棋盘一叶。与恕甫诸人弈。晚前酣睡一时许,甚甜适也。

二十日(10月24日) 戊辰,阴晴参半,夜雨。祖父至平望贺殷壬伯燕喜。上午磨墨盒。午后与恕甫弈。

二十一日(10月25日) 己巳,晴。上午写大字五叶,叶二字,临姚师书《九成宫》。与大哥围棋二局。午后恕甫、大姊、玉表侄还莘。酌书目,写大中楷一叶,十六字,临姚师书《九成宫》。灯下摆《四子谱》,接恕甫信。

二十二日(10月26日) 庚午,晴。酌书目,接恕甫信。灯下持螯酣饮。

二十三日(10月27日) 辛未,晴。酌书目,写信致恕甫。傍晚祖父自平归。灯下酌书目,看《平定粤匪纪略》一卷。

二十四日(10月28日) 壬申,晴。酌书目。舅父来溪,留宿书楼。恕甫亦来,下午即还。与舅父围棋两局授八子。傍晚兰叔来谈,同夜饭,与之围棋一局,看《平定粤匪纪略》半卷。

二十五日(10月29日) 癸酉,晴。与舅父围棋两局,六叔来谈,同中饭。饭后舅父即还。灯下酌书目,看《平定粤匪纪略》一卷。

二十六日(10月30日) 甲戌,晴。酌书目。多侄近有感冒,请诸师诊治。下午至溪,留宿书楼。

二十七日(10月31日) 乙亥,阴晴参半。饭后送诸师还,酌书目。灯下钞《范六子谱》一局,看《平定粤匪纪略》一卷。

二十八日(11月1日) 丙子,阴晴不定,黄昏雷雨大作。是日叔寅续娶于黎里周氏,大哥往贺。钞《六子谱》一局,酌书目。灯下持螯畅饮,钞《六子谱》一局,看《平定粤匪纪略》半卷。

二十九日(11月2日)　丁丑,大风开霁。酌书目。灯下写大楷十五叶,看《平定粤匪纪略》一卷。

三十日(11月3日)　戊寅,晴阴不定,大风。酌书目。灯下摆《六子谱》,看《平定粤匪纪略》一卷。下午大哥自莘还。

十月初一日(11月4日)　己卯,晴。酌书目。灯下摆《六子谱》,看《平定粤匪纪略》半卷。

初二日(11月5日)　庚辰,晴。祖父至莘吊磬二舅母丧,下午归。酌书目。灯下看《平定粤匪纪略》半卷。

初三日(11月6日)　辛巳,晴。晨起修容。饭后酌书目。灯下酌书目,看《平定粤匪纪略》一卷。

初四日(11月7日)　壬午,晴,颇暖。饭后酌书目。下午看《平定粤匪纪略》一卷,灯下看两卷本。夜五点二刻内子产一男,自试痛至此已逾两昼夜,幸产前体健,尚可支持,诸事妥帖,天已大明。写信致定甫,至次日八点钟始就寝。

初五日(11月8日)　癸未,晴。十一点起。舅父来溪,围棋二局,下午即还。夜睡极早。

初六日(11月9日)　甲申,雨。晨起写信禀屏伯父。午刻内子忽腹痛患泄泻,略有寒热,即至大港请屏伯父。归家后知诸师适于午后来溪,即同定方。是夜子刻始服药,服后泻渐缓,余亦就睡。灯下看《平定粤匪纪略》一卷。

初七日(11月10日)　乙酉,大风雨。内子腹泻未减,饭后请诸师、屏伯父覆诊,下午服药后泄泻略减。看《平定粤匪纪略》半卷,钞《六子谱》一局。

初八日(11月11日)　丙戌,晴,风。内子腹泻渐减,饭后请诸师、屏伯父覆诊,下午服药。看《平定粤匪纪略》半卷,钞《施定庵二子谱》二局。

初九日(11月12日)　丁亥,晴。内子腹泻已止,午后复现红白疹,伏邪尽出矣,饭后覆诊,下午服药。舅父、咏韶来溪,与围棋各一局,钞《六子谱》一局。

初十日(11月13日)　戊子,晴。内子诸病渐愈,白疹甚多,红疹未显,饭后覆诊,下午服药,渐觉舒齐。与舅父围棋一局、咏韶两局。

十一日(11月14日)　己丑,晴。内子红白疹未回,饭后覆诊,下午服药。屏伯父还港,与舅父围棋一局、咏韶二局。兰叔来同夜饭。达卿先生携卧具来,与诸师作竟夜谈。

十二日(11月15日)　庚寅,晴。内子疹子渐还,饭后覆诊,下午服药。与咏韶围棋一局。午后舅父、咏韶还莘。灯下抄《六子谱》一局。

十三日(11月16日)　辛卯,晴。内子疹子还而未净,请诸师覆诊,饭后送诸师还。祖父至芦贺董蟾燕喜,晚归。整理书籍,灯下抄《六子谱》二局。

十四日(11月17日)　壬(寅)[辰],晴暖。整理书籍,至兰叔馆中谈。灯下抄《六子谱》二局。

十五日(11月18日)　癸(卯)[巳],晴。与大哥棋围二局。内子疹子还而复发寒热,往来不定,眠食俱减,午后至大港求屏伯父改方。看《平定粤匪纪略》一卷。

十六日(11月19日)　甲(辰)[午],阴晴不定。大哥晋郡。整理书籍。内子病体如昨,下午写信请诸师诊治,拟明日去载。灯下抄《六子谱》一局。

十七日(11月20日)　乙(巳)[未],风雨。整理书籍。接咏韶信,即覆之。写信致恕甫。内子略有寒热,如疟象,下午诸师来,即请诊脉,用参须、橘红煎汤,先服,明日拟方。

十八日(11月21日)　丙(午)[申],风,阴。内子疹痞渐还,寒热已净,惟胃气仍大损,下午请梅村世丈诊治,同诸师商定一方,灯后服药,是夜仍用参须五分煎汤代茶。午后达卿先生、兰叔、六叔均来谈。

十九日(11 月 22 日) 丁(未)[酉],晴。内子伏气向尽,胃纳稍振,饭后请诸师覆脉,下午服药。写信致恕甫、定甫。

二十日(11 月 23 日) 戊(申)[戌],晴。饭后请诸师覆诊内子,午后诸师还。至兰叔馆中谈,围棋一局。

二十一日(11 月 24 日) 己(酉)[亥],晴。整理书籍。下午至兰叔馆中谈,围棋一局。灯下钞《六子谱》二局。

二十二日(11 月 25 日) 庚(戌)[子],晴。写信致诸师。修容。灯下钞《六子谱》二局。

二十三日(11 月 26 日) 辛(亥)[丑],晴。祖父至周庄贺陶小汕苹喜,晚归。整理书籍。午后兰叔见招往谈,围棋一局,灯下抄《施定庵二子谱》一局。

二十四日(11 月 27 日) 壬(子)[寅],晴。饭后至苏溪贺镜母舅续娶张氏之喜,晚归。摆《六子谱》。灯下抄《二子谱》一局,写信致恕甫。

二十五日(11 月 28 日) 癸(丑)[卯],阴雨。整理书籍。下午至屏伯父处商诸师为内子所定方,理卿同去,病后余邪未净,亦求定方。晚归。灯下抄《二子谱》二局。

二十六日(11 月 29 日) 甲(寅)[辰],阴,风雨。整理书籍。晚前至兰叔馆中弈。灯下写信致恕甫,摆《六子谱》。

二十七日(11 月 30 日) 乙(卯)[巳],晴,风。午后至葫芦兜赴子遴会酌,归家已晚。灯下摆《六子谱》。

二十八日(12 月 1 日) 丙(辰)[午],晴。午前大哥自郡归家,黄昏围棋一局。

二十九日(12 月 2 日) 丁(巳)[未],晴。黄昏至兰叔馆中谈,夜睡极迟。

十一月初一日(12 月 3 日) 戊(午)[申],阴雨。整理书籍。兰叔来谈,围棋一局。灯下摆《六子谱》。

　　初二日(12 月 4 日)　己(未)[酉],晴暖。整理书籍。写信二:一禀诸师,一致恕甫。

　　初三日(12 月 5 日)　庚(申)[戌],晴。整理书籍,写信致恕甫。下午诸师来,留宿书楼。

　　初四日(12 月 6 日)　辛(酉)[亥],晴。饭后诸师为内子诊脉定方,接恕甫信。

　　初五日(12 月 7 日)　壬(戌)[子],晴。修容。下午随诸师至屏伯父处,灯下写信。

光绪十五年己丑(1889)

光绪十五年岁在己丑十一月初一日(11月23日) 癸卯,阴。午前临《洛神赋》二百字。午后钞书目二叶,看《本草摘要》,写信致骚庐,灯后温《大学》六叶。

初二日(11月24日) 甲辰,阴晴参半。午前接屋庐、骚庐两函,附来《采芝图记》一篇,即作复书。午后钞书目一叶,看《本草摘要》。祖父至黎,晚归。灯后读《六朝文絜》。

初三日(11月25日) 乙巳,阴雨。午前临《洛神赋》三百字。午后接静庵复书,看《本草摘要》。灯后风雨交作,温《大学》六叶。

初四日(11月26日) 丙午,大风,微雨,三点钟后霰雪交加。午前临《洛神赋》百字。午后钞书目一叶,看《本草摘要》。傍晚叶子谦丈同其世兄来,夜饭后还船。

初五日(11月27日) 丁未,晴。午前钞书目一叶,午后钞二叶。接姚师书,附来对联图额,嘱转寄骚庐。是日大哥至黎晚归。灯后看《六朝文絜》《纲目三编》两卷。

初六日(11月28日) 戊申,雨。祖母至黎。午前临《洛神赋》百字,作书复姚师,又致骚庐,附去对额各一,钞书目一叶。午后作书致丁少兰,明晨送去,为冀保患泄泻、身热,延之诊治。灯后看《纲目三编》两卷。

初七日(11月29日) 己酉,阴雨。午前临《洛神赋》百字,读文十遍。午后钞书目两叶,看《本草摘要》。丁少兰来,为冀保推拿,定方即去。昨致骚庐书件托少翁转寄。灯后读《六朝文絜》,看《纲目三编》四卷。

初八日（**11 月 30 日**） 庚戌，阴。午前六叔来谈租务。午后钞书目一叶，六叔、焕哥来长谈，接骚庐书。灯后与大哥围棋一局，看《纲目三编》三卷。

初九日（**12 月 1 日**） 辛亥，阴。午后钞书目二叶。灯后读《六朝文絜》，看《纲目三编》四卷。

初十日（**12 月 2 日**） 壬子，晴，略阴。大哥至黎。午前钞书目五叶。中午祭于内子灵前，即释服。午后看《纲目三编》一卷，作书致骚庐。六叔来，知吴师母病危，兰叔不能到馆，有函告急。灯后看《纲目三编》四卷。

初十一日（**12 月 3 日**） 癸丑，晴。晨起任敏农从北厍来，为振事也，略谈即去。午前看《本草摘要》。同里吴师母讣至，兰叔有书告急，至焕哥处取存款从心之数，拟明日往吊带去。中午祭于内子灵前，周年忌辰也。午后丽江姨丈同帆鸥自上海来，带来大姊书一函，并物件家报等十余事，交清后即解维还黎，复至焕哥处，为送礼事。灯后六叔来约明日同舟至同。作书二：一致磬舅父，附去砺舅父信一函；一致秀甫，附去大姊信二函、物件七种属分致。看《东华录》一卷。

十二日（**12 月 4 日**） 甲寅，晴。晨起接骚庐初九日书。饭后同六叔至同吊吴师母之丧，到彼已傍晚，出至怡园茗话。夜晤金星卿、梅卿、云伯。

十三日（**12 月 5 日**） 乙卯，晴。晨至怡园，同星卿诸君茗叙，还至吴宅，见芸舫太夫子。中午开船，傍晚抵家。接磬舅父复书。

十四日（**12 月 6 日**） 丙辰，晴。午前接凌毓荆书，附来喜对一付。午后作书二：一致舅父，附去费函一通；一复大姊，即附致舅父函，中为毓荆书楷对一付。

十五日（**12 月 7 日**） 丁巳，晴，阴。是日大雪。午后作书致骚庐。傍晚大哥自黎还。灯后看《东华录》二卷。

十六日（**12 月 8 日**） 戊午，阴晴不定。午前临《洛神赋》百字。午后看《本草纲目》。灯后看《东华录》一卷。

十七日(**12 月 9 日**)　己未，阴晴不定。临《洛神赋》百字，看《稗史》数卷。

十八日(**12 月 10 日**)　庚申，阴。看《稗史》数卷。午后六叔来长谈。灯后看《东华录》一卷。

十九日(**12 月 11 日**)　辛酉，晴。午后偕大哥至莘塔磬舅父处，晚归。灯后接骚庐书，即作函复之。看《东华录》二卷。

二十日(**12 月 12 日**)　壬戌，晴，大风。午前写小楷百二十字，读文十遍。午后读试帖十遍，六叔来长谈。灯后温《大学》十五叶，看《东华录》一卷。

廿一日(**12 月 13 日**)　癸亥，晴。饭后至同里，午后抵彼，询知任友丈在江城寓邑庙，即同砺石、敏农至城，见友丈。是夜即宿庙中，见钱君研观察暨谢绥丈。灯后与砺石围棋一局。

廿二日(**12 月 14 日**)　甲子，晴。午前磬舅父、施拥丈来，即去。午后同砺石至同里，味根、研朱俱见。是夜宿任园。晚前与菊亭至市闲步，灯后与砺石围棋一局。

廿三日(**12 月 15 日**)　乙丑，晴。午前至雪港，屋庐、骚庐暨古丰俱在。是夜与骚庐联榻。连日舟中看《东华录》五卷。

廿四日(**12 月 16 日**)　丙寅，晴。午前作书上姚师。午后解维，归家已晚。六叔、焕哥来谈。

廿五日(**12 月 17 日**)　丁卯，阴晴参半。点窜课文一首。灯后看《东华录》一卷。

廿六日(**12 月 18 日**)　戊辰，阴，夜雨。午前顾祖卿表叔来溪，午后去。看《东华录》二卷。灯后与大哥围棋一局。作书二：上姚师、谢绥丈。

廿七日(**12 月 19 日**)　己巳，晴。午前接骚庐书。午后写小楷百二十字。灯后复写百二十字。

廿八日(**12 月 20 日**)　庚午，晴。钞户口册。午后看《本草摘要》。祖父自黎还。灯后祭于内子灵前。

廿九日（**12 月 21 日**） 辛未，阴。是日冬至。看《本草摘要》。灯后祀先。

十二月初一日（**12 月 22 日**） 壬申，阴。钞户口册。灯后作书二：一上任友丈，一致砺石，附去《桃花泉弈谱》《受子谱》《官子谱》计五册。

初二日（**12 月 23 日**） 癸酉，雨。钞户口册。冀保昨夜因惊发热，夜寐不安，作书延丁少翁诊治，晚前少翁来为推拿，定方而去。灯后大哥伏载舟中，明日至江，由江至苏。看家谱。

初三日（**12 月 24 日**） 甲戌，晴。看《本草摘要》。晚前祖母自黎还。灯后看《本草》。

初四日（**12 月 25 日**） 乙亥，晴。午前写小楷百二十字。中午祀先，高祖妣周太孺人忌辰也。午后看《本草摘要》，接桐轩书，为收徐仲芳会款。今冬定甫值收，即持书至莘和堂收款，拟明日送去。接厔庐书。灯后看《本草摘要》。

初五日（**12 月 26 日**） 丙子，晴。午前至莘，晤厔庐于岳母处。午后同至磬舅父处长谈，晤挹之。夜宿岳家，与厔庐联榻。接舅父书、骚庐书。

初六日（**12 月 27 日**） 丁丑，晴。同厔庐至挹之处长谈。夜饭磬舅父招饮。

初七日（**12 月 28 日**） 戊寅，晴。同厔庐至挹之处长谈。灯后同至秀甫处长谈，昨夜三鼓后地震有声。

初八日（**12 月 29 日**） 己卯，晴。午前唤舟同厔庐至芦墟，就陈丈仲威诊厔庐足疾。晤杭竹艿先生、陶子彤。出晤周如香、赵翰卿表叔、六叔、焕哥、孙兰士。茶酒后天已薄暮，同厔庐到家。适骚庐自莘来溪，同榻西书楼。大哥初六自苏还，带来谢绥丈复书一函。

初九日（**12 月 30 日**） 庚辰，阴晴参半。午前六叔父来长谈，同厔庐昆季、大哥至北厍，范荣仁招至秦兴馆小酌，旋晤费漱石先生于仁和茗楼。归家已灯后矣。

初十日(12月31日) 辛巳,阴晴参半。午前大哥至大港赴渊甫伯会酌。午后同屋庐昆季至莘,同至磬、莲两舅父处长谈,在莲舅处夜饮,是夜三人同榻昨卧所。

初十一日(1890年1月1日) 壬午,阴晴参半。起晏卧迟。

十二日(1月2日) 癸未,阴晴参半。午前大哥来莘,同至磬舅父处略谈,即还。费漱石先生来,即去。接姚师书,即作复书。傍晚同大哥归家。灯后补书初五以下日记。

十三日(1月3日) 甲申,晴。午后至介伯父处。灯后习数。

十四日(1月4日) 乙酉,阴晴参半。至六叔处长谈。灯后作书致然青,习数,作书致屋庐昆季。

十五日(1月5日) 丙戌,晴。午后至焕哥处长谈。灯后钞《本草摘要》一叶半,习数。是日小寒。

十六日(1月6日) 丁亥,晴。大哥至平望吊殷壬伯之丧。午后钞《本草摘要》二叶,灯后钞半叶。作书二:一上舅父,附去六叔函一通;一致大姊,即附致舅父函中。

十七日(1月7日) 戊子,阴晴参半。大哥自平望归。看《右台仙馆笔记》。

十八日(1月8日) 己丑,阴,微雨。看《右台仙馆笔记》。

十九日(1月9日) 庚寅,晴。午前偕焕哥至苏家港,赴沧洲母舅会酌。是岁第五卸瑛哥值收。午酒两席,凡十一人,归家已灯后矣。看《右台仙馆笔记》。

二十日(1月10日) 辛卯,晴。看窗作。接姚师书,附来代销碑帖,洋十二圆半。灯后作书二:一复姚师,一致骚庐。

廿一日(1月11日) 壬辰,晴。看《右台仙馆笔记》。

廿二日(1月12日) 癸巳,阴晴参半。临小楷百二十字。灯后看《圣武记》一卷。

廿三日(1月13日) 甲午,阴,傍晚雪珠。习数。晚际送灶。

廿四日(1 月 14 日) 乙未,阴,夜雨,雪珠。午后焕哥来谈,习数。

廿五日(1 月 15 日) 丙申,阴雨。习数。至六叔处谈。

廿六日(1 月 16 日) 丁酉,阴晴参半。习数。接姚师书暨厓庐书。午前六叔来长谈。

廿七日(1 月 17 日) 戊戌,阴。终日以《稗史》消遣。

廿八日(1 月 18 日) 己亥,阴雨。习数。灯后看《圣武记》三篇。

廿九日(1 月 19 日) 庚子,阴晴参半。午后六叔来谈,看《圣武记》两篇。灯后看三篇又四卷,闻邻村有盗,惊,故晏睡。

除夕(1 月 20 日) 阴雨,辛丑。是日大寒。午后谨悬先人神像。午前祀神。过年。灯后祀先于养树堂丈石山房,祀内子于灵筵。是岁陈理卿东席独留度岁,夜饭同席痛饮,思借一醉以消万念,意固不在酒也。半酣,乡人复传盗警,于是洗盏更酌,不觉沉醉。既寝,又闻警,即起,时三点钟,不复睡,录《稗史》,摘锦数则,不知东方之既白。

光绪十六年庚寅(1890)

　　光绪十六年岁次庚寅正月元旦(1 月 21 日)　壬寅,阴,微雨。晨祭神、祭灶、谒家祠,饭后拜先人遗容,合宅贺岁。午后至焕哥处闲话,六叔亦在。归寝,至晚而起,祭于丈石山房,本生考忌辰也。夜早眠。是岁高祖以上六世,焕哥值祭;嗣曾祖,六叔值祭;嗣祖,七大弟值祭。

　　初二日(1 月 22 日)　癸卯,阴,微雨。午后至大港,六叔、焕哥、大哥同往贺岁,在屏伯父处长谈,归家已晚。灯后看《圣武记》九篇。

　　初三日(1 月 23 日)　甲辰,阴晴参半。午后祭神及灶。灯后祭于养树、丈石两处,告收遗容也。夜被酒,早眠。

　　初四日(1 月 24 日)　乙巳,阴晴参半。看《圣武记》二篇。

　　初五日(1 月 25 日)　丙午,阴晴参半。晨祭神。午前至苏溪贺岁,叔、镜两舅招陈青士丈同午席,归家已晚。灯后看《圣武记》二篇,夜雨。

　　初六日(1 月 26 日)　丁未,雨。灯后看《圣武记》二篇。作书上舅父,初四日曾接其十二月廿二日赐书,至是覆之。

　　初七日(1 月 27 日)　戊申,阴。早饭后冒风至雪巷沈氏贺岁,内舅父母以次均见,并叩谒内外祖以上遗容及并嫂灵筵。夜与厔庐、骚庐诸昆季掷《升官图》,都七人,是夕宿骚庐内室,自客岁来下榻恒于斯二人,深谭至晓始寝。

　　初八日(1 月 28 日)　己酉,晴,午后阴,微雪。夜与骚庐、朗心、古丰都四人掷《升官图》,至晓始寝。昨日舟中看《圣武记》五卷。

　　初九日(1 月 29 日)　庚戌,晴。午后蔼人母舅至雪会亲,内母舅之侄孙婿也,余亦出见。灯后溧水杨豹、章文蔚至雪同夜饭。客去,与骚庐、古封、泽华掷《升官图》,至晓不复寝。

初十日(1月30日) 辛亥,晴。午前拟偕庢庐至舜湖,适家中船来,接大哥书,知蔡氏从祖姑母于初七日去世,明日须往会丧。午后庢庐改至莘溪,余归家,明日约会于黎里。傍晚抵家后接姚师书。灯后看《浮生六记》二卷。

十一日(1月31日) 壬子,晴。早饭后偕大哥附焕哥舟至黎,会蔡氏从祖姑之丧。午后至徐氏贺岁,挹山、仲芳均见,顷庢庐自莘至。傍晚偕庢庐至徐氏贺岁,帆鸥出见,招汝、咏池同夜饭。是夜与庢庐宿舟中。

十二日(2月1日) 癸丑,晴,暖甚。清晨解维,午前抵盛,至凌氏贺岁,王紫封来。午后偕庢庐、定甫至王、施、孙、郑、李、沈六宅贺岁。余与定甫先还,灯后三人至(夫容)[芙蓉]镜照相馆议价,拟明日往照。旋至景春茶寮茗话,修容。定甫先归,余与庢庐二鼓始还。作书上姚师,看《浮生六记》一卷。

十三日(2月2日) 甲寅,晴。午前郑内母舅远孚、李师辛垞、沈丈蒙叔来。偕庢庐、定甫至照相馆,郑内母舅同往,三人同照一片,价两圆六角。归途偕庢庐至王氏补吊振之内表兄之丧,即归。午席都七人,沈内表母舅、涤溪王叔瑜、郑韵松、粟香、定甫、庢庐与余也。席散后至王氏赴晚席,都六人:郁佐桐、定甫、主人紫封、叔瑜暨庢庐与余也。十点钟归,归即大雨。

十四日(2月3日) 乙卯,晴,仍暖。赴远孚内母舅招午席,徐佩青、陶恂臣、叔瑜、定甫、主人及庢庐与余都七人,席罢已灯后。归途微雨,是夜与庢庐宿舟中。

十五日(2月4日) 丙辰,晴。寅初三刻四分立春。晨发,午前至黎,偕庢庐登岸,访挹山于彩凤茶寮,晤其戚吴君墨卿,遂同至挹山处小坐。旋至帆鸥处,值梦鸥同其夫人自赵田归安还,略谈即返舟。舟中看《镜亭轶事》一卷、《圣武记》二篇。灯后抵雪,看《圣武记》一篇,与庢庐、骚庐、古封掷《太虚幻境图》,就枕时已晓色破窗矣。夜半大雾,及晓始解。

十六日(2月5日)　丁巳,晴。晏起,灯后看《燕山外史》八卷,秀水陈蕴斋球著。与庢庐、骚庐、泽华、古封掷《太虚幻境图》,至晓不复寝。

十七日(2月6日)　戊午,晴暖。午后同庢庐、骚庐至家,舟中掷《太虚幻境图》,大哥今晨开船至苏。吴兰生表叔今日到馆,夜饭招与同饮,是夕与庢庐昆仲联榻西书楼。

十八日(2月7日)　己未,晴暖。午前庢庐、骚庐至莘。午后至焕哥处晤袁子蕃。灯后看《圣武记》二篇。

十九日(2月8日)　庚申,阴,大风。午后整理书室,至焕哥处晤子蕃。灯后作小楷二百四十字,看《圣武记》四卷。

二十日(2月9日)　辛酉,阴,微雪,即止。午前帆鸥自莘和来贺岁。午后大哥自郡归。看《燕山外史》。

廿一日(2月10日)　壬戌,阴,雪,风甚寒。午前费敏农自同里来贺岁。午后至焕哥处。夜饭招吴兰叔同饮。饭毕,敏农、兰叔、大哥及余掷《升官图》为戏,夜半始散。看《圣武记》二篇。

廿二日(2月11日)　癸亥,晴。早饭后,敏农至黎。中午祭于养树、丈石两处,曾祖考古槎公、嗣祖考起亭公忌辰也。午后至焕哥处。东席子祥族兄到馆。灯后看《圣武记》七篇。

廿三日(2月12日)　甲子,晴。午后偕大哥至大港子屏伯父处,为慈亲求方。自初旬因感风寒,寒热两作,止后复患肝疾,每食后腹中辄觉有块上冲,食久自平,稍一起动或事烦坐久即腰痛如折,阵寒轰热,如剧疾甫瘳,疲惫异常,静卧稍安。屏伯谓肝胆有伏风所致,拟以搜风调营之,品尝之未知能应手否。归家已暮,灯后作书致骚庐,看《圣武记》三篇。

廿四日(2月13日)　乙丑,晴。午后看《昭代丛书别集》,灯后作书二:一上舅父,一致大姊。看《圣武记》。

廿五日(2月14日) 丙寅,晴。暖,午后至吴兰叔馆中闲谈。灯后看近人诗集。

廿六日(2月15日) 丁卯,雨,微晴。午后看《昭代丛书别集》。灯后看《乾隆府厅州县图志》。

廿七日(2月16日) 戊辰,阴。午前接子屏伯父上祖父书,命作答函,并告慈亲服前拟方后腰痛转剧,兼及头面,四支无定方,似伏风外窜,拟再进一二剂以驱之。午后至焕哥处,询悉昨夜内室被窃状,六叔亦在,长谈至晚而还。灯后作小楷二百四十字,看近人诗集。

廿八日(2月17日) 己巳,阴晴参半。看《昭代丛书别集》。灯后风雨大作,看近人诗集。

廿九日(2月18日) 庚午,阴,大风。夜子初三刻六分雨水。午后至兰叔馆中谈。灯后雨雪珠,看《圣武记》二篇。

二月初一日(2月19日) 辛未,阴,微晴。午前作文一首,未竟,题为"富与贵"一节。午后至大港屏伯父处求改母亲方,前方服三剂腰痛渐愈,肝气如故。晚归。灯后续竟日间课艺,看《圣武记》二篇。

初二日(2月20日) 壬申,晴。午前接舅父二十日书。午后作书二:一复舅父,一致骚庐。读文十遍。灯后作小楷四百余字,看《劝戒四录》二卷。

初三日(2月21日) 癸酉,阴,微雨。是日为文昌诞,余阖家持斋,午前礼神于瑞荆堂,旧例也。读文二十遍。灯后作小楷四百余字,看近人诗集。

初四日(2月22日) 甲戌,晴。读文十遍,祖父至大义村,为族中定嗣事,即还。灯后看《圣武记》一卷。

初五日(2月23日) 乙亥,阴。作文一首,未竟,切问书院课题:"'宗族称孝焉'至'行必果'"。吴兰叔、六叔来谈。

初六日(2月24日) 丙子,阴晴参半。午前至雪巷,厔庐昆季皆在,畅谈竟日,归家已灯后,续完上日课文。

初七日(2月25日)　丁丑,阴。午前作试帖一首,切问课题:"'腹有诗书气自华',得'华'字"。午后誊真诗文各一,六叔来谈,接厔庐初四书。灯后誊真诗文各一,看《圣武记》。

初八日(2月26日)　戊寅,雨。看前岁窗作。祖父至芦祭杨公祠,晚归。灯后录文两首,看《圣武记》。

初九日(2月27日)　己卯,雨。午后作书二:致骚庐、定甫;读文十遍。灯后看时文,摘锦,作小楷百余字,看《圣武记》。

初十日(2月28日)　庚辰,阴,微晴,风。午前接厔庐书并来骚庐会款收条两纸,即作覆书,附去洋泉廿五圆。灯后作小楷百字,看《圣武记》。

十一日(3月1日)　辛巳,晴。精神委顿异常,焚香默坐,稍舒。灯后看《圣武记》。

十二日(3月2日)　壬午,晴。薄暮诸师来溪,留宿书楼。吴兰叔来,夜饭后去。灯后看《圣武记》。

十三日(3月3日)　癸未,晴。饭后请诸师为母亲诊治,定方后余即开船至盛泽,时三点钟。少顷,偕定甫至分水墩化成禅院,时方为岳父十周忌辰,礼忏也。晚归,厔庐亦至。灯后微雨,作书致骚庐,偕厔庐、定甫至(夫容)[芙蓉]镜照相馆略坐,旋至景春楼茗话。归已二鼓,与厔庐联床夜话,甚乐。寅刻始就寝。

十四日(3月4日)　甲申,阴,大风。晨起作书致大哥,命舟先归。午前偕厔庐、定甫至化成禅院,王内姨丈、郑内母舅诸至戚先后来寺。午后偕厔庐先还。傍晚访沈吉裳不值。灯后偕厔庐、定甫至照相馆,旋至茶寮纳茗,归已二鼓,即就寝。

十五日(3月5日)　乙酉,晴。亥正一刻惊蛰。午前叔瑜、吉裳来谈,偕厔庐、定甫、吉裳至(夫容)[芙蓉]镜照相馆,以内子前在沪上所印之照属其展大,议价洋泉五圆。余拟明日邀骚庐赴郡。午后坐厔庐船至雪,而留厔庐于盛以俟照相竣事。薄暮抵梨花里,遂泊舟焉,登岸晤任友丈,走访挹山,扰夜饭,子刻返舟。

十六日(3月6日) 丙戌,晴。午前抵雪,家中已于昨晚放舟至雪相待,即偕骚庐登舟,抵郡垣已薄暮,泊钮家巷。登岸至观街,把酒沦茗,兴尽而返。

十七日(3月7日) 丁亥,阴。午前偕骚庐登岸,命舟人移泊桃花坞。至玉楼春纳茗,走访黄恕斋,不值,途遇焕哥暨孙兰士。薄暮复访恕斋不值,走归桃花坞。遇雨,至元和客寓小坐。焕哥亦归寓,留夜饭,畅谈至子初。雨霁始归舟。

十八日(3月8日) 戊子,阴。午后偕骚庐至姚师处长谈,同至谢绥丈处。绥丈卧疾未见,遂取去岁所寄衣箱四件。归舟作书致敏农,以二箱寄之,即命舟人送去。余登岸至德春茶寮,姚师暨骚庐、悟千、王麐生均在。少坐,偕至中市,余与骚庐、麐生至市购物,姚师、悟千约俟于酒楼。及灯后至约所,而师以待久先归矣。三人畅饮尽欢始散,归舟已子刻。接敏农覆书。作书致恕斋。

十九日(3月9日) 己丑,阴。午前至姚师处,骚庐至胥、葑二门,约会于观街。午后余坐舟抵钮家巷,至玉楼春纳茗。少顷,骚庐来,知恕斋已晤见,茗话久之,晤其执友,郑韬庵丈邀至酒肆小酌,出晤彭仲书,约明日附余舟至雪。二鼓归舟。连夕舟中与骚庐掷《升官图》为戏。

二十日(3月10日) 庚寅,阴晴参半。晨仲书至舟,即解维,午刻抵同川,三人同至任氏,砺石昆季均见,并晤王椒林,主人坚留,遂止宿焉。午后偕骚庐、敏农出门散步,作书致扆庐。灯后拇战痛饮,在席几无不吐者。席罢,与仲书、砺石掷《升官图》,寅刻始寝。

廿一日(3月11日) 辛卯,阴雨。九点钟登舟,舟中作书致扆庐、挹山。午刻抵雪。中饭后即开船,到家尚早。接舅父暨少安书。

廿二日(3月12日) 壬辰,阴,大风。作书上姚师,大哥夜宿舟中,明日赴郡。

廿三日(3月13日) 癸巳,阴晴参半。以《稗史》遣日。

廿四日(3月14日)　甲午,晨雪,旋晴,复阴,峭寒不减严冬。午后至大港求屏伯父为母亲定方。望前母亲患寒热,甚微而速解,间日一作,又遍身筋骨作痛,亦间日一作,与寒热相往来,皆在午后,服诸师方,痛止而寒热如故,近复日作而较早,筋骨时作酸,伯父方多解表通络之品。归家已晚。

廿五(3月15日)　乙未,阴晴参半。作书三:上舅父,致屋庐、骚庐。中午祭于养树、丈石两处,黄太宜人忌辰也。午后至莘,磬、莲两舅父均见。灯后归家,补书十二以后日记。

廿六日(3月16日)　丙申,晴。午后录古诗一首,磨墨盒,看时文,摘锦,作小楷百廿字。傍晚大哥自郡归。灯后作小楷百廿字,看《圣武记》二篇。

廿七日(3月17日)　丁酉,晴。午后读文廿遍,至兰叔馆中谈。灯后作小楷二百四十字,看《圣武记》三篇。

廿八日(3月18日)　戊戌,雨,微晴。作文一首,切问书院课题:"'子贡曰固天纵之将圣'两节"。接屏伯父书,附来致舅父书一通。

廿九日(3月19日)　己亥,阴雨。午前作试帖一首,切问课题:"'流年又见东风菜'得'年'字"。午膳后誊真今昨诗文,录诗文各一。灯后作书上舅父,附去屏伯父函一通,点窜课文一首。

三十日(3月20日)　庚子,阴雨。夜子初二刻一分春分。作小楷三百六十字。灯后作文一首,切问书院课题:"'阙党童子将命'一章"。

闰二月初一日(3月21日)　辛丑,雨。午前录文一首。午后读文十遍,至吴兰叔馆中长谈。灯后作书致屋庐,作小楷百字,作试帖一首,题"'曲几团蒲听煮汤'得'茶'字"。

初二日(3月22日)　壬寅,阴雨。午后读文十遍。灯后读《澹香斋试帖》四首。五鼓大雷雨。

初三日(**3 月 23 日**) 癸卯,大风,阴雨。读文二十遍,作小楷二百四十字。灯后读《澹香斋试帖》一首,作小楷二百四十字,作试帖一首,即朔日所课题。

初四日(**3 月 24 日**) 甲辰,晴。作文一首,即晦日所课题。接屋庐朔日书。

初五日(**3 月 25 日**) 乙巳,晴,稍暖。誊真诗文各二首。午后至吴兰叔馆中长谭。灯后作书致屋庐。

初六日(**3 月 26 日**) 丙午,阴雨。读文二十遍。六叔来谈。灯后读《澹香斋试帖》一首,作小楷二百四十字。

初七日(**3 月 27 日**) 丁未,阴雨。午前读文五遍。午后同大哥至大港屏伯父处晤梅斐卿,晚归。灯后读《澹香斋试帖》一首,作小楷百廿字。

初八日(**3 月 28 日**) 戊申,阴,微雨。作小楷百八十字,至吴兰叔馆中长谈。灯后与大哥围棋一局,看《圣武记》。

初九日(**3 月 29 日**) 己酉,阴。作小楷二百四十字,读文十五遍,接屋庐书。灯后作小楷二百四十字。

初十日(**3 月 30 日**) 庚戌,晴。午前至莘。午后作书致大哥,至莲母舅处长谈。灯后作书上舅父。夜与定甫同榻。

十一日(**3 月 31 日**) 辛亥,阴晴参半。午前至莲母舅处。午后偕定甫至雪,屋庐在兜里,晤骚庐、泽华、古丰、彭仲书、金景文。夜诸人同掷《升官图》。

十二日(**4 月 1 日**) 壬子,阴晴参半。午前至莲舫处长谈。午后同定甫还莘,知舅母昨日自申归,大姊表妹同还。屋庐今日至莘,灯后畅谈。接舅父书。

十三日(**4 月 2 日**) 癸丑,晴阴参半。午前还家,即至南玲祭扫曾祖墓。午后至东轸祭扫先严墓。

十四日(**4 月 3 日**) 甲寅,阴,微雨。至西房南玲祭扫五世祖、高祖墓。午后至北玲祭扫嗣考墓,至南玲祭于内子殡宫。

十五日(4月4日)　乙卯,阴雨。午前至莘,晚归,精神甚乏,因昨夜焕哥招饮散福酒过醉也。作书致屋庐昆季。

十六日(4月5日)　丙辰,晴。祖父、大哥至北厍祭扫始祖墓,晚归。余以身乏未从。

十七日(4月6日)　丁巳,晴。作赋未竟,切问课题:"《红豆赋》以'相思之树其实如珊瑚'为韵"。

十八日(4月7日)　戊午,晴。续竟昨日所课赋。

十九日(4月8日)　己未,晴。作试帖一首,切问课题:"'锦茵银烛按凉州'得'棠'字"。作书致屋庐昆季。

二十日(4月9日)　庚申,晴。收拾行李,拟明日偕大哥赴郡,为冀儿种牛痘。中午会酌共九人,极欢而散。夜宿舟中。

廿一日(4月10日)　辛酉,晴,晨雨。申刻抵苏,泊舟钮家巷,访黄恕斋,旋至陋室纳茗。灯后至其昌小酌。

廿二日(4月11日)　壬戌,风雨。晨起至周以牧金铺,已刻开船,申刻抵家。

廿三日(4月12日)　癸亥,晴。接舅父十九日书。夜偕大哥挈冀儿宿舟中。明日赴郡。

廿四日(4月13日)　甲子,风雨。晨起解维,未刻抵金阊,拟寓元和客栈,因客多不能容,偕大哥至胥门同秦昌栈定寓,后至凤池纳茗。是夜仍还宿舟中,作书上舅父。

廿五日(4月14日)　乙丑,阴。晨起至黄恕斋处,出至混堂巷。大哥自阊门放舟至同泰昌,起岸后亦至。费氏午后偕敏农至,雅聚纳茗。傍晚偕大哥至升园澡身,灯后至凤池听书。

廿六日(4月15日)　丙寅,阴。黄恕斋来传浆,午后至姚师处,又至周以牧金铺,还寓已傍晚,冀儿等已下船,偕大哥至升园澡身。是夜宿舟中,作书致敏农。

廿七日(4月16日)　丁卯,晴,暖。清晨解维,申刻抵家。灯后补书十七以下日记,接骚庐廿一日书。

廿八日（**4 月 17 日**） 戊辰，阴晴参半。午后大哥至大港，晚归。灯后磨墨。

廿九日（**4 月 18 日**） 己巳，雷雨。焕哥嘱书喜对四副，毓荆属书隶对一副，誊真诗赋各一首。灯后作书致屋庐昆季。

三月初一日（4 月 19 日） 庚午，晴。午后至东宅，夜饭后还。

初二日（**4 月 20 日**） 辛未，阴。午初二刻三分谷雨。饭后至东宅，夜还。大雨。

初三日（**4 月 21 日**） 壬申，阴晴参半。四从妹出阁。至东宅应酬，夜还。

初四日（**4 月 22 日**） 癸酉，晴。午后至东宅，夜还。大雷雨。

初五日（**4 月 23 日**） 甲戌，雷雨，午后晴。接屋庐初三日书。作书致毓荆。

初六日（**4 月 24 日**） 乙亥，雷雨，大风。

初七日（**4 月 25 日**） 丙子，晴，作书致屋庐。灯后录诗文各一首。

初八日（**4 月 26 日**） 丁丑，晴。午后至大港屏伯父处，晚归。

初九日（**4 月 27 日**） 戊寅。午前接屋庐书，即作复书，原舟带去。午后作小楷百二十字，代屏伯父书，题"骚庐采芝图诗"，接舅父书。灯后录文一首。

初十日（**4 月 28 日**） 己卯，晴。午前作小楷五十字。大姊来溪，少顷，祖母自黎归。午后至焕哥处长谈。灯后作书上屏伯父，附去舅父函一通。

十一日（**4 月 29 日**） 庚辰，阴。接屏伯父书。

十二日（**4 月 30 日**） 辛巳，阴。

十三日（**5 月 1 日**） 壬午，阴。

十四日（**5 月 2 日**） 癸未，阴。

十五日（**5 月 3 日**） 甲申，阴。偕大姊至莘。午后至仙谷处长谈,晤益谦。傍晚同至茶寮茗话。灯后复茗叙,还至秀甫处长谈。

十六日(5月4日)　乙酉,阴,微雨。午前至莲舅父处谈。午后至雪巷晤颂玉、少兰。夜与厔庐同榻剧谈,快甚。

十七日(5月5日)　丙戌,晴。是日立夏。午后至莲舫处谈。骚庐、仲书自梨还。灯后作书上舅父。

十八日(5月6日)　丁亥,晴。午前还莘。午后至仙谷处谈。晚前偕大姊还家。

十九日(5月7日)　戊子,晴。

二十日(5月8日)　己丑,阴。

廿一日(5月9日)　庚寅,阴。午后至兰叔馆中谈。

廿二日(5月10日)　辛卯,晴。作书致屏伯父。至焕哥处谈。磨墨盒。

廿三日(5月11日)　壬辰,阴晴参半。大哥至苏。补书十一日以下日记。作书致厔庐。午后接屏伯父书。

廿四日(5月12日)　癸巳,晴。午后大姊还莘。至兰叔馆中谭。

廿五日(5月13日)　甲午,晴。作赋一首,未竟,切问课题:"长桑君以禁方授扁鹊",赋"以'饮上池水,见垣一方'为韵"。接大哥书。灯后作书致蕴涵。

廿六日(5月14日)　乙未,晴。午后至兰叔馆中谈。

廿七日(5月15日)　丙申,晴。午后接大哥书。灯后至兰叔馆中谈。接蕴涵书。

廿八日(5月16日)　丁酉,晴,微雨。续竟前日所作赋。接厔庐书。灯后作书致蕴涵。

廿九日(5月17日)　戊戌,晴。作试帖一首,切问课题:"'日得百钱'得'严'字"。灯后作书致厔庐,至兰叔馆中谈。

三十日(5月18日)　己亥,晴。作论一首,切问课题:"论石印书"。午后焕哥来谈,为久哥书便面一叶。

四月初一日(**5 月 19 日**)　庚子,晴,甚热。录清昨日课论,并为删改。晚前至吴兰叔馆中长谈。灯后小饮,微醺,录窗作改本,复至兰叔处谈。

初二日(**5 月 20 日**)　辛丑,晴。午后雷雨交作,稍觉凉爽,誊真切问小课卷。灯后作书致蕴涵,录窗作改本,至吴兰叔馆中长谈。

初三日(**5 月 21 日**)　壬寅,晴。午初二刻六分小满。午前大姊来溪。大哥自苏还。作书致屋庐,偕大姊至焕哥处。晚前大姊还莘。

初四日(**5 月 22 日**)　癸卯,晴。午前至东宅晤金少蟾、费兰夫。是日四从妹归宁,午后始至。子刻归寝。接骚庐书。

初五日(**5 月 23 日**)　甲辰,晴,微雨。午前录文一首。午后焕哥同黄偶人来长谈,至晚而去。接骚庐书。灯后录窗作改本。

初六日(**5 月 24 日**)　乙巳,雨,大风。午后偕大哥至东宅,答黄偶人,长谈至晚而还。

初七日(**5 月 25 日**)　丙午,晴。午饭焕哥招陪偶人饮。傍晚移书案于瑞荆堂。

初八日(**5 月 26 日**)　丁未,晴。

初九日(**5 月 27 日**)　戊申,阴晴不定。午前至雪巷。

初十日(**5 月 28 日**)　己酉,晴。芙蓉镜照相馆主梁梅村在雪,午后为余照小影二。丁少兰来雪,夜联榻。

十一日(**5 月 29 日**)　庚戌,晴。午后屋庐昆季为余照小影。磬舅父来雪,余即还家。接屏伯父书。

十二日(**5 月 30 日**)　辛亥,阴雨。午后大姊来溪。灯后作书致屋庐。

十三日(**5 月 31 日**)　壬子,阴晴参半。

十四日(**6 月 1 日**)　癸丑,晴。接骚庐书,即作覆书。

十五日(**6 月 2 日**)　甲寅,晴。午后大姊还莘。灯后至兰叔馆中谈,与围棋一局。为雪生书隶扇一,为诵玉书楷对一。接少安书,即复。

　　十六日（6月3日）　乙卯，晴。午后至大港。近患伤风，求屏伯父定方。灯后作书致屋庐昆季，至兰叔馆中谈，与围棋一局。

　　十七日（6月4日）　丙辰，阴，微雨。午后服药。然青、明仲来谈。灯后与大哥弈一局，至兰叔处又弈一局。看《圣武记》。

　　十八日（6月5日）　丁巳，阴，微雨。午后补书初八以下日记。至东宅晤仙谷，同至兰叔馆中。灯后摆范西屏《四子谱》二局，至兰叔处与弈一局。看《圣武记》。

　　十九日（6月6日）　戊午，晴雨不定。寅初初刻七分芒种。午后为子祥书帐颜一幅，作书致屋庐昆季。灯后点审课文一首，至兰叔馆中与弈一局。

　　二十日（6月7日）　己未，阴雨。午后至焕哥处。

　　廿一日（6月8日）　庚申，阴雨。接屋庐书并照相会柬，即作书复之。

　　廿二日（6月9日）　辛酉，雨。午后至焕哥处。灯后至兰叔馆中与弈一局。看《圣武记》。

　　廿三日（6月10日）　壬戌，淡晴，微雨。

　　廿四日（6月11日）　癸亥，阴晴参半。午前偕大哥至雪。大哥夜宿舟中，明日赴郡。

　　廿五日（6月12日）　甲子，阴晴参半。午后屋庐会酌，同席八人。

　　廿六日（6月13日）　乙丑，阴雨。

　　廿七日（6月14日）　丙寅，晴雨不定。头痛忽作，且有鼻衄，均偏右首。

　　廿八日（6月15日）　丁卯，晴雨不定。午后返里，头痛，鼻衄大作。

　　廿九日（6月16日）　戊辰，雨。

　　五月初一日（6月17日）　己巳，雨。

初二日(6月18日) 庚午,雨。

初三日(6月19日) 辛未,晴雨参半。

初四日(6月20日) 壬申,晴,微雨。

初五日(6月21日) 癸酉,晴。戌正初刻六分夏至。中午祀先。午后至吴兰叔馆中与龙生弈一局,接咏韶函。灯后与兰叔弈一局。

初六日(6月22日) 甲戌,晴雨参半。日来头痛已愈,鼻衄未止,午后至大港求屏伯父定方。灯后作书致厓庐。

初七日(6月23日) 乙亥,阴雨。整理书籍。

初八日(6月24日) 丙子,晴,骤热。午前磨墨盒。午后补书廿三以下日记,作小楷二百四十字。灯后至兰叔馆中与弈一局。

初九日(6月25日) 丁丑,晴。读汪稿十遍。接切问,寄还三月十八期课卷。至吴兰叔馆中与金龙坐弈一局,灯后复弈一局。

初十日(6月26日) 戊寅,晴。午前作书致厓庐,附去课卷两册。接厓庐初七日书,知近与三、六两令弟至申、望边归里。午后录窗作改本。灯后至兰叔处弈。

十一日(6月27日) 己卯,晴。

十二日(6月28日) 庚辰,晴。

十三日(6月29日) 辛巳,晴。

十四日(6月30日) 壬午,晴,黄昏阵雨,即止。

十五日(7月1日) 癸未,晴。

十六日(7月2日) 甲申,晴。

十七日(7月3日) 乙酉,大雨,午后霁。

十八日(7月4日) 丙戌,阴晴参半,傍晚大风雨。与大哥弈一局。

十九日(7月5日) 丁亥,晴。中午祀先。午后与大哥弈一局。

二十日(7月6日) 戊子,晴。是日为大分龙日。年前祀龙神,即演水龙。

廿一日(**7月7日**)　己丑,晴,风。是日交小暑节。作文未竟,题:"庶民兴"一句。

廿二日(**7月8日**)　庚寅,晴。垂叔父来。

廿三日(**7月9日**)　辛卯,晴雨参半。续完前日课文。

廿四日(**7月10日**)　壬辰,阴晴参半。

廿五日(**7月11日**)　癸巳,晴。

廿六日(**7月12日**)　甲午,晴,黄昏阵雨。

廿七日(**7月13日**)　乙未,晴。

廿八日(**7月14日**)　丙申,晴。

廿九日(**7月15日**)　丁酉,晴,风。

三十日(**7月16日**)　戊戌,晴。磨墨盒,读文二十遍,读试帖两首,补书初十以下日记。

六月朔日(7月17日)　己亥,晴雨不定。

初二日(7月18日)　庚子,晴雨不定,大风。

初三日(7月19日)　辛丑,晴,风。与大哥弈一局。

初四日(7月20日)　壬寅,晴。

初五日(7月21日)　癸卯,晴。接屋庐书。

初六日(7月22日)　甲辰,晴。作书致屋庐。

初七日(7月23日)　乙巳,晴。是日大暑。

初八日(7月24日)　丙午,晴。作文一首,切问课题:"'子在陈曰'至'狂简'"。

初九日(7月25日)　丁未,晴。

初十日(7月26日)　戊申,晴。作试帖一首,题:"'看踏沟车望秋实'得'秋'字。"

十一日(**7月27日**)　己酉,晴。誊诗文各一首。

十二日(**7月28日**)　庚戌,晴,晚雨。

十三日(**7月29日**)　辛亥,晴。沈达丈来长谈。

十四日(7月30日) 壬子,晴,午后雷雨。

十五日(7月31日) 癸丑,晴。

十六日(8月1日) 甲寅,晴。

十七日(8月2日) 乙卯,晴雨参半。

十八日(8月3日) 丙辰,晴。

十九日(8月4日) 丁巳,晴。午后补书月朔以下日记,读文十遍。灯后至兰叔馆中与大哥弈一局。

二十日(8月5日) 戊午,晴。读文五遍。灯后至兰叔馆中与弈一局。与大哥弈一局。还看《平寇始末》两卷。

二十一日(8月6日) 己未,晴。读文十遍,摆弈谱一局。作书,上舅父,致大姊,致屋庐昆仲。灯后至兰叔馆中摆《范二子谱》二局,还钞弈谱二局。看《平寇始末》一卷。

二十二日(8月7日) 庚申,晴。读文十五遍,作书致定甫。夜子初二刻立秋。午后循例设瓜果,饮火酒。灯后钞弈谱二局。

二十三日(8月8日) 辛酉,晴。午前读文十遍。午后作文未竟,题"善教得民心"。兰叔来谈。

二十四日(8月9日) 壬戌,晴,热甚。作书致屋庐。灯后看《阅微草堂笔记》二卷。

二十五日(8月10日) 癸亥,晴,朝晚风雨。看《阅微草堂笔记》三卷。灯后钞弈谱二局。

二十六日(8月11日) 甲子,晴,风雨崇朝。午前至莘访李师。午后至莲母舅处,晚归。灯后钞弈谱二局。

二十七日(8月12日) 乙丑,晴。摆弈谱。接骚庐书。作书上李师。

二十八日(8月13日) 丙寅,晴。午后李师来为母亲定方,夜饭后还。

二十九日(8月14日) 丁卯,晴,午雨即止。看《阅微草堂笔记》。

三十日(8月15日) 戊辰,晴。看《阅微草堂笔记》。续完廿三课文。

七月初一日(8 月 16 日)　己巳,晴。看《阅微草堂笔记》二卷。灯后看一卷。

初二日(8 月 17 日)　庚午,晴。读文七遍,评点课文两首。灯后至吴兰叔馆中与弈一局。还钞弈谱二局。

初三日(8 月 18 日)　辛未,晴。作文一首,题:"彼以其富"五句。八点出题,三点缴卷。震雷微雨。摆弈谱一局。

初四日(8 月 19 日)　壬申,雨。午后焕哥来长谈,灯后看《圣武记》。

初五日(8 月 20 日)　癸酉,晴,午雨。灯后看《圣武记》。

初六日(8 月 21 日)　甲戌,晴。

初七日(8 月 22 日)　乙亥,晴。

初八日(8 月 23 日)　丙子,阴,微雨。是日处暑。

初九日(8 月 24 日)　丁丑,晴。作文一首,题:"恭宽信敏惠"合下二句,八点拈题,三点完卷。晚接厔庐书,灯后作长函答之。

初十日(8 月 25 日)　戊寅,阴。午前读文二十遍,作小楷百廿字,磨墨盒。午后作小楷百廿字,读诗廿遍,修容。灯后看《圣武记》。

十一日(8 月 26 日)　己卯,阴晴参半。写窗心一叶。

十二日(8 月 27 日)　庚辰,晴,热。写窗心七叶。作书上舅父。灯后看《圣武记》。

十三日(8 月 28 日)　辛巳,晴。冀儿近患感冒,身热脾泄,呕吐,请丁少兰推拿,并定方而去。夜半阵雨。

十四日(8 月 29 日)　壬午,阴晴参半。中午祀先。午后作书致大姊。接厔庐书,即作复函。灯后看《圣武记》。阵雨即霁。

十五日(8 月 30 日)　癸未,晴。看《郎潜记闻》。复请丁少兰为冀儿覆诊。

十六日(8 月 31 日)　甲申,晴。看《昭代丛书别集》。

十七日(9月1日) 乙酉,阴晴参半。近患伤风,殊形委顿。

十八日(9月2日) 丙戌,风雨。读文十遍。灯后看《圣武记》。

十九日(9月3日) 丁亥,阴雨。午前修容,临《乐毅论》三百六十字。午后读文五遍。灯后看《圣武记》。

二十日(9月4日) 戊子,阴,晨风雨。午前读文八遍。午后临《乐毅论》二百四十字,读文十五遍。

廿一日(9月5日) 己丑,晴。至莘,知李师已还盛。在莲舅处中饭,磬舅及挹之均晤,晚归。接厓庐函。

廿二日(9月6日) 庚寅,晴。

廿三日(9月7日) 辛卯,晴。

廿四日(9月8日) 壬辰,晴。是日交白露节。饭后至雪巷,厓庐病疟,晚归。

廿五日(9月9日) 癸巳,晴。

廿六日(9月10日) 甲午,晴。接骚庐函。

廿七日(9月11日) 乙未,晴。大哥至郡。

廿八日(9月12日) 丙申,晴。书团扇一柄,沈达丈所托。灯后至兰叔馆中谈。

廿九日(9月13日) 丁酉,晴阴不定。大哥归家。

八月初一日(9月14日) 戊戌,晴。整理行装,明日赴上海。暇看《稗史》。大哥至黎里顾氏吊丧,傍晚归家。

初二日(9月15日) 己亥,晴。饭后偕大哥至申道,由莘至莲舅父处,磬舅父及挹之均见。中饭后至金泽,骚庐已先在。偕陆、陈诸君茗话,还至陆幹丈处与弈一局,下船已深夜。

初三日(9月16日) 庚子,晴。晨发,午刻抵珠溪,登岸购物,停舟时许。晚泊北幹山下,沽村醪,小酌舟中,非谈天,即看《稗史》,颇不寂(莫)[寞]。两夜均宿骚庐舟中,大哥还本舟宿。

初四日(9月17日) 辛丑,晴,下午小雨即止。晨发,午刻抵徐家湾。中饭后登岸,坐马车至石路级升栈,栈中主事屈秀岩,骚庐旧友也。定寓后偕秀翁至青莲阁茗酒,灯后复至一层楼纳茗。

初五日(9月18日) 壬寅,晴。午前偕骚庐、大哥至同芳居纳茗并修容,旋至洞庭山码头舅父处。入内稍坐,舅父同沈春孙均至长兴馆午饭。午后同至级升栈,旋同游愚园,还看飞龙岛,归寓已傍晚。舅父、春孙自还,同寓三人至四马路闲眺。灯后至天香楼纳茗,旋至法大马路闲眺,归寓修家禀。

初六日(9月19日) 癸卯,晴。午后偕骚庐、大哥至同芳居纳茗,旋至四马路买物,复至富贵楼纳茗,至言茂源小酌,归途闲眺,还寓已晚,知舅父来过。灯后至天仙观剧,吴云祥同往。

初七日(9月20日) 甲辰,晴。午后偕骚庐、大哥至舅父处,还至四马路,旋至青莲阁小酌,舅父、春孙、秀岩均在。灯后至法马路,归途遇秀岩,同至五马路小饮。

初八日(9月21日) 乙巳,晴。午后偕骚庐、大哥至四马路,晤吴云祥,同至四海春大餐,舅父适至,并招秀岩同饮。灯后至四马路,还寓,看《稗史》。

初九日(9月22日) 丙午,晴。午前至同芳居纳茗,修容,至舅父处。午后舅父入城,余入内长谈。还栈后悉舅父先至,在青莲阁纳茗,骚庐、大哥、云祥均在,即到彼略谈。舅父先去,云祥招余三人至杏花楼夜饭。饭后闲眺而还。

初十日(9月23日) 丁未,晴。午后至四马路晤云祥。傍晚还寓,晤陆幹丈、周葵臣,今日至申,亦寓级升栈。略谈,即邀幹丈、葵臣及云祥、秀岩至聚丰园夜饭。

十一日(9月24日) 戊申,晴。午前至舅父处。中饭后幹丈、骚庐、大哥同来,舅父进城,大哥三人先还栈,余入内谈,良久始别。到栈后同幹丈、葵臣、骚庐、大哥至徐园,傍晚还寓,复偕至言茂源小饮,灯后复至天仙观剧,秀岩同往。

十二日(9月25日) 己酉,晴。午前偕骚庐、大哥至舅父处,同至长兴午饭。饭后至郭丈处少坐，郭丈偕游大花园。晚归，复至一家春大餐。饭后至天福观剧。厔庐午前抵申，暂寓对房。

十三日（9月26日） 庚戌，晴。午后偕骚庐至马路买物。晚刻大姊、大哥下船，明日还家。余为舅父所留。灯后赴陆幹丈招饮，在聚丰园，同席陈仲生、季籓、葵臣、厔庐昆季共七人。夜间厔庐移宿大哥原榻。

十四日（9月27日） 辛亥，晴。午前周五云来栈，幹丈与弈二局，午后余弈一局，受六子，负廿四子。舅父来寓，即同至青莲阁小饮。灯后偕骚庐、葵臣至天成观剧，幹丈、厔庐同陈季籓先在，还至四马路。

十五日（9月28日） 壬子，晴。午前观幹丈与五云弈三局，午后观厔庐弈一局，余弈一局，负廿一子。偕骚庐至四马路，灯后还寓，舅父亦在寓中，设席赏节。饭后舅父还，余偕幹丈、葵臣、厔庐昆季、秀岩、汪云迢乘马车同游愚园，看月。还寓后复散步至四马路。

十六日（9月29日） 癸丑，晴。观幹丈与五云弈。午后偕厔庐、骚庐、葵臣至四马路。旋至华众会纳茗，舅父、幹丈、陈季籓均在。茗后余与厔庐昆季邀季籓及舅父、幹丈、葵臣至一家春大餐，途遇陈诵笙并其友苏州沈君，遂同往，同席共九人。

十七日（9月30日） 甲寅，晴。午前至舅父处。午后还栈，偕骚庐至四马路，旋偕幹丈、厔庐昆季至一层楼纳茗。灯后至聚丰园赴舅父之招，同席者吴申甫、张敬甫、屈秀岩及同寓五人。

十八日（10月1日） 乙卯，晴。午前收拾行李。午后舅父来寓，张敬甫来招三雅园观剧，舅父、幹丈、厔庐同往，余与骚庐、葵臣在寓看发行李，旋同至四马路。灯后舅父招余同寓五人至杏花楼饮。十二点钟同寓五人坐马车至石灰港下船，夜潮适至，遂顺流放舟，诸人少谈即寝。

十九日（10月2日） 丙辰，晴。适遇顺风，午后睡起已抵珠溪。同人登岸纳茗，徜徉久之始下船。灯时至金溪，在幹丈处夜饭。夜与厔庐昆季仍宿舟中。

　　二十日（**10月3日**）　丁巳，晴。巳刻登岸，在幹丈处谈。午饭逸帆招饮，饭后厔庐昆季还雪，余与幹丈至家。傍晚始至，幹丈略坐，即至中宅。

　　廿一日（**10月4日**）　戊午，晴。招幹丈午饭，与弈一局。午后至吴兰叔馆中与幹丈弈，未竟，至友庆夜饭，饭后残局始竟。

　　廿二日（**10月5日**）　己未，晴。是日六婶母治丧，傍撤几。厔庐昆季自莘来，留宿书楼。大姊自莘来。

　　廿三日（**10月6日**）　庚申，晴。中午祀先。午饭在五婶处，陪厔庐昆季及幹丈、时厂也。傍晚同厔庐昆季还，幹丈亦来夜饭，并招焕哥，饭后即去。灯下与幹丈弈一局。午后大姊至莘，即日赴苏。

　　廿四日（**10月7日**）　辛酉，晴。午后偕幹丈、厔庐昆季、大哥至兰叔处公弈一局，晚还。连夕幹丈与厔庐同榻。

　　廿五日（**10月8日**）　壬戌，晴。幹丈、厔庐昆季均还。

　　廿六日（**10月9日**）　癸亥，晴。

　　廿七日（**10月10日**）　甲子，晴。

　　廿八日（**10月11日**）　乙丑，晴。午后至兰叔处与弈一局，与迲景溪弈二局。灯后补书十六以下日记。

　　廿九日（**10月12日**）　丙寅，晴。午后书楹联三副。灯后至兰叔处对弈，与景溪弈一局。

　　三十日（**10月13日**）　丁卯，雨。磨墨盒，兰叔来谈，灯后作书三：上姚师，致厔庐、焕哥。

　　九月初一日（**10月14日**）　戊辰，阴晴参半。灯后作小楷二百四十字。

　　初二日（**10月15日**）　己巳，晴。午后读文五遍。灯后磨墨盒。

　　初三日（**10月16日**）　庚午，阴晴参半。作文一首，未竟，题："至诚而不动者"一节。

初四日(**10 月 17 日**)　辛未,阴,大风。灯后至兰叔处弈,钞弈谱一局。

初五日(**10 月 18 日**)　壬申,阴晴参半。祖父至芦,晚归。至兰叔处弈。

初六日(**10 月 19 日**)　癸酉,晴。读文十五遍,灯后读十遍,摆弈谱二局。

初七日(**10 月 20 日**)　甲戌,晴。磨墨盒,作小楷二百四十字。接屋庐书。

初八日(**10 月 21 日**)　乙亥,晴。

初九日(**10 月 22 日**)　丙子,晴。随祖父至芦墟允明坛,晚归。大姊自莘来,知沈氏内舅母于昨日未时去世。

初十日(**10 月 23 日**)　丁丑,晴。至雪巷宿沈园之卧茵室,作家书。

十一日(**10 月 24 日**)　戊寅,晴。写挽联四、额四。

十二日(**10 月 25 日**)　己卯,晴。四点钟起,卯刻内舅母入殓。晚内舅父自申归。

十三日(**10 月 26 日**)　庚辰,晴。

十四日(**10 月 27 日**)　辛巳,晴。是日内舅母大殓,晚根夫人及五妹除几。

十五日(**10 月 28 日**)　壬午,晴。作隶扇三:一凌芝生、二颂玉所托。

十六日(**10 月 29 日**)　癸未,晴。午后还家,知大哥十四至苏。

十七日(**10 月 30 日**)　甲申,晴。为然青书喜对。接大哥信。灯后作小楷百二十字,补书初八以下日记。

十八日(**10 月 31 日**)　乙酉,晴。读文二十遍,灯后读十五遍,作书致挹山。

十九日(**11 月 1 日**)　丙戌,晴。读文二十遍,灯后作书致大哥。

二十日(**11 月 2 日**)　丁亥,晴。读文五遍。

廿一日(11月3日) 戊子,晴。作文一首,题:"故为政在人"二句,诗一首,题:"'橘柚垂华实'得'垂'字"。

廿二日(11月4日) 己丑,晴。读文二十遍,灯后读十遍。

廿三日(11月5日) 庚寅,晴。翰卿丈来,午后即还。大哥自苏归。

廿四日(11月6日) 辛卯,晴。中午祀先,录文一首,灯后录一首。

廿五日(11月7日) 壬辰,晴。作文一首,题:"孟子曰好名之人"一章。丁少翁来为冀儿推拿并定方,近感风寒,寒热咳呛也。灯后作诗一首,题:"'五言长城'得'言'字"。至兰叔处与龙生弈一局。

廿六日(11月8日) 癸巳,雨,略晴。修容,收拾行李,与景溪弈一局。在二加夜饭。

廿七日(11月9日) 甲午,雨,午后晴。是日七叔父领帖,即晚撒几。大姊自莘来。母亲患肝疾,兼有客感,廿四日起,今日身热甚炽,周身骨痛。

廿八日(11月10日) 乙未,晴,阴,夜风雨。至兰叔处与殿华弈一局。在二加午饭。母亲身热已退,骨痛气逆,口渴,不引饮,不思食,拟明日延诸师诊治。午后发行李至舟。灯后宿舟中,拟明日至苏。

光绪十八年壬辰(1892)

《了庵日记》第一册　壬辰八月始

余自去秋患病后，精力疲惫，志气昏惰，偷闲玩日，逸以生淫溺，晏安而不返，甘鸩毒其如饴，愆尤丛集，日蹈日深而不自觉。古人有言："涓涓不绝，将成河海。"况余之决堤溃防，势且百倍于涓涓者，其更何所底止耶？中夜不寐，一隙偶明，默念平日，愧悔莫容，因思立志自新，以赎厥辜。然恐弱卒旧斗未交，馁而败北，懦夫立志不崇朝而气馁，苟无触目动心，可以时使警觉者，安能历久而不改耶？此日记之设所由不容缓也。余之日记，实自乙酉三月始，戊子冬因遭亡妇之变，遂阙二月未记。己丑五月后，复阙五月。庚寅冬，始以慈亲疾，继又遭大父之丧，复阙六月。去秋九月，复因目疾而辍，遂至于今，亦可谓无恒者矣。且前所记，仅每日所课暨酬应之事而已，其他略无及也。余故以此册为始，自兹以往，誓无一日之间断，每日记事而外，苟有过失而能自觉者，必记之此册以自戒责。庶几借此感触，或可冀稍除旧染以幸免于大戾乎！是则区区设此册之私意也。若夫课存亡于方寸之微，严敬肆于幽独之地，去私必拔根株，改过不遗毫发，此则希贤希圣之功有，非吾侪小人之所敢妄冀也已。

光绪十有八年，岁在壬辰，八月丙辰朔越四日庚申了庵自识。

壬辰八月初五日（1892 年 9 月 25 日）　阴晴不定，黄昏微雨。下午作书致屋庐昆仲，近倩月槎绘小影，每日晚前动笔多约一时，少或数刻，自前月起稿迄今已近半月，再须三四日可竣事矣。灯下看初一二《申报》载江都县朱大令捕蝗事,于潮湿处开沟,将虫赶集,以洋油一二分掺入水内灌之,立毙,此大令心得之法,已有成效,可法也。

初六日(**9 月 26 日**)　阴雨。下午摆《受子谱》一局,至六叔处长谈至晚,遂未画照。灯下看初三《申报》。近出《新学伪经考》一书都十四卷,南海康长素著,据称是书将《费易》《毛诗》《古文尚书》《周礼》《左传》《尔雅》《说文》皆考为伪书,可云奇创,未知果有独见卓论否?在上海同文书局发售,价银二两。点前月廿三《京报》。

初七日(**9 月 27 日**)　阴晴不定。下午与大兄下棋一局。灯后看初四日《申报》,点前月廿二、廿四《京报》。

初八日(**9 月 28 日**)　阴晴不定。下午摆《受子谱》,与大兄下棋一局。灯下看初五《申报》。迩来偏灾叠告,顺直齐豫水灾外,又有湖北荆州府公安县因大雨发蛟决堤,被灾颇重,皖北泸州一带又成旱灾,入告章疏、乞邻疏函层见迭出,几于目不暇给,司农有告匮乏之忧,义振无息肩之日,天意茫茫,正不知何时厌祸也。初五日设立此册,是夜仅书自识数语,自初五至此四日日记皆今夜补书,立志之始即如此怠忽迟延,安能保常久不间断乎? 以后在家每夜必须将本日记写好,极迟次日必补,不可积搁,若详略不妨随时出入也。

初九日(**9 月 29 日**)　晴。下午明弟来谈。看新出第十期《海上奇书》。灯下看初六《申报》。

初十日(**9 月 30 日**)　晴。上午赴黎里,舟中看《曾文正公年谱》一卷。午后抵岸,至蒯荃丈处,不值,至挹山处又不值。回至万春茶楼小憩,晤张青丈、柳丈、寿荪叔,询知釜丈因令倩王俊之去世曾至同里,今日又至平望,归期未悉。茶罢将行,适斐卿来,复少坐,知挹山近在江诚,约十三四间还黎。叙谈片刻,余先出,时已傍晚,因至静庵处,梦鸥亦见,遂止宿焉。灯下与静庵昆仲下棋各一局。就寝已四鼓,与静庵联榻。

十一日(**10 月 1 日**)　晴。上午方兰翁来,略谈即去。斐卿同尔安来,邀至茶寮茗话,旋即别去,余仍还静庵处,姨丈出见,见领下新髯既多且长，白亮如银丝，年余未见，益觉苍老矣。命舟人至蒯宅问讯，知荃丈已归，拟少留数日，适侣丈暨清臣闻余在镇，固邀余往，因命舟人先将行装移至蔡宅。作书致大兄，约十四五间来载。下午与海楼下棋一局。晚前至侣丈处，静庵同往。晤幼云、张颂穆、王友棠，至内室与二妹情话，自妹于归后余未尝一至蔡氏，夜间主人设宴相款，犹拘新客礼，自笑此来殊觉脱略过甚矣。席罢，静庵别去，与清臣联榻，书室就寝，极晏。

十二日(10月2日) 晴。下午至荃丈处，青丈亦在，畅谈良久。荃丈邀至彩凤茶寮茗话，青丈同出，随即别去。在茶肆晤子勤丈，至晚始散。接大兄书，方兰翁带来。

十三日(10月3日) 晴。子勤丈来访侣丈，因同午饭，谵谈甚快。下午清臣邀至城隍观剧，文之、幼云皆在，至晚同归。复与子丈剧谈。

十四日(10月4日) 晴。下午同侣丈至城隍庙观剧，还来尚早。接大兄书，云日上人舟无暇，约十七来载，并云初十雪溪曾放舟来载，已代复矣。傍晚闻挹山已归，因偕清臣往访，叙谈久之。适斐卿陪衡如来寻余，询知昨日偕屋庐至胜，今日屋庐属至黎，邀余明日同归，并携大兄书来，顷在市东登岸晤静庵，属至此寻余，途遇斐卿，故同来也。并知骚庐近复患痎，尚未全愈。挹山留余及衡如、斐卿、清臣夜饭。饭后余与衡如、清臣至城隍庙观剧，人众拥挤，几无隙地，小立即还，适门首会过，驻足略观。侣丈邀至船中，游湖观灯，至中市，船塞难行，弃船登岸，在茶寮小憩，踏月而归。

十五日(10月5日) 晴。下午同衡如、侣丈、清臣至城隍庙观剧，晤景初，知于昨日解馆。又晤忍安及静庵昆仲，傍晚始还，至茶寮茗话。夜间同衡如至土地堂游玩，侣丈、颂穆、清臣同往。归途在万春茶楼小憩。

十六日(10月6日) 晴。昨日本拟即归，侣丈坚留过节，今日起又极晏，更不能归。余素性懒惰迟缓，每次出门必逾期而返，此次本约次日即归，今忽忽已六七日矣，依旧延留未返。积习难改，日甚一日，可不猛省哉？下午同衡如、侣丈至万春茶楼茗话，静庵回来看余，遂同往晤荃丈、柳丈、南春姑父、倜人、瑞弟。少顷，忍安及清臣先后至，丛谈久之。侣丈因事先出，余与衡如、清臣、忍安、静庵复少坐始出。忍安别去，余四人至土地堂游玩，途遇明弟、静庵，邀余及衡如、清臣至家赴宴，同席少蟾、咏池、幹伯及主人昆仲共八人，三鼓始还。

十七日（**10月7日**）　阴。上午家中舟来，接垂叔书，余行李已下衡如舟中，因命舟人载景初到馆，余仍与衡如同舟。下午开船，灯后抵家。

十八日（**10月8日**）　阴晴不定，交寒露节。昨夜临睡左目微痛，今日起视，左边略红，幸不甚重。肛门之右忽肿起如疣，封塞肛口，触之作痛。昔年仍患此，去秋病中复发，但较小，不致碍事，后皆自愈，不知何症，大约少睡、过饮并多食腥鲜所致，与目红同因。余往往好逞一时之兴，不顾精力，所伤实甚，年来身羸弱，大率由此，后当深戒。下午六叔来长谈。

十九日（**10月9日**）　晴。屋庐、衡如还雪。明弟来，即去。与大兄下棋一局。灯下补初十至十六日记。

二十日（**10月10日**）　阴晴不定。下午与大兄下棋一局。灯下补十七以下日记，看初八、九日《申报》，点三十、初一《京报》。

二十一日（**10月11日**）　阴雨。下午书楷字楹联两付，尔安所托；又喜联一副，子应款，忍安所托。灯下看十一、二日《申报》，点初四《京报》。滇省于六月中淫雨为灾，河海同时暴涨并发蛟，几处冲决，被灾甚广。今日为继曾祖妣顾太孺人忌辰，午间致祭，祭必用香粳菱肉饭，太孺人所嗜也。

二十二日（**10月12日**）　晴。书隶字纨扇半页，彦材款。今日为嗣妣凌孺人忌辰，午间致祭。下午作书致侣丈、清臣、丽卿，前画小影未毕，初十出门后停搁至今，今日补画数划，尚须一二日始竣。灯下看十三、四、五日《申报》。奉省于六月中霖雨兼因山水陡发,被灾甚重,近查灾户共有三十余万人口,江西萍乡县与湖南醴陵县毗连之处有武功山,近有哥老会匪聚集其处,四出劫掠,肆意驿骚附近各州县,人心惶惧,迁徙一空,未识能即日平定否,盗贼窃发,灾祸频仍,杞人之忧,其能已乎!点初五《京报》。

二十三日(10月13日) 晴。日上目疾全愈,肛恙亦渐平复,并未一服药饵,但静养数日,而诸恙自退,益见致疾之由皆因在外不谨慎、不保养而起。去秋之病,其初亦因不谨口腹所致,后几不测,今年复蹈故辙,幸即自愈,以后务须痛戒。下午作书致荃丈、悟竟。灯下看十六、七《申报》,点初六、七、八《京报》。

二十四日(10月14日) 晴。下午王紫瀛自东浜来谈,至傍晚而去。今晨命舟至黎接二妹归,午后到家。接清臣复书。月槎为余画小影,约计前后已二十日,今晚告竣,神情毕现。岂徒形似而已,写真妙手,可推当今第一,惜每日动笔仅数刻,笔下并不迟钝,积日而计,已嫌过久,且性情偏执,多不近人情,是以具此绝艺而名不出乎乡里,岂不惜哉!灯下看十八《申报》,点初九、初十、十一《京报》。余素日睡、起均晏,病后更甚,几如锢疾,伤身废事,莫此为甚,一切弊习,皆由此起,欲求振作而不能早起,是犹南辕而北辙也,庸有济乎?张文端《聪训斋语》、曾文正《家书》《家训》皆以晏起为深戒,夫二公之所谓"晏起"者,特不能黎明即起身耳,若余之亭午犹酣眠者,则真二公之罪人矣。虽不能立时痛改,当徐徐变易,此亦立志自新之一大端也。

二十五日(10月15日) 晴。下午董梅丈来,为祖母暨大兄诊治、定方。祖母近因感冒咳呛,痰出不爽,胃薄脾泄,大兄因土木不和,胃减易泛,脾不健运,时致便泄,故延梅丈诊治也。与大兄下棋一局。作书致屋庐昆仲,夜间补中秋宴,因节间景初不在馆也,灯下看十九、二十《申报》。

二十六日(10月16日) 晴。下午摆《范四子谱》一局,与大兄下棋一局。灯下看廿一、二、四日《申报》,点十二、三、四日《京报》。

二十七日(10月17日) 阴晴不定。下午摆《桃花泉弈谱》，与大兄弈一局。灯下看廿三、五日《申报》，点十五、六日《京报》。

二十八日(10月18日) 晴。下午看《曾文正年谱》一卷。灯后屋庐仲书自雪来，润甥同来，留宿书楼，谈至三鼓始散。看《曾文正年谱》一卷。

二十九日(10月19日) 晴。上午屋庐、桥梓暨仲书至黎，余尚未起，耽逸废事，过难自恕，当图力改，戒之勉之。下午看《曾文正年谱》半卷，与大兄弈一局。傍晚吴兰叔来，略谈即去。灯下看廿六、七日《申报》，点十七、八、九日《京报》。

三十日(10月20日) 晴。下午命舟送月槎归。自六月初六到此，迄今已近四月，朝夕相叙，诙谐甚趣，一旦别去，颇有岑寂之感。此次共画五照，系景初及余兄弟暨大姊、大嫂并为祖母加染己卯冬所画寿照。与大兄下棋一局。灯下看《曾文正年谱》半卷，看廿八日《申报》。武功山会匪近经官军剿败，逃散无踪，江西调赴各营俱已凯撤，闾阎亦安堵如常，可称大幸。然所获匪首不过会中头目，虽经擒斩数名，而此外漏网者正复不少，且匪党遍布各省，现虽暂时伏匿，而蟠结之势，依然未解。此次风波，幸而即定，将来祸变，正未可知耳。

九月初一日(10月21日) 晴。下午至吴兰叔馆中观弈，作书致屋庐。灯下看廿九日《申报》，看《曾文正公年谱》二卷。

初二日(10月22日) 阴。下午看《曾文正年谱》一卷，课冀儿理字，因景初解馆故也。兰叔来谈。与大兄对弈。接屋庐复书。灯下看《曾文正年谱》一卷，看三十日《申报》，点二十、廿一、二、三日《京报》。

初三日(10月23日) 阴。交霜降节。下午权课冀儿。明、瑞两弟来，闲谈良久。明弟沪游昨返。与大兄下棋一局。灯下看朔日《申报》，点廿四《京报》，看《曾文正公年谱》一卷。

初四日(10月24日) 晴。下午权课冀儿，与大兄下棋一局。

灯后大姊自莘来,近方游武陵归也。灯下看《曾文正年谱》半卷,摆《桃花泉弈谱》。是日为夏氏庶曾伯祖母忌辰,中午致祭。

初五日(10月25日) 阴晴不定。下午权课冀儿,与大兄下棋一局。晚前六叔父来。灯下作书致清臣、屋庐、骚庐,代大姊作书寄其寄母郭唐氏,看《曾文正年谱》半卷又一卷。

初六日(10月26日) 晴。大兄赴郡,清晨解维。上午命舟送二妹还黎。看《曾文正年谱》一卷,是编凡十二卷,遵义黎莼斋庶昌编辑,今日阅毕。下午摆《桃花泉弈谱》,课冀儿,吴兰叔来闲谈。灯后接屋庐、清臣还书。

初七日(10月27日) 晴。下午权课冀儿,至六叔父处长谈。至晚灯下翻阅《历代舆地沿革险要图》,是图为宜都杨守敬、东湖饶敦秩同撰。

初八日(10月28日) 晴。下午摆《桃花泉弈谱》,权课冀儿,至兰叔馆中,即还。灯下作书上舅父。

初九日(10月29日) 晴。下午六叔父招往,因渊甫伯父归并田产属代书券。大兄自郡归。灯下翻阅《乾隆府厅州县图志》。今日右耳渗脓,时时作痒,因致半聋,幸左耳如常,尚不妨听。己丑秋间亦当患,此后即自愈,此次未知能即自愈否。看第十三期《海上奇书》。

初十日(10月30日) 晴。下午权课冀儿,摆《桃花泉弈谱》。进来慈亲肝肺两经旧疾频发,痰多不爽,咳疮气逆,入夜尤剧,因延董梅丈诊治,大姊近因感冒,咳呛兼发肝疾,亦求定方。灯下看初二《申报》,作书致定甫。

十一日(10月31日) 晴,风,天气渐寒。上午屋庐自莘来。下午与屋庐对弈一局,观屋庐与大兄下一局,时余与屋庐皆让大兄四子。大姊至莘,约十七放舟去接。灯下复与屋庐对弈一局。是夜大兄陪屋庐联榻书楼,余谈至夜半。入内,看初三、四日《申报》,点廿五日《京报》。

十二日(11月1日) 晴。上午屋庐还雪,余又未及送。晏起习毫不能改,既欲立志自新而萎靡不振,如此空言自责,其谁欺乎!下午权课冀儿,与大兄下棋一局,看《快心编》。

十三日(11月2日)　晴。下午权课冀儿,接蒯荃丈书。灯下摆《范四子谱》,看《快心编》。

十四日(11月3日)　晴。下午权课冀儿,明弟来谈。灯下摆《范四子谱》,看《快心编》,就枕极晏。

十五日(11月4日)　阴,夜雨。下午权课冀儿,摆施定庵《自制二子谱》。至明弟处,并悟久兄。灯下看初五《申报》,点廿六、七、八日《京报》。

十六日(11月5日)　阴雨。下午权课冀儿,与大兄下棋一局,兰叔来谈。灯下看初六、七、八、九日《申报》。甘肃兰州、平凉、西宁、固原三府一州,暨新疆疏勒州各属,夏秋之间,因雨雹山水成灾,苏属常邑暨常属金、江、宜、荆四邑皆患旱灾,镇郡各属亦因亢旱成灾,徒、阳两邑尤重,已于本月初五日奉截留江北河运漕米五万赈济镇属各灾区之旨。点廿九、三十、初一《京报》。摆《施二子谱》,颇觉有会。

十七日(11月6日)　晴。下午摆《施二子谱》,权课冀儿。明弟来谈,约余明日赴黎,拟至挹山处清理仲芳旧款,略坐即去。灯后大姊自莘来。摆《施二子谱》。与大兄、大姊持螯小饮,颇适。是日为曾伯祖秀山公忌辰,中午致祭。

十八日(11月7日)　晴。上午同明弟至黎,在悟竟处中饭,晤仲书。下午明弟即还,余与悟竟至厓庐馆中,仲书亦来,并晤青丈、斐卿,至晚各散,余留宿馆中。是日允侯夫人入祠,余致礼未受。夜与荃丈畅谈,就寝极宴,与厓庐同榻。是日交立冬节。

十九日(11月8日)　晴。上午雇舟至盛,厓庐同往。午后抵镇,至定甫处,并见岳母,遂止宿焉。

二十日(11月9日)　阴,微雨。定甫业师褚君渊如明年分手,因托厓庐介绍延课慰侄、冀儿,修金大衍带一附徒,厓庐与褚君面订,已蒙允诺矣。下午与厓庐、定甫至茶寮茗叙,途晤沈蒙丈,归后吉裳来访,屋庐复邀同茗叙。晤式如、久仲,知健臣于初八去世,深为惊叹。与吉裳对弈一局,弈罢式如邀余及屋庐、吉裳至酒楼小酌。归途适遇大雨,幸携有雨具,然村居不惯,夜行已苦,泥泞路滑矣。

二十一日(11月10日) 风雨连朝,潮热异常,今日顿寒。午前解维,拟还黎里,在舟与屋庐对弈一局。午后行至八角,荡风益猛,不能出口,仍折还盛。新甫内姨丈来谈。

二十二日(11月11日) 阴。上午与屋庐还黎,舟中对弈一局,午后始至。适家中有舟在镇,知二十日祖母至黎,因余在盛未返,即命舟还,今日复放来载余。在荃丈处略谈,即别登舟,灯后抵家。舟中摆《施二子谱》。灯下与大兄弈一局。

二十三日(11月12日) 阴晴不定。下午与大兄弈一局。灯下摆《范四子谱》。

二十四日(11月13日) 晴。下午至明弟处谈并晤久兄。灯后与大兄弈一局。是日为五世祖杏传府君忌日,中午致祭,祭必用蟹,从所嗜也。

二十五日(11月14日) 阴。下午六叔来长谈。大姊至莘,约初二去接。灯下与大兄弈一局,接舅父复书,看初十《申报》,点初二《京报》,补十八以下日记。

二十六日(11月15日) 阴。下午权课冀儿。灯下与大兄弈一局,看十一《申报》,作书致骚庐。

二十七日(11月16日) 阴。下午与大兄弈一局。昨日托潘德元、钱一村至西塘为慈亲置办寿器,板料今晚载归,计价洋三十四元。灯下摆《范西屏二子谱》,并作书致屋庐。

二十八日(11月17日) 阴,微雨。大兄至江城,六叔父同往。灯下至吴兰叔,饭中与弈一局,时授四子。

二十九日(11月18日) 阴,黄昏微雨。上午接屋庐书。下午权课冀儿。兰叔、明弟来谈,至晚始归去。灯下至兰叔馆中,与弈一局,看十二《申报》,点初三、四《京报》,摆《范二子谱》。

十月初一日(11月19日) 乙卯,阴。上午灶神、前家祠内招香。下午摆《范二子谱》,权课冀儿。傍晚吴兰叔来。灯下摆《施二子谱》。作书致厔庐,近拟将各省所属府厅州县寻汇编一册,并注其幅员之修广、道里之远近,以便检查,名曰《方舆记略》。今夜始编钞一叶。

初二日(11月20日) 阴,微晴。上午大兄自江城归。下午摆《范二子谱》,大姊自莘来。灯下与大兄弈一局,编钞《方舆记略》一叶。

初三日(11月21日) 阴。中午祀先,补十月朝节。下午摆《范二子谱》,与大兄弈一局,接厔庐书,朔日所发,作书致骚庐。灯下又接厔庐今午复书,摆《施二子谱》,编钞《方舆记略》一叶。

初四日(11月22日) 阴雨。下午与大兄弈一局。骚庐来溪,灯下与对弈一局,留宿书楼,余出陪畅谈至曙。是日交小雪节。

初五日(11月23日) 阴,大风。上午祖慈自黎还家。作书致绥伯叔、厔庐。下午隶书便面一叶,永康佽款。与骚庐对弈一局,夜谈甚快,又致达旦。

初六日(11月24日) 阴,大风未息,天气顿寒。中午祀先,今日系朱氏庶祖妣忌辰也。灯下与骚庐弈一局,补初三至今日记,夜谈至晓。

初七日(11月25日) 阴,风稍和。下午同骚庐至北库仲僖从兄处,为东邻陆姓领保婴局女孩作养媳事,归尚未晚。舟中与骚庐对局未竟,夜谈至晓。

初八日(11月26日) 晴。下午兰叔来谈。灯后杨兰田来略谈即去,与骚庐对弈一局。

初九日(11月27日) 晴。上午同骚庐至莘,先至陆家桥,因耳恙至今未愈,请寿甫看治。晤稚周、文之,长谈。携药而出至镇,在茶寮小憩,归家已傍晚。芸丈暨敏农自郡垣来,留宿书楼。余与骚庐移宿听春楼。

初十日(11月28日) 晴。今日辰刻子屏伯父安葬西房圩,大兄去送,芸丈送葬后即还郡垣。敏农附便舟至黎。是夜余与骚庐仍宿书楼,就寝略早。

十一日(11月29日) 晴。下午明弟来长谈,至晚始去。灯下摆《施二子谱》。

十二日(11月30日) 晴。下午权课冀儿,作书致厔庐。灯下与骚庐弈一局。

十三日(12月1日) 晴。下午权课冀儿,吴兰叔来谈。今日命舟至黎载厔庐,到溪已灯时。润甥同来,同宿书楼。

十四日(12月2日) 晴。下午明弟来谈。灯下与厔庐对弈一局。

十五日(12月3日) 晴。下午命舟送骚庐、润甥还雪,权课冀儿。灯下与厔庐对弈一局。

十六日(12月4日) 阴。下午厔庐至莘,即还来。是日为曾伯祖母冯太孺人忌辰,中午致祭。

十七日(12月5日) 阴。上午敏农、帆鸥自黎来。下午敏农至黎、大港,即还。骚庐、衡如、润甥自雪来,夜饭会酌,同席十人。是夜敏农宿听春楼,余宿书楼。

十八日(12月6日) 阴,微晴。下午厔庐、润甥、敏农、帆鸥还黎,骚庐、衡如还雪。是日交大雪节。大姊至雪。

十九日(12月7日) 阴雨。今冬租栈定于明日起限,昨、今两日,飞限颇为踊跃。下午陆幹丈来。夜间偕大兄至友庆就谈,良久始还。作书致骚庐。补十六至今日记。

二十日(12月8日) 阴,大风。日来耳疾加剧,脂水淋漓,延及四围耳后筋骨之间。月初即起一核,坚而不痛;近日又生一核,较软而痛,今日更觉肿痛,张口伸头,其筋皆碍,殊深焦闷。灯下作书致厔庐。

二十一日(12月9日) 阴。下午兰叔来谈。今日命舟至雪载大姊,傍晚舟还,接骚庐书,约明日由雪备舟送来。是夜余宿舟中,因耳疾加剧,拟至铜坑就医。下船未久,忽闻火惊警,登岸询问,知在中宅,幸即扑灭。余仍还舟,看《曾文正公家书》数叶。

二十二日(12月10日) 晴。清晨开船,午前至雪,招骚庐至舟叙谈,在舟同午饭,泽益亦来就谈。大姊凤有乳核之患,今夏益觉肿痛,至今未愈,乘便同往铜坑就医。午后下船,骚庐昆季别去,余即开船,傍晚至同。适六叔亦有苏垣之行,先后到同,遂与同泊。六叔至即登岸,夜间还船,余已将睡,未及相见,但互相问答而已。在雪时曾发一函致大兄,由骚庐遣舟送去,至同后复作一函,未发。

二十三日(12月11日) 阴,大风。清晨解维,午后至苏,在胥门外停泊;修函,遣人招衡如,适他出未值,留函而返。作书致大兄,未及封寄。夜间迟衡如不至,作书致渠,拟明晨送去,书就未久,适衡如出城来访,遂得相叙。约定明日余先开船,渠令雇舟,至光福相会,同往铜坑,旋即别去。

二十四日(12月12日) 阴,大风。清晨解维,晚前至光福,适衡如亦至,询知渠今晨雇舟开行较迟,午后至善人桥,离光福十三四里一小镇也,彼处人知余舟过已久,恐追不及,即换坐小轿冒风前进,中途复步行二里许以息其力,始得同时至光。相见后即同舟开,至铜坑时已灯后,即同登岸。至万新处,并晤其门人姚祥峰。据万新云,耳疾由风热袭于肝胆而起,现已成延耳病,须清热解毒,俟其开方而出,用川连羚角、生军诸品。回船后即托衡如说定痊愈后总送弱冠之数。大姊亦登岸就诊,开方并赠吹药,因凤有喉恙也。傍晚在光,时作书致大兄,与前昨两日函同发。

二十五日(12月13日) 晴。早上因等万新研合末药,开船已晏,至光后复因配药停歇良久,午后开行。至木渎泊舟,时尚未晚,与大姊至钱氏端园游玩,衡如同去。园久失修,荒废已甚,回舟后肝火上升,耳痛甚,静息片时乃止。

二十六日(12月14日) 晴。清晨解维,午前抵苏。作书致大兄。傍晚登岸,寓衡如新开协和钱铺庄内,与衡如联榻小楼,颇觉安适。识沈蕴石于寓中,陆廉夫先生之高足也。灯下作书致骚庐。衡如至昇园洗澡,余同往茗谈。

二十七日(12月15日)　晴。大姊回家。傍晚陆幹丈与陈桐生丈来寓,幹丈与寿、新两丈同来。今日到苏,寓同福祥客栈。桐丈昨日至此,陪其文郎至铜坑就医,欲邀衡如同去。余本拟明日到彼复诊,遂约定同往。灯后与衡如同至幹丈寓中晤寿、新两丈。夜饭后同至升园洗澡茗谈,作书致骚庐。

二十八日(12月16日)　晴。上午雇舟与衡如至光福,陈桐丈舟相随而行,晚前至善人桥泊舟停宿。连日服万新方,已四剂,大便略溏,肝火已降,耳脓渐少,浮肿亦渐退,惟耳轮痛尚未止,颈颐痰疾稍消,依旧坚硬,左目红肿亦不退。

二十九日(12月17日)　晴。上午至光福。每旬三、六、九为万新至光福医局之期,余即至局就诊开方。携药而出,方用犀黄风化硝去羚角,余与前方相类。与衡如在市散步,至光福寺殿,门闭不得遍历,还至心兰米行中,略谈即回船。陈桐丈陪其子先至就诊,后因配药停搁,至午后始同开船,至木渎住宿,已灯后矣。

三十日(12月18日)　晴。上午与桐丈舟先后回苏。是日寿丈等三人移寓协和,颇觉热闹。灯下作书致大兄,与寿丈围棋一局,补廿四、廿五日记。

十一月初一日(12月19日)　乙酉,晴。灯下与幹丈围棋一局,时寿、幹两丈均让余三子。接屋庐前月杪书。

初二日(12月20日)　晴。连日服万新复诊方,已三剂,耳脓日少,耳外延蔓之处脂水亦渐干,耳轮已不作痛,惟痰疾依然坚硬,左目红肿特甚。近来夜睡几及天明,起必至下午,目红想因此故。灯后与衡如至市购物、茗话。莲舫今日至苏,亦寓店中。寿、新两丈昨日回乡。是夜宿舟中。

初三日（**12月21日**）　晴。十日交冬至节。作书致大兄。下午同幹丈、莲舫、衡如至观前，莲舫即别去，余与幹丈、杭茹夜饭后回寓。作书致骚庐。衡如至昇园洗澡，余与幹丈同往茗谈。近来每日大便略溏，今日泄泻一次，因未服药。

初四日（**12月22日**）　晴。下午衡如至木渎未归。莲舫回雪。古封自山塘来寓，留宿未去。灯后与幹丈、古封至昇园洗澡。

初五日（**12月23日**）　晴。衡如回城。古封别去。接骚庐书，衡如委书楹联两副。目红日甚，且在灯下潦草塞责，不知所云。家中放舟至城。接大兄书。作书致厓庐。莲舫来城，仍寓店中，渠明日赴沪，拟偕蕴若，即日附轮西上至湘抚署中，因诸师廉夫先生在吴清帅处，有书来招也。

初六日（**12月24日**）　晴。上午登舟至善人桥住宿。日来将前方除去犀黄、风化硝二味，又服三剂。耳中脓水已愈干，耳外延蔓之处虽已结痂，痂落后仍有脂水，面部浮肿亦未退净，痰疾依然未消，目红今日略愈。

初七日（**12月25日**）　晴。上午至铜坑复诊。据万新云，余热未尽，方照前法减轻，加入眼科药数品，因耳脓已干，无需吃药，但取敷药而出。开至光福泊舟，至心兰行中，因抱恙未见，即回舟。开至木渎住宿。作书致万新。

初八日（**12月26日**）　晴。上午回苏，在阊门外泊舟，余入城购物。下午回舟，仍至胥门内停泊，登岸购物。夜饭后至协和，是日适值开张之期，宾客甚多，古封亦在。夜半始回舟宿。

初九日（**12月27日**）　晴，大风。清晨接厓庐书，衡如至舟略谈即别去。午前解维，傍晚至同里泊舟。灯下补廿六以下日记。

初十日（**12月28日**）　晴。清晨解维，上午抵雪。骚庐至舟长谈，午后别去，随即开船，至家未晚。朔夜笔谏堂楼上被窃，失去衣服五十余件，后至周庄典中赎出几半，余尚无着，大姊之衣居多。月初余在城时即闻此事，归后始知其详也。

十一日（12 月 29 日） 晴。舅父、静庵来溪。舅父初七回莘，十七即要到沪，下午回莘。静庵留宿。明弟来谈，夜饭后去。

十二日（12 月 30 日） 晴。静庵至芦，二妹来溪。

十三日（12 月 31 日） 晴。下午作书致骚庐，六叔来长谈，大姊自莘来。

十四日（1893 年 1 月 1 日） 晴。下午结算苏行用账。晚前接骚庐复书。

十五日（1 月 2 日） 晴。大姊回莘，十七随舅父母赴沪。灯下作书致屋庐、衡如。

十六日（1 月 3 日） 晴。下午赵翰丈来，即去。与大兄弈一局，改让三子。明弟来谈。灯下看《海上奇书》，补初十以下日记。连日服万新初七复诊方，已六剂，目红几及退净，面颈滋蔓处肿势仍未全消，脂水不干，薄痂易结易脱。敷药已尽，曾约万新寄来，至今未到，甚切盼望。结近时出入账目。

十七日（1 月 4 日） 晴。下午阅翻时艺碑帖，心不澄静，略无所得。灯后整理内室，书籍几案，眼目一清，长夜无聊，庶可稍事笔墨矣。

十八日（1 月 5 日） 晴。交小寒节。下午为定甫书琴条一幅。灯下编钞《方舆记略》二叶。

十九日（1 月 6 日） 晴。下午书八言楹联一副，芝村款。梦鸥交来又五言一副、小门对五副，少泉所托。灯下作书致定甫，看《乾隆府厅州县图志》。

二十日（1 月 7 日） 阴晴不定。大兄至大港。赴渊伯父会席，晚归。下午翻阅《经余必读》。屋庐自黎来，润甥随来，留宿书楼。夜雨，天气过暖，殊非时令之正。与屋庐偶论近时经艺，为场中所最重，须以诸子之辞藻，运群经之典实，富丽典奥乃为足，尚若专事考据，或徒尚充足，无当也。平时所当致力者，《文选》而外，如《吕氏春秋》《抱朴子》《淮南子》《文心雕龙》等，皆足资采择也。

二十一日（**1 月 8 日**）　阴雨。下午六叔父来长谈。灯下翻阅《小谟觞馆文集》。读屋庐新旧杂著，朋侪中无与抗衡者，心服之，深弥自惭焉。屋庐言学诗须从晚唐入手，作文宜先讲求骈体，庶几门径可寻、尺寸是得，所谓"刻鹄不成尚类鹜"者也。若学散体文而不以汉魏六朝为之基，则积理未深，必致空疏、尘腐之诮；学诗不宗晚唐而安矜高古，势必致支离放诞、漫无纪律，岂非"画虎不成反类狗"耶？

二十二日（**1 月 9 日**）　阴雨。下午吴兰叔、杨蓝田来长谈。灯下编钞《方舆纪略》一叶。翻阅洪氏《乾隆府厅州县图志》，书凡五十卷，为图二十，首纪三原、京师一图，兴京、盛京一图，次十九布政司所辖江宁、江苏一图，余各一图，次牧地及新疆外藩，末附朝贡诸国、府县建置。以乾隆五十三年为断，盖书成于是年也。大兄今日赴郡，清晨解维。

二十三日（**1 月 10 日**）　阴，朔风渐厉，天气顿寒。下午备舟送屋庐及润甥归雪，作书上沧母舅、致定甫。灯下读《小谟觞馆文集》，集凡四卷，续二卷，注如之，注为钱唐孙元培与侄长熙同辑。今日左目复红，本未退净，连宵就寝过晏，又于灯下多费目，视力故益加剧。素性疏慵，习于晏起，一事未为，日无暇晷，故好与灯火作缘，每至夜深人静，辄复展卷弄翰，怡然忘倦，溽暑严寒都不自觉，晏睡若此，安能早起？耗精废事至斯，已极悔而终吝，无志孰甚焉。

二十四日（**1 月 11 日**）　阴，晚际雨雪珠。入夜，雨雪交下。今日为王考二周年忌辰，中午设祭。下午明弟来谈，接桐轩书。灯下读《小谟觞馆文集》。翻阅胡刻《文选》，共六十卷，后附《考异》十卷，鄱阳胡果泉克家撰。

二十五日（**1 月 12 日**）　阴，黄昏微下雪珠。下午大兄自吴门挈眷归，景初另舟至馆。灯下读《小谟觞馆文集》。

二十六日（**1 月 13 日**）　晴，大风雪，寒甚。午后方起。灯下读《小谟觞馆文集》。

二十七日（**1 月 14 日**）　淡晴，严寒。积雪不化，滴水成冰，墨冻毫僵,一字再呵,握管之艰,非徒手指不调也。下午读《小谟觞馆文集》,编钞《方舆纪略》一叶。

二十八日(1月15日)　晴。下午读《小谟觞馆文集》,兰叔、明弟来谈,抵暮始去。灯下翻阅《切韵指掌图》及翻《切简可编》等书,毫无端绪,诸家定母定韵,虽各有不同,要皆谓其书至简易明、智愚共解,以余观之,殊难通晓,昔尝涉猎,及之略无所得,今复如此,岂性之愚昧而不能通与? 抑此事须口授而不可以意会,实难自解。

二十九日(1月16日)　晴。连日朔风猛厉,寒冷益甚,河水昨即胶冻,今日港汊之内,竟可行走,如此沍寒,近岁实所罕遭。下午读《小谟觞馆文集》。灯下看《乾隆府厅州县图志》,影摹《安徽全图》一叶。近编《方舆纪略》,江苏已全,安徽将及一半,因无图,终不能明了,故复补绘。惟笔胶指僵,草草钩成,甚不惬心,此叶仍须摹过。

三十日(1月17日)　晴,下午读《小谟觞馆文集》。灯下影摹《山西全图》一叶。

十二月初一日(1月18日)　乙卯,晴。寒风乍息,积雪徐融,凛栗之气似昨稍减,河水胶冻未开,闻尚有踏冰赴市者。下午读《小谟觞馆文集》。灯下看洪氏《乾隆图志》。

初二日(1月19日)　晴。下午读《小谟觞馆文集》。灯下翻阅《子史精华》《事类统编》。

初三日(1月20日)　晴。交大寒节。下午翻阅《子史精华》。兰叔来谈。

初四日(1月21日)　晴。下午读《小谟觞馆文集》。灯下翻阅《文选课虚》。

初五日(1月22日)　晴。日来沍寒少解,河冻已开,惟支河荒港尚未尽通耳。下午读《小谟觞馆文集》。灯下编钞《方舆纪略》一叶。

初六日(1月23日)　阴,夜雨。初四日为高祖妣周太孺人忌辰,因冰阻不能赴市,无以供祭馔,今午始行补祭。下午六叔父来谈,灯下读《甘亭文集》,作书致梦鸥。

初七日(1月24日) 雨雪错迕,朔风惏栗,寒意复添,幸入夜即霁。下午读《甘亭文集》。灯下翻阅《文选课虚》,仁和杭世骏所编,凡四卷,分天象、地形、人事、物产四部,子目四十,各以其类隶于部。

初八日(1月25日) 阴晴不定。下午明弟来谈,至晚始去。灯后文之昆季自黎至莘过此,天晚,舟子不肯前进,文之登岸,属代雇一邻人以助其力,即别去,少顷复还,舟子仍不肯行也,因为具餐设榻,秀甫表嫂母子亦在舟,未登岸。文之、幼云宿书楼,谈至夜半,余始入内,读《甘亭文集》。

初九日(1月26日) 阴雨,午前微晴,夜分北风怒号,复有作寒之势。下午翻阅旧时课作。灯下读《甘亭文集》。文之、幼云清晨即去。

初十日(1月27日) 大雪。下午读《甘亭文集》,至六叔处长谈。灯下读《甘亭集》。

十一日(1月28日) 大雪积二尺许,抵暮始至。下午明弟来谈。灯下始钞《灵檀杂录》一叶。余性善忘,披览所及,阅时稍久,辄不记忆,即循常习用之典,亦都模糊,恍惚不能举其源本。近读《甘亭集》,虽故有注,尚多未晓,查检类书,时有所获,恐逾时复归乌有,因设一册,就目所睹,有足供诗文之用者,无论常言僻典,皆录于上,随见随钞,不为类次,名曰《灵檀杂录》,亦聊以备遗忘而便检阅也。

十二日(1月29日) 晴。下午兰叔来谈。灯下读《甘亭文集》。

十三日(1月30日) 雨雪终日。下午瑞弟来,作书致屋庐、衡如。灯下钞《灵檀杂录》一叶,读《甘亭集》。

十四日(1月31日) 阴,晨雪晚霁。下午作书致陆寿丈。灯下读《甘亭文集》。

十五日(2月1日) 阴晴不定。午刻屋庐、骚庐、衡如自雪来,留宿书楼。

十六日(2月2日) 晴。下午屋庐等三人至黎,余附舟同往,赴悟竟会酌。骚庐、衡如宿舟中,余与屋庐昆季宿悟竟处。

十七日(2月3日) 晴。骚庐、衡如至苏。下午至荃丈处,屋庐少迟亦至,灯后同归。是日交立春节,黄昏大雾。

十八日(2月4日) 阴。上午与屋庐先后至荃丈处。午刻解维,抵家已晚。因是雇舟,故甚迟也。屋庐仍宿书楼。

十九日(2月5日) 晴。傍晚吴兰叔来谈。

二十日(2月6日) 晴。下午明、瑞两弟来谈。

二十一日(2月7日) 阴。下午命舟送屋庐还雪,作书致陆幹丈。灯下补十四日以下日记。耳上敷药,前月中旬即用完,后径听其自然,面部及颈项居然脱痂复旧,耳轮及耳后发际至今仍有脂水,不时作痒。望日衡如来,始知别后曾两次寄药,一托陆幹丈转寄,一由信局径寄。日上先后接到,仍旧调敷患处,已三日矣,依然如故,淹缠四月,全愈尚无其期,甚为焦闷,目红亦时剧时减,迄未退净。嗣后灯下当不作细楷、不看洋板小字,庶几可复。是夜睡略早。

二十二日(2月8日) 阴。雪巷舟还,接屋庐书。下午看《黎里忠节录》,翻阅昔年日记。

二十三日(2月9日) 阴。下午课冀儿理字,明弟来谈。晚前祭送灶神。灯下读《甘亭文集》。

二十四日(2月10日) 阴晴不定。下午课冀儿理字。灯下抄录随笔两叶。余设《灵檀杂录》专记典实以供诗文之用,此外涉览所及,与谈论所得,其足以广闻见而资考核覆者正复不少,因复设一册,凡不入《灵檀杂录》者,皆记于此,间有臆说,亦附记焉,名曰《了庵随笔》。自惭愚昧,学识毫无,芜杂谫陋之识,在所不顾矣。

二十五日(2月11日) 阴晴不定。下午六叔父来长谈。灯下读《甘亭文集》。

二十六日(2月12日) 晴。下午课冀儿理字。灯下读《甘亭文集》。

二十七日（**2 月 13 日**）　晴。下午至六叔父处长谈。灯下抄录随笔一叶。

二十八日（**2 月 14 日**）　晴。下午明弟来长谈。灯下看《曾文正事略》二卷，东湖王定安撰，凡四卷。是日账房诸公皆还去，惟丁达翁留此度岁。

二十九日（**2 月 15 日**）　阴，午后雨雪连日，天气甚寒。入春将及半月，前次积雪尚未消尽，今复降春雪，夜分竟亦微积，来岁春收殊有关碍。下午看《曾文正事略》一卷，接陆寿丈、屋庐书。灯下看《曾文正事略》一卷。

除夕（2 月 16 日）　阴，微雨。下午谨将先人遗像悬挂，灯后设祭。祭毕与大兄同在账房夜饭。灯下看《曾文正事略》，后附刻之《文正祠雅集诗并图记》，诗古近体凡十五首，记即王定安鼎丞所撰也。日来耳疾大愈。自望后接到万新寄药，初用麻油调敷，不甚得力，后用菊花水洗净，将末药干搽患处，黏结成痂，遂将脂水收干，不复作痒，惟痂未尽脱耳。目疾虽未全愈，较前亦稍轻减。余自去秋患疡后精力大损，至今夏始稍稍复旧，秋间复患耳恙，淹缠至今。素性疏慵，加以病后体孱，更难振作，悠勿蹉跎，倏焉卒岁。默计近年以来，志业荒退，以今岁为最甚。目前境地，尚为平顺，亦多暇豫之时，来岁务当改其惰气，持以恒心，庶不虚负此境与时耳。

光绪十九年癸巳(1893)

光绪十有九年岁在癸巳正月元旦(2 月 17 日) 乙酉,晴,午后阴。早起,谨随大兄率慰侄、冀儿在祠灶各处拈香行礼,毕后至先人遗像暨王考灵筵前叩拜。今岁介伯父值老祭,小轩弟值秀山公祭,大兄值起亭公祭。饭后至莘和堂,三宅男女长幼毕集,以次展拜先像,拜毕互相贺岁。正在肃恭行礼之际,五婶忽因故与六叔大相龃龉,可诧可叹。介伯父具茗邀坐。少顷,出至友庆,六叔亦邀茗坐略谈。至二加,未坐即至荣桂堂茗话,良久始各散去。时已亭午,余元旦不随众行礼已两年矣。今日颇觉疲乏,精力殊非三年以前可比。下午六叔及明、瑞两弟均来闲谈。今日为本生考笠云府君忌辰,晚刻设祭。府君在日,元旦茹素,不用荤酒,举家因此亦皆茹素。

初二日(2 月 18 日) 阴,夜雨。饭后同久兄、灶弟至大港贺岁,见渊伯、垂叔、稚梅叔。在稚叔处午饭,饭后即还。六叔及明、瑞两弟来长谈,大兄今日至芦墟杨筱伯表叔处贺岁,还来未晚。灯下钞录随笔一叶。耳后忽复作痒,脂水随出,因取菊花水洗净,复敷干药,已愈复发,甚为焦闷。是日交雨水节。

初三日(2 月 19 日) 晴,午后。阴,微雨。上午渊伯、垂叔、稚梅叔自莘和来,连景溪、金鹤亭自友庆来,贺岁即去。下午收拾荣桂堂西室,为大兄与余书室,以瑞荆堂及左厢为武、严两君设讲席。去秋屋庐荐褚君渊如,已订定矣,忽定甫处复议蝉联,因复改聘武君佐清、严君瑞伯,忍安及屋庐所介绍也。晚际接灶神、土地,灯后祀先君,告收遗像也。灯下读《甘亭文集》。

初四日(2 月 20 日) 晴。上午谨收先人遗像,星卿、幼赓自莘和来贺岁。下午看《韫山堂稿》两首。灯下读《甘亭文集》，看《韫山堂稿》两首。

初五日（**2 月 21 日**） 阴。下午钞录随笔。灯下看《韫山堂稿》四首。

初六日（**2 月 22 日**） 阴雨，微晴。昨今两日起复逾午，费兰夫自莘和来贺岁。下午看曾文正杂著。灯下作书致悟竟，看郑樵《通志总序》、江式《文字源流表》。

初七日（**2 月 23 日**） 阴，晚际微雨。上午至苏家港贺岁，见外祖母、五母舅，并晤许宝庆表母舅，归家未晚。舟中看马端临《文献通考序》，明弟来谈。灯下看《读史论略》。

初八日（**2 月 24 日**） 阴雨。早上遣舟至黎，接严瑞伯先生到馆，灯时始至，即命冀儿拜从。下午明弟来长谈。灯下看《读史论略》。

初九日（**2 月 25 日**） 晴，午后阴。大兄至黎。上午子瑗叔、锡卿自莘和来贺岁。下午瑞弟来谈。灯下补初六以下日记，翻阅《诗经》。

初十日（**2 月 26 日**） 阴。上午方兰生自莘和来贺岁，并交息金即去。镜母舅来贺岁，午饭后复谈久之始去。大兄自黎归。午前接厔庐书，知悟竟在渠处，明日同至莘、溪。即作复函，由原舟带去。灯下收拾行箧，明日至莘并贺定甫燕喜也。

十一日（**2 月 27 日**） 阴。上午率冀儿至莘。舅父昨日自沪归，大姊同还。午后悟竟、厔庐自雪来莘，询知骚庐在苏度岁，至今未归。夜宿经畲堂西室，与远孚内母舅及悟、厔二公联榻。灯下书喜对两付。

十二日（**2 月 28 日**） 晴。定甫婚期本系明日，因选酉时结亲，故今午即行亲迎。贺客甚稀，大兄来贺，午后即还。上午与远孚内母舅、悟竟、厔庐。大兄至海、磬两母舅处贺岁。下午至三姑母处贺岁，与仙谷长谈并晤益谦。夜间复往谭迎娶，还来已四鼓后矣。

十三日(3月1日) 阴晴不定。

十四日(3月2日) 阴晴不定。家中放舟来载,因岳母固留,即命回去。晚刻至仙谷处长谭。是夜同人公贺新人,席散已夜半后矣。被酒,目疾大发,痛不能视。

十五日(3月3日) 阴晴不定。下午率冀儿归家。悟、屋二公同时解维还雪。

十六日(3月4日) 晴。上午子厚自友庆来贺岁,即去。武君佐清到馆。下午六叔、瑞弟来长谈。大兄夜宿舟中,明日赴郡。

十七日(3月5日) 晴。下午翻阅昔年课艺大篆。少泉族弟同其姊丈某来,为族中争嗣产事,即去。明弟来谈。达泉表伯嗣孙自莘和来贺岁。灯下看《韫山堂稿》两首。是日交惊蛰节。

十八日(3月6日) 晴。下午看《韫山堂稿》两首。至六叔处长谈,明、瑞两弟亦来。灯下翻阅《新刻大清律例》,看《韫山堂稿》一首。

十九日(3月7日) 晴。下午六叔来长谈。灯下补十一以下日记。夜雨。

二十日(3月8日) 阴雨。大兄自郡还。下午翻阅《大清律例》。灯下看《韫山堂稿》一首。

二十一日(3月9日) 阴。下午明弟来谈,即去。与大兄先后至六叔处谈,至灯时始还。灯下作书致颂僖。

二十二日(3月10日) 阴。下午题《郭汾阳遇仙图》,沈达丈所属,书其事于上幅。灯下看《韫山堂稿》两首,接颂僖复书。

二十三日(3月11日) 晴。大姊自莘来。廿一起,延泗洲寺门徒礼梁皇忏三日,是晚道场圆满。明弟来谈。晚刻祀先。

二十四日(3月12日) 阴晴不定。耳疾复发,昨夜睡后耳后忽肿,今日延至面部,且有寒热,幸敷药尚未用完,即取敷上。

二十五日(3月13日) 阴晴不定。寒热渐凉,耳面浮肿处复作痒、渗脂,与去冬在苏时情形相等,惟不痛及、耳中无恙耳。午刻清臣暨二妹来贺岁。下午六叔、明弟来谈。夜间清臣宿东书楼,大兄出陪。

二十六日(**3 月 14 日**)　晴。寒热已净,精神渐复,惟耳恙殊为受累。傍晚静庵自沪来,留宿西书楼。

二十七日(**3 月 15 日**)　晴。静庵还去。明弟来谈。

二十八日(**3 月 16 日**)　晴。上午忍安、绥伯表叔来。下午忍安至黎,绥叔留宿东书楼。

二十九日(**3 月 17 日**)　阴晴不定。谨书王考栗主。

二月初一日(**3 月 18 日**)　甲寅,阴雨。下午明、瑞两弟来长谈。

初二日(**3 月 19 日**)　阴雨,大风。夜饭宴客,计三席。

初三日(**3 月 20 日**)　晴。是日为王考撒几之期,申刻释服。题主,谨奉叔祠。宾客留宿者:忍安、静庵、骚庐。忍、静宿西书楼,骚庐与余同宿丈石山房外室,是日交春分节。

初四日(**3 月 21 日**)　阴晴不定。忍安、静庵至黎。午刻设宴谢账房,计三席。日来耳疾渐愈。

初五日(**3 月 22 日**)　阴雨。

初六日(**3 月 23 日**)　晴。下午绥叔、骚庐均还去。

初七日(**3 月 24 日**)　晴。是日为曾祖妣沈太孺人忌辰,中午设祭。

初八日(**3 月 25 日**)　晴。耳面浮肿退净,脂水日少,惟目疾迄未全愈,因清臣荐周庄胡姓女医,世习眼科,渠曾就诊见效。上午同清臣至周就医,携药而出。在舟午饭,毕即解维,抵家尚早,明弟来谈。

初九日(**3 月 26 日**)　晴。上午清臣、二妹同归。傍晚屺庐来,留宿西书楼。

初十日(**3 月 27 日**)　晴。下午屺庐还去。

十一日(**3 月 28 日**)　晴。下午至六叔处长谈。

十二日(**3 月 29 日**)　晴。下午六叔、明弟来谈。

十三日(3月30日)　晴。下午明弟来谈。

十四日(3月31日)　晴。下午兰叔，明、瑞两弟来谈。

十五日(4月1日)　风雨，午后开霁。上午书宜自雪来，接屋庐书，下午即去。补廿三至初三日记。灯下结算账目。

十六日(4月2日)　晴。上午介伯处备舟，至西房南玲扫墓，共计十二人，今日为嗣考芝卿府君忌辰，中午设祭。补初四以下日记。下午钞《方舆记略》一叶。傍晚至六叔处谈。夜饭，大伯父招饮散福酒，计两席十二人。灯下读《韫山堂稿》。

十七日(4月3日)　晴，风。上午同大兄、小轩弟至南玲扫墓，慰侄、冀儿同去，午刻祀先。下午读汪稿十五遍，抄录随笔半叶。灯下看管稿一首。

十八日(4月4日)　晴。是日交清明节。饭后与大兄，明、瑞两弟至北厍角字扫墓，六叔、久兄、灶弟、小轩弟另舟往，合族至者约六七十人。今岁系老五房骧卿兄值祭。祭毕还至大港，饮散福酒计十席，饭后各散，归家尚早。傍晚祀灶。灯下写小楷二百四十字，看管稿一首。

十九日(4月5日)　晴，风。上午与大兄至东轸扫墓。下午至北玲扫墓，写小楷二百四十字。灯下读汪稿十遍，看管稿一首。

二十日(4月6日)　晴。下午写小楷二百四十字，作书致屋庐昆季。

二十一日(4月7日)　晴。下午至六叔处长谈。灯下作试帖一首，切问课题："'共登青云梯'得'登'字"。

二十二日(4月8日)　晴。自辛卯夏至至今，余未尝一课时艺，今日偶拈"子曰夫人不言"一节题，仅成一讲，以下竟尔索手，荒废至此，殊难自恕。

二十三日(4月9日)　晴。朝饭时祖母忽呕血碗许，未识因去冬至今久嗽之故否，幸胃纳无恙，身体尚不甚乏。下午书祭幛一帧，廿五日送叔平母舅领帖礼也，用"痛过州门"四字。今日武佐翁解馆。

二十四日(4月10日) 晴。上午至苏家港。下午翼亭太年伯、陶爽丈至苏,并晤陆氏昆季及凌氏族中诸人。夜与轮甫、胡辛垞同卧室。

二十五日(4月11日) 晴,甚热。是日叔平母舅领帖,傍晚入祠。胡稚卿来同卧处夜谈,不觉至晓。

二十六日(4月12日) 晴。诸客皆散,惟陈太年伯、陶爽丈、时厂三人仍留,余亦被留不得归。家中舟来而复返。夜移卧具与爽丈等联榻。

二十七日(4月13日) 晴。上午陈太年伯、爽丈至陆氏。余下午归家。夜大雷雨。

二十八日(4月14日) 晴。饭后大兄同明、瑞两弟至江城。傍晚武佐翁到馆。灯下补廿四至今日记。

二十九日(4月15日) 晴。下午至六叔处长谈。灯下写小楷百廿字。

三月初一日(4月16日) 癸未,晴。朝饭后送严瑞翁解馆,灶神前暨两处家祠内拈香,读汪稿十遍,写小楷百廿字,抄录随笔一叶。下午读《天崇文》十遍,看前月廿七、八日《申报》。灯下看十八、九日《京报》。

初二日(4月17日) 阴雨。下午读《天崇文》五遍,看二十一日京报。至莘和内宅,金、凌两姑母皆在,长谈良久始出。大兄自江城归,知县试今日正场。灯下看初一日《申报》。

初三日(4月18日) 阴,连日天气甚寒。下午至六叔处长谈,大兄亦在,傍晚同还。灯下写小楷百廿字,看初二日《申报》、廿二、三日《京报》。

初四日(4月19日) 晴,阴,微雨。下午看廿四日《京报》,写小楷百廿字,读汪稿十五遍,抄录随笔一叶。灯下看管稿一首,续作"子曰夫人不言"一节,题起二比。

初五日(4月20日) 阴雨。下午写小楷百廿字,读《天崇文》十遍、汪稿十五遍。灯下抄录随笔半页,看初三《申报》。是日交谷雨节。

初六日(4月21日) 晴。朝饭后至莘塔,贺然青表侄续胶之喜,屺庐亦在,并晤梦麟、耦耕侄及本宅诸人。午后屺庐先还,余傍晚归家。在莘闻县试正场题:"亦各言其志也曰暮春者";次题:"宪宪令德,宜民震泽",首题同端。

初七日(4月22日) 晴。下午作书致衡如,写小楷百廿字,读《天崇文》十遍。傍晚至六叔处谈。灯下作一小讲,切问书院课题:"子钓而不网'两章"。

初八日(4月23日) 晴。下午续作起二比,作书致屺庐。傍晚接明弟书,知正场初五出案,初六头覆,渠列五十四名并录示首艺属,即日去载。因即走告二伯母,拟明日放舟上去。灯下作中二比。

初九日(4月24日) 晴,风。下午至兰叔馆中。灯下作试帖一首,切问课题:"'竹泉春雨'得'图'字"。誊文半篇。

初十日(4月25日) 晴。下午屺庐昆季来,留宿书楼。

十一日(4月26日) 淡晴。屺庐昆季上午即去。下午续作后二比与试帖,一并誊真。大姊自莘来,六叔、明弟来谈。明弟昨自江城归,询知初六初复题系"未之能行"一句。傍晚严瑞翁到馆。

十二日(4月27日) 阴雨。上午祖母至黎,大姊至雪。下午明弟来谈。傍晚二妹来溪。灯下看窗课。

十三日(4月28日) 阴雨。下午写小楷百廿字,读汪稿十五遍、《天崇文》十遍。灯下看窗课,看管稿两首。

十四日(4月29日) 晴。下午写小楷百廿字,六叔来长谈。灯下写小楷百廿字。

十五日(4月30日) 阴雨。下午看初四《申报》,廿五、六《京报》。屺庐昆季来自陶庄,留宿书楼。

十六日(5月1日) 阴雨。下午屺庐昆季至陶庄,大姊自雪还溪,看初五《申报》、廿七《京报》。傍晚吴兰叔来。

　　十七日(5月2日)　阴。午后大姊至莘。衡如同朱心兰、顾培夫自苏垣来,略谈即至陶庄。作书致清臣。至六叔处谈,大兄后至,至暮同归。灯下写小楷一百五十字,看初六《申报》、廿八《京报》。

　　十八日(5月3日)　晴。下午写小楷二百四十字。明弟来谈。大兄今日至黎,贺邱氏表姑于归盛泽仲氏之喜,须留一宿。灯下看初七、八《申报》,廿九、初一《京报》。

　　十九日(5月4日)　晴。下午看初九《申报》、初二《京报》,写小楷百廿字。大兄自黎归。灯下看初十至十五《申报》,初三、四、五《京报》。

　　二十日(5月5日)　阴,大风。午刻忍安自黎来,留宿书楼。是日交立夏节。

　　二十一日(5月6日)　阴晴不定。武佐翁同忍安至苏。午前衡如、培夫自陶庄来,午后屋庐昆季同心兰继至。屋庐还雪,骚庐留宿书楼,衡如三人宿舟中。下午明弟、杨蓝田均来谈。

　　二十二日(5月7日)　晴。衡如舟晓发还苏,大兄亦于清晨挈眷赴苏。午后骚庐至陶庄。书折扇一叶,万新所属。读汪稿十遍。灯下看十六、七日《申报》,初六至初九《京报》。

　　二十三日(5月8日)　晴,阴雨。下午至六叔处长谈。

　　二十四日(5月9日)　晴。午后苏去舟回,静庵附之来溪,留宿书楼。明弟来长谈。接大兄书。灯下看十八、九日《申报》,初十、十一、二《京报》。

　　二十五日(5月10日)　晴。午刻屋庐自雪来,午后至陶庄,六叔来谈即去。灯下看二十、廿一、廿三《申报》、十三至十六《京报》。

　　二十六日(5月11日)　晴。下午写小楷百二十字。傍晚兰叔来谈,接大兄郡垣来书,看廿四《申报》。灯下作书致大兄。

　　二十七日(5月12日)　阴晴不定,傍晚微雨。朝饭后至莘,舅父已于廿二日还家,梦麟、逸帆均在。午后至东轸圩送潘、陶两舅母暨恕甫及其弟妹等安葬。屋庐亦至,事毕同舟还莘,联榻经畲堂右室。

二十八日(5月13日) 晴。上午偕屋庐还溪,午后即去。至兰叔馆中谈,晤沈达丈,六叔亦出见。适静庵自莘来,因即还。傍晚兰叔来谈,静庵留宿书楼。

二十九日(5月14日) 阴雨。午后静庵还黎,明弟来谈。灯下看廿二《申报》。

三十日(5月15日) 阴雨,风。午后至六叔处长谈。灯下补二十七至今日记。看廿五、廿六《申报》,十七、八、九日《京报》。

四月初一日(5月16日) 癸丑,晴。上午接大兄郡垣来书,得悉府试准于初二开考,江、震须初八考,着约初五放舟去载。下午读李笠翁《比目鱼传奇》。下午写小楷百廿字,读汪稿十遍,看廿七至三十《申报》,二十、廿一《京报》。午前在灶神前及两处家祠内拈香。

初二日(5月17日) 淡晴。下午写小楷百廿字,读《天崇文》十遍、汪稿十遍。明弟来,即去。渠明日赴苏,因此札托其带致大兄。灯下看初一日《申报》,读《韫山堂稿》,看廿二、三日《京报》。

初三日(5月18日) 晴。下午写小楷百廿字,楷书、振声款折扇一页,读汪稿十遍。灯下看窗课,读汪稿十遍,看管稿一首。

初四日(5月19日) 晴。下午作书致大兄。作切问课"夫达也者"一节,仅成一讲。灯下成起二比,看初二《申报》。

初五日(5月20日) 晴。下午续成昨课中二偶。六叔来长谈,至晚始去。灯下作书致清臣,续成后二比。

初六日(5月21日) 晴,潮热异常。上午祖母至黎还。下午誊真昨日课文。灯下作试帖一首,即誊真,题:"'山深四月始闻莺'得'闻'字"。是日交小满节。

初七日(5月22日) 晴,热甚。下午看廿四、五日《京报》。大兄自苏还,同至六叔处长谈。黄昏阵雨,未畅。

初八日(5月23日)　晴。朝饭后至莘吊子芳外祖母丧。午后至挹之处长谈，复至大姊处小坐始还。傍晚抵家。灯后阵雨颇畅。

初九日(5月24日)　阴雨，骤寒。祖母及二妹、冀儿均小有不适。下午读汪稿十遍，《天崇文》十遍，温熟文十五遍，看初五六日《申报》。灯下看廿七八日《京报》，看管稿一首。

初十日(5月25日)　雨。下午写小楷百廿字，书闺扇半幅。读汪稿十五遍、《天崇文》十遍，温熟文十遍。傍晚大姊自莘来。灯下看初七《申报》，廿九《京报》。

十一日(5月26日)　晴。下午写小楷二百四十字，读汪稿十遍、国初文十遍，温熟文十遍，看初八《申报》、三十《京报》。灯下抄录随笔半叶，看管稿一首、初九《申报》、初一《京报》。

十二日(5月27日)　阴晴参半。下午看初十《申报》，写小楷三百六十字，读国初文十遍、汪稿十遍，温熟文十四遍。傍晚吴兰叔来。灯下看初二《京报》，看管稿一首。是日二妹还黎。

十三日(5月28日)　阴，微雨。下午写小楷三百六十字，读国初文十遍、汪稿十遍，温熟文十六遍。灯下看十一、二《申报》，初三、四日《京报》，看管稿一首。

十四日(5月29日)　阴雨。午刻静庵自黎来，下午与弈一局。吴兰叔来谈，晚去。静庵留宿书楼。

十五日(5月30日)　晴。下午静庵还黎。看十三、四《申报》。看《客窗闲话》一卷，共八卷，盐官吴炽昌芗厈著。灯下看初五、六日《京报》，《客窗闲话》一卷。

十六日(5月31日)　晴。下午作文半篇，题："请王度之"合下一节。灯下作中二偶，看《客窗闲话》二卷。

十七日(6月1日)　阴雨。下午看《客窗闲话》四卷，作书致衡如。兰叔来谈。

十八日(6月2日)　晴。大兄赴郡探视我庵先生疾。下午续前课后二比，写小楷二百四十字，读国初文十遍、汪稿五遍，温熟文十五遍。灯下看管稿一首,作书致厔庐昆季。

十九日(6月3日)　晴。下午写小楷二百四十字,至六叔处长谈。灯下写小楷三百六十字。

二十日(6月4日)　阴。下午作书致梅村丈、吴仲华。

二十一日(6月5日)　晴,阴雨。下午苏去舟还。接大兄书,骇悉芸太夫子于十八夜子刻去世。衡如来留宿书楼。是日交芒种节。

二十二日(6月6日)　晴。请衡如赴雪行文定礼。下午作书致垂叔、大兄,看十六《申报》。晚前衡如还,接厔庐书。灯下作书致厔庐、悟竟。

二十三日(6月7日)　阴雨,午后晴。命舟送衡如还城,破晓即去。看初八《京报》。下午明、瑞两弟来谈,接清臣书、董梅丈书。

二十四日(6月8日)　雨。至盛泽会王内妇母丧,清晨开船,午刻抵彼。厔庐昨晚先至,下榻定夫处。灯后挹之来长谈。夜与厔庐联榻。

二十五日(6月9日)　阴晴不定。午后与厔庐至郑养圃内母舅灵前补吊。

二十六日(6月10日)　阴晴不定。午后同厔庐至黎,甫至,雷雨大作。在悟竟处夜膳,遂留宿。

二十七日(6月11日)　阴晴不定,傍晚大雨。午后同厔庐还胜,到家未晚。接大兄书。作书致沧母舅。

二十八日(6月12日)　晴。下午至六叔处,即还。六叔复来,晚去。灯下补廿四以下日记。

二十九日(6月13日)　晴。下午谨书家祠中神牌三面。灯下作书致骚庐、衡如。

五月初一日(6月14日)　壬午,晴。下午写小楷二百四十字,温熟文五遍。明、瑞两弟来谈。午前在灶神前及两处家祠内拈香。

初二日(6月15日)　晴。下午明、瑞两弟来谈。因厔庐至二加,候金梧丈。看十五《申报》。灯后六叔同梧丈来谈,看初七《京报》,作书致清臣。

初三日(6月16日)　晴。朝饭后送瑞翁解馆,写小楷一百廿字,温熟文十七遍。下午同厔庐至二加候梧丈,略课冀儿理字,写小楷三百六十字,接清臣复书。

初四日(6月17日)　晴。下午明、瑞两弟来谈,略课冀儿理字,写小楷二百字,六叔同梧丈来谈。傍晚大兄自苏还。

初五日(6月18日)　阴晴参半,傍晚阵雨。中午祀先。灯下作书致清臣。

初六日(6月19日)　晴。下午明、瑞两弟来谈,略课冀儿理字,作小讲一,切问课题:“子曰能以礼让”两章,写小楷二百字,灯下作小讲一,题:“论笃是与”二句。

初七日(6月20日)　阴晴参半,傍晚微雨。下午写小楷三百字,六叔、明、瑞两弟来谈,读《韬山堂稿》。灯下作小讲一,题:“硁硁然小人哉”二句。

初八日(6月21日)　雨,午后微晴。略课冀儿理字,续书院课未竟。灯下作书致定甫,作小讲一,题:“予未得为孔子徒也”二句。是日夏至。

初九日(6月22日)　晴。大姊午前至雪。下午课冀儿理字,写小楷百字,六叔、明弟来谈。灯下作小讲一,题:“唐棣之华”一章。

初十日(6月23日)　阴晴参半。午后课冀儿理字。

十一日(6月24日)　阴晴参半。下午课冀儿理字,续完书院课文。黄昏雷雨大作,温管稿。

十二日(6月25日)　阴晴参半。下午写小楷四百字,明弟来谈,作书致悟竟、清臣。灯下作起讲一,题:“吾十有五”两节。温管稿。

十三日(6月26日)　晴,热甚。厔庐至黎,傍晚还。瑞翁到馆。灯下作书上舅父、镜秋舅父,温管稿。午后钱少江来。

十四日(6月27日) 晴,愈热。下午明、瑞两弟来谈,磨墨盒,温汪稿六遍。灯下作小讲一,题:"与其进也"。温管稿七首。

十五日(6月28日) 晴。下午写小楷四百四十字,温汪稿七首。灯下作小讲一,题:"子曰臧文仲其窃位者与"一章。温《天国文》九首、管稿六首。

十六日(6月29日) 晴。朝饭后送屋庐还雪。祖母自十四日起患腹痛,下痢日夜十来次,因延董梅丈诊治,午后来,开方即去。明弟来谈,屋庐开船时属其命题,因拈"徐子以告夷子"一节,去后随做随誊,后二未及做完,灯下续成。温甘文集两首。

十七日(6月30日) 晴。上午雪去舟还,接屋庐书。下午誊昨课后二比,温熟文十遍。至六叔处长谈,大兄后至,傍晚同还。灯下读《桐云阁试帖》二首,温《甘亭文集》二首、管稿八首。

十八日(7月1日) 晴。上午温熟文五首。下午写小楷二百四十字,温熟文五首,读汪稿六遍。灯下作试帖一首,题:"'夏山如滴'得'山'字"。温《甘亭文集》二首、管稿二首。

十九日(7月2日) 晴。午后阵雨未畅,炎燠稍解。上午温熟文十首。下午谨书奉祀单一纸,明、瑞两弟来谈,大姊自雪回,接屋庐书。日来祖母脾泄已止,腹痛亦缓,延董梅丈复诊,开方即去。今日为高祖考逊村府君忌辰,中午设祭。

二十日(7月3日) 晴。午后阵雨未畅。上午祭龙神,后命工人试演水龙。明、瑞弟来谈。大兄至大港赴渊伯父会酌,傍晚还。下午写小楷二百四十字。明、瑞两弟及雪生来谈。雪生先去,两弟至晚始去。灯下温管稿二首。

二十一日(7月4日) 阴晴参半。作书院课文未竟,题:"子贡曰君子一言"二节。写小楷百廿字。

二十二日(7月5日) 晴雨不定。续完昨日课文。下午明、瑞两弟来长谈。灯下温管稿九首。

二十三日(7月6日) 晴。上午温熟文十首。下午温《甘亭集》

七首,誊书院课文,至六叔处长谈。灯下温管稿十二首、《甘亭集》四首。

二十四日(7月7日) 晴。午刻屋庐自雪来。下午写小楷百廿字,温熟文十遍。灯下温《甘亭文集》三首、管稿四首,重拈前题作一小讲。是日交小暑节。

二十五日(7月8日) 晴。傍晚大风忽起,数刻而息。上午写小楷百字。下午续昨课未竟。

二十六日(7月9日) 晴。下午明弟来长谈,佐翁自苏返馆。灯下温《甘亭文集》二首。

二十七日(7月10日) 晴。续完前日课文,誊诗文各一首。接衡如书。灯下温《甘亭文集》四首、管稿十三首。

二十八日(7月11日) 晴。下午温熟文五首,写小楷百廿字。偶检得旧时闱中策题,戏与屋庐、大兄拟对数条。灯下温熟文五首、管稿四首、《甘亭文集》二首。

二十九日(7月12日) 晴,午后阵雨,骤凉。写小楷百廿字,温熟文十首。灯下温《甘亭文集》四首、管稿九首。

六月初一日(7月13日) 辛亥,晴,阴雨,凉甚。下午小楷百廿字,至六叔处谈。灯下温《甘亭文集》二首、管稿四首。

初二日(7月14日) 晴,微阴,夜雨。上午屋庐至黎,赴悟竟会席,写小楷百廿字,读《天崇文》十遍。下午录经文一首,读十遍,看戊子闱墨经艺数首。灯下温《甘亭文集》二首、管稿四首、熟文四首。

初三日(7月15日) 晴,热甚。下午写小楷百廿字,读《天崇文》十遍、经文十遍,温熟文四首,看戊子、己丑闱墨。灯后屋庐自黎还,阵雨适至,风雷交作。温《甘亭文集》二首、管稿四首,作书致定甫。

初四日(7月16日) 晴。下午明弟来谈,写小楷百廿字。灯下温《甘亭文集》三首、管稿四首、熟文二首。

初五日(7月17日)　晴。下午阵雨大作,作切问课:"'大哉孔子'至'吾何执'",仅成一讲。灯下温《甘亭文》二首、管稿五首。

初六日(7月18日)　阴晴参半。下午至兰叔馆中,并晤六叔。灯下作书致衡如,温《甘亭文》二首、管稿四首。

初七日(7月19日)　晴。下午明弟来谈,接定甫复书,续前日课文未竟。灯下温《甘亭文》二首、管稿四首。

初八日(7月20日)　风雨凉甚。下午续前课中二比。灯下温《甘亭文》二首、管稿四首。

初九日(7月21日)　晴。下午续完前日课文。灯下温《甘亭文》三首、管稿四首。

初十日(7月22日)　晴。交大暑节。下午誊书院课,明弟来谈。灯下温《甘亭集》两首、管稿五首、熟文二首。

十一日(7月23日)　晴,风甚凉。上午写小楷百十字,看己丑闱墨,作一起讲题:"滕文公问为国,孟子曰民事不可缓也"。下午录经文一首,读十遍,读四书文十五遍。灯下温熟文九首、《甘亭集》二首。

十二日(7月24日)　晴。上午书小楷百四十字,作一起讲,题:"子曰甚矣吾衰也"一节。下午明弟来谈。与屋庐至兰叔馆中,并晤六叔。灯下温《甘亭文》二首,熟文四首。

十三日(7月25日)　晴。下午作一起讲,题:"舜流共工于幽州"四句。六叔来谈。灯下看己丑闱墨,温熟文八首、《甘亭文》二首。

十四日(7月26日)　晴。上午写小楷百廿字,温熟文四首。下午作经文成一讲,题:"参差荇菜,左右流之"。

十五日(7月27日)　晴。下午续昨课未竟。灯下温熟文九首、《甘亭文》五首。

十六日(7月28日)　晴。下午明弟来谈,续昨课未竟。忍安自苏来,留宿西书房。灯下温《甘亭文》二首、熟文四首。

十七日(7月29日)　晴。上午忍安至黎。下午续完昨课,誊真一叶。灯下温熟文八遍、《甘亭文》二首。

十八日(**7 月 30 日**) 晴。下午隶书折扇半页。新制碧纱橱成，由厔庐转托汝舫莲兄代制者，昨晚运归，试张于荣桂堂右室，婆娑其间，从此可无蚊患。仅费番银六圆而为用无穷，皆良友所赐也，喜而书之。灯下温《甘亭文》二首、熟文四首。

十九日(**7 月 31 日**) 晴，午后阴雨。楷书折扇半叶，至六叔处长谈。灯下温《甘亭文》三首、熟文二首。

二十日(**8 月 1 日**) 晴，阴，微雨连日。夜间时觉形寒，昨夜寒热交作，至晚始退，精神殊形委顿。下午明弟来谈。

二十一日(**8 月 2 日**) 晴。下午誊经文半叶。傍晚至兰叔馆中，并晤六叔。灯下作书致定甫，温熟文七首。睡后微寒热。

二十二日(**8 月 3 日**) 晴。寒热未净。下午誊经文半叶。灯下温《甘亭文》二首、熟文五首。

二十三日(**8 月 4 日**) 晴，阴雨。下午至六叔长谈。夜间略有不适。

二十四日(**8 月 5 日**) 阴雨，凉甚。下午瑞弟来谈，即去。看《萤窗异草》二卷。

二十五日(**8 月 6 日**) 阴。中午祀先，冯太孺人忌辰也。下午誊经文二叶。

二十六日(**8 月 7 日**) 晴。上午同厔庐至周庄，厔庐至逸伦处，余赴何氏女医治目疾。少顷厔庐、逸伦同来，同至酒肆。午餐饭后逸伦别去。放舟至雪，厔庐登岸，泽益至舟，少坐即别去。余遂返棹，抵家未晚。舟中看《萤窗异草》二卷。是日立秋。

二十七日(**8 月 8 日**) 晴。下午写小楷二百四十字，至兰叔馆中谈，即还，六叔来长谈，接定甫信。灯后骚庐自苏来。接衡如信。

二十八日(**8 月 9 日**) 晴。下午检点行箧，作书致衡如、厔庐。

二十九日(**8 月 10 日**) 晴。午刻厔庐同赓生来。饭后赓生即去。明弟来长谈。作书致静庵。

三十日(**8月11日**) 风雨，甚凉。上午�庐至黎。下午补廿六以下日记，写小楷百廿字，收拾行囊。灯后屋庐自黎还，温汪稿五首。

七月初一日(**8月12日**) 辛巳，晴。闻六叔昨日忽患寒热，颇剧，午后往视，热已退净，惟觉委顿异常，省试本拟初三开船，因此须展缓一日。谈至傍晚始返。灯后温汪稿五首。午前在灶神前及两处家祠内拈香。

初二日(**8月13日**) 晴。午后至六叔处问疾，知寒热已止，胃纳稍可，委顿依然，因拟展至初五开船。少坐即还。试船前托衡如代雇，廿九日命舟至城领之至乡，今晨放到。船票前由骚庐带来，系三舱，南湾子船户朱锦瑞包定，来还价洋三十九元，惟酒钱不在内。

初三日(**8月14日**) 阴晴不定，微雨。上午屋庐昆季还雪。午后明弟来谈，收拾行箧。微有寒热，略睡即愈。灯下记行李账，补初一至今日记。

初四日(**8月15日**) 阴雨。上午在灶神前、家祠内拈香。下午检点行箧，安顿船上。六叔来，少坐即去，余复往谈。傍晚迟屋庐不至，其行李在胜者，代为运置船中。灯后屋庐、骚庐同来，骚庐留宿西书楼，余与屋庐、六叔宿船中。

初五日(**8月16日**) 晴，热。清晨开船，五点钟抵苏，泊舟胥门外大码头。古封、姚里仁至舟，知衡如近患时疾颇剧。里仁先去。傍晚陈次愚至舟，少坐即邀同人及古封至昇园洗澡。余与屋庐先至协和庄视衡如疾，身热未退，神识尚清。略坐即至昇园，十点钟始出。古封宿庄上，余等三人及次愚各还船。

初六日(**8月17日**) 晴，热甚。午后余与同人登岸，至庄上小坐，六叔唤肩舆至李朴臣处诊。余与屋庐至章式之处，未值，出至观前，在松鹤楼午饭，饭后至咸恒泰，六叔亦至。傍晚始出，略购物件，六叔先还。余与屋庐复至式之处，即出见，坐谈良久方还。过芸兰阁，少歇。过凤池，复入啜茗，遇次愚、里仁。六叔在庄上，遣陈仆持灯来接，乃还。六叔即出城，余与厔庐在庄上夜饭，饭毕又至衡如病榻前小坐。将出，适姚容安来，复留片刻，始欲出城，而门已封锁，时实子初耳，唤之不应，仍还庄上。复坐良久，乃唤小舟，拟绕道出闾门，行半里许，适城中火警，鸣锣四出，讹传胥门城已开，庄上人奔相告，复舍舟登陆，狂奔至城，则鱼钥依然，懊恨而还。仍以小舟至闾门，水关委员邵子仪二尹与衡如、骚庐均相熟，乃得呼门者启关而出。至舟已三点钟，比寝则天明矣。

初七日(8月18日)　上午大风雨。午后次愚以舟来邀游吉公祠，乃移舟至闾门，即乘其舟入城。至沧桥浜，次愚至舟，复折出城。过水关并邀邵子仪同至吉公祠，次愚设席，其中同席者余等三人及子仪、徐慰之并主人都六人。薄暮始归，慰之另舟先去，子仪至水关登岸，余等三人复赴次愚夜席。至张翠玉校书家，鲍南屏、朱翰清、诸仲迟、沈霁臣、汪翰臣、周紫垣先后至席。散后余与六叔至蔡月仙校书家，厔庐、次愚赴周紫垣席，少顷亦来。次愚先还张家，复以舟来送余三人出城。适值大雨，归舟已二点钟矣。

初八日(8月19日)　晓发，终朝微雨。暮泊无锡北门外，清理买物账目。

初九日(8月20日)　阴雨。晚抵常州，泊北门外。写小楷百廿字。灯后温熟文八首，《甘亭文》两首，补初四、五、六三日日记。

初十日(8月21日)　阴，午后放晴。晚泊丹阳北门外，六叔、厔庐入城访徐藻涵先生于学舍，余未及晤。写小楷百廿字，补初七至今日记。灯下看汪稿一首，温熟文八首，《甘亭文》二首。

十一日(8月22日)　晴。午后写小楷二百四十字。傍晚抵镇江，与同人登岸，散步江滨，至醉月楼小酌，亥刻归舟。作一小讲，题："巧言令色鲜矣仁"一章。上午略受风寒，小有不适，至是体中发热，睡后热甚，不能安寐。

十二日(8月23日)　晴。昨夜略有微汗，热仍不解，胃纳大减，午后热势大炽，蒙被而卧，久之始得畅汗，入夜，热渐凉退。是晚泊舟龙潭。

十三日(**8 月 24 日**)　晴。身热已退,疲乏异常。是日东风甚利。下午至水西门,屺庐为余拟方,多疏表清热之味,但城外荒凉,药品极低,如未服也,夜间复患体热。

十四日(**8 月 25 日**)　晴。身热未净,午后六叔、屺庐入城赁寓,余拟在舟养息,乃同人甫去,而热复大炽。幸午后得汗甚畅,始渐解退。傍晚入城之仆回舟,知寓已赁,定在利涉桥丁官营巷口施宅,即雇肩舆抵寓。寓两间,连厨房,有后门可出入,价二十元。灯下六叔作家书寄大哥,余略书数语同寄。

十五日(**8 月 26 日**)　晴。热势渐退,惟当心及脊背时时焦热,屺庐为再拟方,用青蒿、山栀等味。下午钱少江来,回贡监照三纸。傍晚帆鸥来。

十六日(**8 月 27 日**)　晴。日来夜寐不安,烦躁殊甚,复倩屺庐改方,加用安神泄肝之品,午后体中微热,得汗即愈。亦园、赓生来。

十七日(**8 月 28 日**)　晴。昨夜因服青麟丸,遂致便泄,惟不甚爽,腹中微痛且时时鸣响,服七液丹,夜间仍服屺庐原方。是日补岁考,屺庐天未明即起,与赓生、同伴中朱仲平同舟去,五点钟出场,精神甚乏。题:"为之者疾";经题:"君子察于此三者可以有志于学矣";诗题:"'江涵秋影雁初飞'得'涵'字"。灯后赓生来。

十八日(**8 月 29 日**)　晴。腹泻稍止,日来浮热渐退,胃纳稍复。是日苏松太录遗,六叔、屺庐天明时同去,六点钟出场。文题:"'公则说'至'屏四恶斯可以从政矣'";策题:"西汉官制多同于秦,其见于《汉书·百官表》者,能详述之欤";诗题:"'浴鸟上松根'得'松'字"。屺庐精神较胜于昨,可喜也。

十九日(**8 月 30 日**)　晴。屺庐复为余改方。午后张桓伯、王冠山来,均少坐去。帆鸥来,粥后去。

二十日(**8 月 31 日**)　晴。是日始下榻。与六叔屺庐同馆,诸恙尽去,惟精神未复耳。此次患病,热势过盛,且在客中,苟非同伴竭力调护,岂能如以安然就愈耶?良友多情,何殊骨肉,受惠之深,惟有铭感而已。午后微雨,陆恂丈同俞寿云来,即去。桓伯来,粥后复谈良久始去。

二十一日(9月1日) 雷雨。午后作家书并致忍安书。赓生来。灯后桓伯来。

二十二日(9月2日) 雨。下午蔼人母舅、亦园、赓生同来。去后作一起讲,题:"子曰雍之言然"。写小楷二百八十字。灯下看汪稿一首,补十一至今日记,温熟文九首。

二十三日(9月3日) 晴。上午赓生同元简师来。下午桓伯来,钱少江来,帆鸥来,即同帆鸥、六叔、屋庐至问渠茶肆,到寓后第一日出门也。傍晚余同帆鸥先还,帆鸥粥后去。今日共写小楷四百四十字,温熟文六首。

二十四日(9月4日) 晴。午后写小楷百二十字,作一小讲,题:"'充实之为美'至'二之中'"。看汪稿两首。帆鸥、益谦、亦园、赓生、冠山、桓伯、咏池、爕卿先后来。灯后式如来长谈。

二十五日(9月5日) 晴。午前赓生来。午后冠山来长谈,写小楷百二十字,收拾考具。八点钟即睡。

二十六日(9月6日) 阴晴参半。是日俊秀录遗,余一点即起,三点时雇小舟与帆鸥、爕卿同去。四点登岸,适遇大雨,衣服尽湿。五点进场,与帆鸥、冠山、李叔夔同在西文场,四人并坐一处。七点出题,文:"莫大乎尊亲"三句;策问马政;诗:"'畏人嫌我真'得'真'字,六韵"。默圣谕四行有余。五点放头牌,王、李二公同出;六点放二牌,余与帆鸥同出场,规极宽,并不盖戳,各场皆然。余精神尚可支持,雇肩舆还寓,途遇清臣,因同至寓少坐,渠今日方至也。夜间录场作,房主人施植云来谈,睡已一点钟矣。

二十七日(9月7日) 阴雨,时有雷声。逾午始起,精神转觉委顿。清臣、文之来同中饭,饭后紫瀛、帆鸥来,蔼母舅、赓生来,桓伯来,薄暮均散。桓伯复同冠山来邀六叔去,三鼓而返,余与屋庐已入睡乡矣。夜雨甚盛。

二十八日(9月8日) 阴雨。下午作书致大兄,并致书忍安,托其转寄书,甫就,接到大兄廿四书,骇悉黻二伯母于廿三日辰刻去世,素体甚健,此变殊出意外,可诧可叹。傍晚帆鸥来,粥后去,余于场前因夜间受寒致患伤风,进场时复受风寒,伤风加剧,连日傍晚时微有寒热,逾时即止,因倩屋庐开方,以疏散为主。

二十九日(9月9日) 风雨。午后清臣、文之来。复大兄信,与昨函同寄。今日伤风略愈,仍服原方。植云来谈。灯下补廿四至今日记。

八月初一日(9月10日) 庚戌,阴雨。午刻清臣、文之来同饭。午后接大兄廿四灯后书,录经文篇半。晚清臣复来,夜粥后又谈良久去。文之复来,即去。下午桓伯来邀六叔去,二鼓返寓。

初二日(9月11日) 晴。上午钱少江送录遗案来,屋庐正取弟二,六叔次取十六,余得正取俊秀案,阖属统排,未悉名次。亲友中惟赓声以先补诗草未取,甚为焦闷。午后文之、清臣来,子英、帆鸥来。傍晚赓声来。灯后赓声、文之、清臣复来。作家书并书忍安托其代寄。

初三日(9月12日) 晴,热甚。午前渊如、蓉生、乾生来。午后蔼母舅来,文之、清臣来,同余及屋庐往候孙伯南,少谈即出。至得月台茶,冠山、桓伯亦至,至薄暮而散,清臣同还寓。黄昏文之复来,沈翰清来。

初四日(9月13日) 晴,更热于昨。午前陆寿丈、恂丈来少坐,钱少江来同午饭。午后蔼母舅、咏池、帆鸥来,清臣、文之来。清臣留,同夜粥。粥后文之复来,金朗伯、亦园来。知赓生已得补取,喜甚。补初一至今日记。

初五日(9月14日) 阴雨。清臣来。午后同六叔、屋庐、清臣至东牌楼,还至状元境,略买物件。归途过问柳,小酌已灯后矣,微酣而返。夜间复寒热。

初六日（9月15日）　阴。午后文之同伯南来。是夜复有寒热。接大兄初二日书。

初七日（9月16日）　阴。午前吴渭滨同起伙友某来，清臣、帆鸥来，均同饭。蔼母舅、文之来。傍晚收拾考具，夜半部署始定，乃卧。

初八日（9月17日）　阴。午刻进场，仆人送至号舍，铺陈甫毕，大雨骤至。余坐东文场"露"字三十一号，六叔坐"列"字号，庢庐坐西文场"宙"字号。六叔、庢庐、清臣均来号略谈，傍晚封号。是日点名处人极拥挤，余夹袋中对时表竟被剪绺攫去。夜间忽患泄泻共四五次，四鼓始睡，复起一次，加以夜雨不止，须过七十余号方致号底，以致狼狈不堪，虽带有药物，服之毫无效验。丑刻出题，首："子曰巍巍乎舜禹之有天下也"两章；次："上律天时"；三"何独至于人而疑之"两句；诗："'江上晴云来北固'得'云'字"。

初九日（9月18日）　晴。睡至辰刻始起，泄泻两次，傍午始得自愈。午刻动笔，至晚成首艺，夜半成次艺，就枕略睡。

初十日（9月19日）　阴。卯刻起，上午成三艺。清臣、帆鸥来号，即去，亦园自庢庐号中来，以其诗稿付余，喜甚。至酉初真草俱毕，交卷后至庢庐、六叔处少谈。收拾出场，薄暮抵寓，精神委顿之至。回思初八夜间光景，但能勉强终场已为大幸，文字潦草不暇顾矣。灯后六叔、庢庐相继出场，身体亦皆疲乏。赓生、亦园来谈。收拾二场考具，夜半始睡。

十一日（9月20日）　晴。上午忽发肝疾。服栀楠、郁金得愈，托赓生接卷，午后进场。余坐西文场"吕"字八十二号，庢庐坐"水"字号，六叔坐东文场"日"字号。庢庐、清臣均来略谈，余未尝出号一步。灯后作家书，三鼓就枕。丑刻出题，《易》："备物致用"三句；《书》："朔南暨"；《诗》："倬彼云汉，为章于天"；《春秋》："齐人伐山戎，庄公三十年"；《礼》："五味，六和，十二食，还相为质也"。

十二日(9月21日) 晴。辰刻起,至晚成两篇而誊真,灯后成三篇,就枕已五鼓矣。

十三日(9月22日) 阴。辰刻起,至厓庐处,即回,赓生来号略谈。至四点真草俱毕,至厓庐处,即出交卷,后复至六叔处。出场较昨略早,厓庐、六叔亦相继而出,精神均少胜。亦园、赓生来,蔼母舅、文之来,均少坐去。收拾三场考具,十一点就寝。是晚接大兄初六日书,闻丽臣姨丈病危。帆鸥于初十出场,及接电音即乘轮遄返。

十四日(9月23日) 晴。文之代为接卷,午后进场。余与六叔、厓庐均坐东文场"珠"字号,同号又遇衡士、益谦二人。诸师、陆寿丈、蔼母舅、清臣、文之、赓生均来号。封号极早,随即打戳,丑刻出题,首经学,次元史,三音律,四番书,五目录。

十五日(9月24日) 晴。昨晚夜睡不酣,热,五鼓即起,清臣开号门,赓生、蔼母舅、清臣、文之均来同号,各任翻阅抄写,衡士亦与其役。方检得一二条,余忽发肝疾,服枷楠、郁金,均无效。天气蒸热异常,汗下如雨,竟日局卧号中。至夜稍闲,收拾就枕已二鼓矣。

十六日(9月25日) 晴。晨起,肝疾渐愈,遂以空策草草完卷,四点出场,尚能勉强支持。厓庐诸人均至,夜半出场。清臣、文之留寓同宿,余与厓庐同宿。

十七日(9月26日) 雨,晴。清臣早去即动身,文之去而复来,蔼母舅同来。收拾行李。灯后作家书,与前书同寄。

十八日(9月27日) 雨。收拾行李,午后先遣仆人押至船上,船泊水西门。余与六叔、厓庐乘款船,出城已薄暮矣。江左书、林中堂友、凌锦源附舟至苏。

十九日(9月28日) 阴雨。开船至燕子矶,阻风。

二十日(9月29日) 阴雨。东风狂甚,仍不得渡。读《稗史》消遣。

二十一日(9月30日) 阴雨。风轻,清晨渡江,暮抵京口。同六叔、厓庐至醉月楼茗,出至鹤鸣园小酌,归舟已更余矣。

二十二日(**10月1日**) 阴雨。夜泊吕城。

二十三日(**10月2日**) 阴雨。午刻抵常州，屋庐遣人邀夏佩镛至舟，同入城买梳笼，归即解维。赓生舟亦至，略晤谈。夜泊丁堰，离常九里耳。

二十四日(**10月3日**) 阴。午刻抵无锡，泊舟惠山下。下午雨，同屋庐、六叔折巾着屣以游，过漪澜堂，临第二泉，又登云起楼品茗清坐，适定夫、清臣亦至，憩谈良久，至暮而归。

二十五日(**10月4日**) 阴。午后过浒关，泊舟买席，少顷即开，黄昏抵苏。补初五至今日记。作书致忍安。

二十六日(**10月5日**) 晴。下午骚庐来船少坐，四人同入城买物。傍晚骚庐邀至吴月珍校书家夜宴，坐无他客。席散后，次愚、衡如自光福来。屋庐复邀至蔡桂英校书家，并邀沈霁臣，同席共七人。回船已四鼓矣。

二十七日(**10月6日**) 晴。移泊胥门外。午前衡如至船少坐，同至庄上晤姚容安。余与六叔雇肩舆至李朴存处就医，出至观前，在酒肆午饭。饭后适次愚，衡如寻踪而至，遂同至汇金泉洗澡，屋庐亦由胥门来，傍晚骚庐亦至。次愚、衡如先去，抵暮，六叔、骚庐亦去，均至阊门。余与屋庐复少坐方回，至庄略歇即还船。姚容安来。

二十八日(**10月7日**) 阴，晚雨。六叔昨夜宿庄上。清晨登舟即解维，午傍过同里，绕道过雪，屋庐登岸，旋即开行。抵家尚早。慈亲复患间日疟，大哥曾患寒热，亦未复原。二妹十八来溪。大姊至莘，今日去载，晚前来。灯后至六叔处。

二十九日(**10月8日**) 阴晴参半。慈亲疟来甚早，寒轻热重。

三十日(**10月9日**) 晴。午后董湄丈来为慈亲复诊。夜雨。

九月初一日(**10月10日**) 庚辰，风雨。午前在灶神前、家祠内拈香。午后至六叔处谈。灯下作书致屋庐、衡如、骚庐、清臣。慈亲今日疟来更早，天未明时即略觉形寒，日间热势仍炽。

初二日(**10 月 11 日**)　晴。清臣来,留宿。午后董湄丈来复诊。

初三日(**10 月 12 日**)　晴。昨夜黄昏后慈亲疟疾即发,形寒甚微,热势炽甚,烦躁异常,至今日午前热始迟寒,复延湄丈复诊,上午即至。

初四日(**10 月 13 日**)　晴。清臣、二妹还黎。夜间慈亲体热略减于昨。

初五日(**10 月 14 日**)　晴。接衡如信。午后湄丈来复诊。六叔来谈。屋庐来,留宿书楼。灯后作书致衡如、清臣、蔼人母舅。

初六日(**10 月 15 日**)　晴。午后接蔼母舅复书。六叔来谈。夜间慈亲体热渐轻。

初七日(**10 月 16 日**)　晴。午后屋庐还,六叔来谈,湄丈来复诊。夜间慈亲复觉体热。

初八日(**10 月 17 日**)　晴。作书致清臣。慈亲复患体热,兼因受寒,咳呛甚剧。

初九日(**10 月 18 日**)　晴。午后二妹来。慈亲仍患体热,咳呛。

初十日(**10 月 19 日**)　晴。下午湄丈来复诊,慈亲仍患体热咳呛。

十一日(**10 月 20 日**)　晴。夜间慈亲复患形寒体热,今日咳呛渐止。补廿六至今日记。

十二日(**10 月 21 日**)　晴。下午六叔来长谈。作书致清臣。夜间慈亲体热甚微。

十三日(**10 月 22 日**)　阴晴参半。下午慈亲复患形寒体热。作书致舅父。

十四日(**10 月 23 日**)　阴。交霜降节。慈亲寒热未来,咳呛转甚,时觉气逆自汗。灯后董梅丈来复诊。

十五日(**10 月 24 日**)　晴。下午瑞弟来长谈,接清臣信,作书致侣笙丈,慈亲略有寒热。灯后写小楷一百字。看《笔花医镜》一卷,归安江函敦著。

十六日（10月25日）　晴。下午得苏家港外祖母凶问，于今日寅时去世。六叔、瑞弟来长谈。

十七日（10月26日）　晴。下午至苏家港探丧，留宿。

十八日（10月27日）　晴。未刻送外祖母入殓，后即开船，抵家尚早。屋庐在座，昨日来。

十九日（10月28日）　晴。下午慈亲微有寒热。六叔来长谈。梅村丈来复诊，余因目疾屡发，时觉肝脾不和，亦求定方。

二十日（10月29日）　晴。接骚庐信。作书致衡如。下午屋庐至苏。写小楷一百字。

二十一日（10月30日）　晴。下午至苏家港留宿。

二十二日（10月31日）　晴。上午得榜信，知仅中震邑曹胡钰。下午送外祖母出殡后即开船，抵家傍晚。

二十三日（11月1日）　阴晴参半，午雨。午后至黎里，瑞翁附舟解馆。抵黎后即至侣丈处略谈。与清臣同至挹山处。夜饭后清臣即去，余遂留宿。

二十四日（11月2日）　晴。是日徐斌之吉期，余道贺后即至顾宅贺屏伯父家大妹出阁之喜。垂叔昨日方到，并晤斐卿、仲花。下午至侣丈处长谈，夜仍宿挹山处。

二十五日（11月3日）　晴。下午回家，慈亲日上诸恙均退，忽患脾泄腹痛，梅丈今日曾来复诊。接屋庐信。

二十六日（11月4日）　晴。慈亲泄泻已止，腹痛未愈。下午明、瑞两弟来长谈。

二十七日（11月5日）　晴。慈亲腹痛渐止。下午六叔来长谈。

二十八日（11月6日）　晴。下午梅丈来复诊，明弟来长谈。灯下写小楷一百字。

二十九日（11月7日）　晴。今日立冬。慈亲复患伤风、咳呛，暂停服药。下午六叔来长谈，接屋庐信。灯下写小楷一百字。

十月初一日(11月8日) 己酉,阴晴参半,大风。接清臣信。中午祀先。下午明弟来长谈。灯下写小楷一百字。

初二日(11月9日) 晴。下午大哥同明弟至黎,瑞弟来长谈,厎庐来留宿。慈亲伤风渐愈,复发痰咳气逆旧恙。

初三日(11月10日) 晴,大风。

初四日(11月11日) 晴。午刻大哥自黎返,夜与明弟宿舟中,明日同往苏。下午梅丈来复诊。

初五日(11月12日) 晴。下午至瑞弟处。

初六日(11月13日) 晴。下午六叔来长谈。

初七日(11月14日) 晴。灯下写小楷一百字。至六叔处谈。慈亲因感受风寒复有寒热。接大哥信。作书致衡如、大哥。

初八日(11月15日) 晴。下午瑞弟来谈。明日放舟至苏载明弟,厎庐与六叔拟附舟同往,今夜宿舟中。慈亲仍有寒热。

初九日(11月16日) 晴。下午陈少山来为慈亲处方,后大姊亦请定方。灯下写小楷二百字。

初十日(11月17日) 晴。慈亲略有寒热,咳嗽加甚。灯下写小楷一百字,看《笔花医镜》。

十一日(11月18日) 晴。慈亲略有寒热,兼发肝气。下午明弟来谈。作书致陈少翁。

十二日(11月19日) 晴。慈亲咳呛略减,痰状,气逆加甚,通身酸热,盗汗较多,胃纳较减。午后陈少翁来复诊,仍用消痰降气之剂,未知能应手否?焦灼之至。灯下作书致赖嵩兰、陈少山。

十三日(11月20日) 晴。朝上命舟至珠家阁请赖嵩兰,顺道先至金泽请陈少山。下午少山来复诊,仍用前法,略加纳气药。二鼓嵩兰始至,门人沈朗为同来,定方以摄纳肾气为主,参入理肺化痰之吕,余因目疾亦请定方。为具夜膳,膳后下船,已三鼓矣。作书致大哥,明日放舟去载。

十四日(11月21日) 晴。下午明弟来谈。慈亲今日服嵩兰方,日上痰出甚多而气仍不降,俯不能仰,日夜隐几而卧,时易汗泄,胃纳愈少,胸胁酸痛稍止,复患喉痛,肌肉尽削,神衰力涣,病势日深,惶急之至。接舅父书,即作复函。

十五日(11月22日)　阴,大风,骤寒。交小雪节。作书致嵩兰,明日请渠复诊,慈亲今日仍服前方。

十六日(11月23日)　晴,风。午后大哥自苏还。慈亲今日仍服前方,大便不行已五六日,昨日始解,今日忽患泄泻,本止一次,腹中微痛,迟嵩兰不至,黄昏接回信,知须明日来矣。

十七日(11月24日)　晴,风。午后六叔、明弟来长谈。慈亲仍服前方,日上痰出稍爽,气逆略平,今日因火升烦躁,入夜始得安睡。二鼓嵩兰来复诊,仍用前法,出入略加健脾药。明弟灯后复来,亦请定方。饭后下船,已夜半矣。

十八日(11月25日)　晴。作书致少安。

十九日(11月26日)　晴。夜间微有寒热,头痛。

二十日(11月27日)　晴。

廿一日(11月28日)　晴。作书致陈少山,拟明日去请,慈亲服嵩兰方已四剂,胃纳大开,诸恙渐平,惟喉痛未止,痰日少而咳特甚,兼发晶疮。

廿二日(11月29日)　晴。午后陈少翁来复诊,处方咳药并赠余眼药,前以曾三取试敷,颇有效。大姊亦复诊。慈亲今日因略觉劳动,微有寒热,兼患头痛,及于巅顶,本逾时即愈,今日停药。作书拟明日去请嵩兰。

廿三日(11月30日)　晴。午刻清臣、二妹来问疾,饭后清臣即去,二妹留此。傍晚至明弟处,瑞弟亦见。是夜迟嵩兰不至。

廿四日(12月1日)　晴。下午明弟来谈。作书上舅父、致唐凤梧。慈亲停药已三日,喉痹时痛时痒,痒则咳甚,舌亦时痛,睡后顿觉口渴。二鼓嵩兰始至,处方仍以培土保金、育阴潜阳为法,大姊、明弟、逢泉均附诊,去已夜半后矣。

廿五日(**12月2日**)　阴,晴。接厍庐信。

廿六日(**12月3日**)　晴。作书致厍庐。

廿七日(**12月4日**)　晴。下午明弟来谈。

廿八日(**12月5日**)　晴。慈亲喉痛如故,痰发不爽,大便略觉干结,小溲频数短而不整,请董梅丈诊治,以毓阴潜阳、清肺化痰为法。灯下看《灵胎本草百种录》。大姊至莘,即还。

廿九日(**12月6日**)　晴。下午六叔、明弟来长谈,接舅父书并人参参须、阿胶等。是日交大雪节。

三十日(**12月7日**)　晴。下午明弟来谈。灯下作书上舅父,托少安转寄。

十一月初一日(**12月8日**)　己卯,晴。作书上舅父,接舅父廿六日信并洋参、燕窝等。灯下看《本草百种录》。

初二日(**12月9日**)　晴。夜饭会酌,共八人,雪生,张先生,六叔,明、瑞、小三弟及余兄弟也。饭后六叔及明、瑞两弟长谈,久之始去。补廿四至今日记。

初三日(**12月10日**)　晴。下午六叔来长谈。灯下作书致唐凤梧,看初一《申报》、廿二《京报》。

初四日(**12月11日**)　晴。下午作书致舅父。灯下看初二《申报》,廿三、四、五日《京报》。

初五日(**12月12日**)　晴,风。下午接衡如信。灯下看初三、四《申报》。

初六日(**12月13日**)　晴。夜饭会酌,雪生,六叔,明、瑞两弟及余兄弟共六人,饭毕即散。

初七日(**12月14日**)　晴,风。收拾行李,拟明日至苏。

初八日(**12月15日**)　阴,大风。朝饭后开船抵同,泊舟已灯后矣。

初九日(**12月16日**)　晴。午后至苏,泊舟石岩桥,至协和庄,询知厔庐昆季均已还雪,衡如因乃翁新故在乡,约日内上来。少坐即至市上买物,归途在茶寮小憩,傍晚回舟。

初十日(12月17日) 晴。午前雇轿至观前买物,在汇金泉洗澡。傍晚回庄,衡如已至,闻在申园,即往候,坐谈片刻,同至酒肆。夜饭共三人,一冯姓,半醉而归。

十一日(12月18日) 晴。朝上衡如至舟略谈即去。饭后开船,晚前至同泊舟。

十二日(12月19日) 晴。上午至雪,厔庐昆季至舟相会,午后别去,随即开行,抵家未晚。慈亲喉痛已止,满舌生疮,痛甚,今日稍缓,微觉气急力涣。严瑞翁初九解馆。清臣是日自莘来胜,留宿书楼。接舅父、厔庐信。

十三日(12月20日) 晴。清臣、二妹还黎。灯下作书致厔庐昆季。

十四日(12月21日) 晴。下午六叔、明弟来谈。是日交冬至节。中午祀先。

十五日(12月22日) 晴。

十六日(12月23日) 晴。严瑞翁到馆。

十七日(12月24日) 晴。上午舅父自莘来,即至梓树下,下午回来,慈亲、大姊各定一方,留宿书楼,余出陪侍。午前梦鸥来,饭后至明弟处留宿。六叔来,即去。

十八日(12月25日) 晴,风。朝饭后舅父回莘,大姊同去。下午六叔、瑞弟来谈。

十九日(12月26日) 阴,大风。饭后武佐翁自苏来饭。

二十日(12月27日) 晴。下午厔庐自莘来,润甥同来,留宿书楼。大姊回来。作书致挹山、衡如。

廿一日(12月28日) 雨雪。厔庐回去。接挹山信。

廿二日(12月29日) 晴。下午六叔来长谈。

廿三日(12月30日) 晴。下午明弟来谈。灯下补初六至今日记。

廿四日(12月31日) 晴。今日为王考忌辰,中午设祭。

廿五日(1894年1月1日) 晴。下午挹山来,留宿书楼。灯下作书致厔庐。

廿六日(1月2日) 晴。挹山还去。大姊至雪。下午明弟来谈。接厔庐复信。灯下看钮玉樵《觚剩》五卷。

廿七日(1月3日) 晴。灯下作书致定夫,看廿四《申报》,初七、八、九《京报》,看《觚剩》三卷。

廿八日(1月4日) 晴。灯下看《觚剩续编》四卷。

廿九日(1月5日) 晴。下午大姊自雪还。接骚庐信。明弟来谈。

三十日(1月6日) 阴。灯下写信致悟竟。

十二月初一日(1月7日) 己酉,阴,大风。午前敏农自同来,留宿书楼。下午至东宅,至亲约已到齐。是夜待司表,夜饭后还来。作书致厔庐昆季。

初二日(1月8日) 晴。晨起忽发肝疾。是日黻二伯母开吊,勉往应酬,未晚即还。接沧母舅信。

初三日(1月9日) 晴。是日为焕哥补行开吊,仍往应酬。回来甚早。作书致沧母舅。

初四日(1月10日) 晴。上午尔安自雪来,接厔庐昆季信,即去。是日黻二伯母安葬于大义圩,同大哥往送,回来已逾午矣。灯下作书致尔安、赖嵩兰、衡如。

初五日(1月11日) 晴。中午祀先,至东宅午饭。傍晚回来,看初二、三日《申报》、十六、七、八日《京报》。灯下作书致舅父,补廿八至今日记。

初六日(1月12日) 晴。大姊至莘。下午明、瑞两弟来谈。

初七日(1月13日) 阴,大风。下午六叔来长谈。看初四、五日《申报》，十九日《京报》。接衡如信。

初八日（1月14日）　阴。慈亲日上复发咳呛，气急。

初九日（1月15日）　阴，微雨。下午明弟来长谈。大姊自莘还。

初十日（1月16日）　晴。上午至黎，赴挹山会席，骚庐已先至，席罢邀至舟中长谈。是夜同宿挹山斋中。

十一日（1月17日）　阴雨。下午同骚庐还，灯后抵家。慈亲复发痰喘旧恙，因停补剂，止服参须，略加化州橘红。

十二日（1月18日）　阴。下午骚庐回雪。

十三日（1月19日）　阴。大姊至莘。夜半慈亲忽觉寒冷，甚至战颤，逾时乃止。此系从前产中所得之症，时时间发。

十四日（1月20日）　晴。接屋庐信。下午明弟来略谈即去。灯下作书致屋庐。夜半慈亲睡中忽觉气逆，随即起坐吐稠痰多口，气乃徐平。

十五日（1月21日）　阴。今日交大寒节。傍晚挹山来，留宿书楼。

十六日（1月22日）　晴。午后挹山至雪。至明弟处谈。

十七日（1月23日）　阴。下午明弟来谈。夜间翻阅《圣武记》《东华录》。

十八日（1月24日）　阴雨。前两日慈亲仍服前方而气逆加甚，并发喉癣、肝气等症，今日复停药。下午挹山自雪还，留宿书楼。

十九日（1月25日）　阴。下午挹山还黎。梅村来为慈亲诊治。明弟来长谈。午前大姊自莘还。本路钱少江来发还乡试卷，出十六房，同知衔江苏试用知县邓遗经荐，头场批："首艺以禅受诘题，词严义正，寄托遥深，以有根柢，三有机势，诗谐"；二场批："五艺皆整齐严肃，焕乎有章"；三场批："略不伤气"；堂批："清畅无疵"。并见荐卷。单江震共二十人。江十三人：沈维钟、王偕龙、金祖泽、金洽恒、沈恩培、王森宝、杨明善、蔡寅、柳慕曾、陆椿、倪祖培、凌昌炘、顾绍康;震七人:陆昆勋、凌树谟、凌应霖、周宝贤、王榜第、王赓飚、汝仁凤。灯下看初六、七日《申报》,十九至廿一《京报》,作书致厓庐。

二十日(**1 月 26 日**)　阴,夜雪积寸许。夜饭设席宴两先生。灯下看初八至十二《申报》、廿二至廿五《京报》。

二十一日(**1 月 27 日**)　午后雪渐止,两先生解馆。灯下写小楷二百字,看江南闱墨三篇。看十三至十六《申报》、廿六至廿九《京报》。作书致骚庐。

二十二日(**1 月 28 日**)　阴。静庵荐黄君子岑来权课,今日到馆。灯下写小楷二百字,看江南闱墨五篇,看《东华录》三卷。

二十三日(**1 月 29 日**)　阴。接厓庐复书。傍晚送灶,明弟来谈。灯下看十九《申报》,看《东华录》二卷、《圣武记》二卷。

二十四日(**1 月 30 日**)　阴。灯下看江南闱墨五篇、《圣武记》三卷。

二十五日(**1 月 31 日**)　阴。灯下看二十至廿三《申报》、三十至初七《京报》,看《圣武记》二卷。

二十六日(**2 月 1 日**)　阴。下午六叔来长谈。灯下看《东华》《圣武记》二卷。

二十七日(**2 月 2 日**)　阴。下午明弟来谈。灯下看《圣武记》二卷。

二十八日(**2 月 3 日**)　晴。灯下看《圣武记》二卷。

二十九日(**2 月 4 日**)　晴。交立春节。灯下看江南闱墨一篇,写小楷二百字。

除夕(**2 月 5 日**)　晴。上午祀神过年。下午谨悬先人遗像,明、瑞两弟来长谈。灯后祀先,与大哥同在书房夜饭。夜半就寝,初不成寐,约五鼓始熟睡。余素习晏寝,自十月中旬因慈亲疾病,夜睡益迟,除出门及有事之日,往往达旦,起必逾午,甚或将晚,阴阳颠倒,习惯自然。迩来慈亲疾已渐愈,当徐图转移,以免遂成痼疾耳。

光绪二十年甲午(1894)

光绪二十年岁在甲午正月元旦(2月6日) 己卯,晴。晨起循例斋佛,后在灶祠各处拈香,复展拜先人神像。今岁小轩弟值老祭暨起亭公祭,六叔值秀山公祭。饭后至二加堂,三宅长幼已毕集,大姊留此度岁,因亦与焉。先拜神像,然后贺岁,礼毕在书室小憩,旋至荣桂堂略坐;至友庆堂,即出;至莘和堂,复茗话良久而散,已逾午矣。今日本生考笠云府君忌辰,中午设祭。下午至明弟处,不值,还至六叔处,大伯亦在,明、瑞两弟继至。大伯先出,少顷余与两弟同出,遂同至东宅,至暮始还。灯下看《纲鉴易知录》十叶,山阴吴乘权辑,共一百七卷。

初二日(2月7日) 雨。上午大哥至大港贺岁,午后即还。明、瑞两弟来,邀至雪申账房,五人戏掷《升官图》,抵暮始散。灯下看《易知录》十叶。

初三日(2月8日) 阴晴参半。上午骧卿、选岩来贺岁,即去,余未见。中午祀先。下午钱子泉来。晚接舅父岁底来信并洋参五两。灯下看《易知录》十二叶。晚前接灶神、土地。

初四日(2月9日) 阴,夜雨。下午看《易知录》十叶,灯下看五十四叶。循例接路头。

初五日(2月10日) 阴雨。灯下看《易知录》四十一叶。

初六日(2月11日) 阴。上午至苏家港贺岁,傍晚归,舟中看《易知录》七十七叶。祖母近因感冒风寒,痰嗽旧疾发,甚剧,今日请董梅丈诊治。灯下看《易知录》三十五叶。

初七日(2月12日) 晴。下午瑞弟来谈,看初四、五日《申报》、去腊十二至十五《京报》。灯下看《易知录》三十三叶。

初八日(2月13日) 晴。午前陆君沅青到馆,静庵来贺岁,同席。沅翁年四十六矣,年幼时因粤匪之难曾至南洋,方庚申之夏,郡邑相继失守,黎镇团练未几而溃,镇遂陷。时沅翁方十二岁,被虏至郡垣,次年辛酉遂至粤东,居潮郡最久,凡五六年,颇能通其土语。难平后无以为归,因随人贾南洋佐会计,出香港口,过越南,自省会至潮、自潮至香港约各五百里,自香港至越南约三千里。远至槟榔屿。其地近属英夷,去粤已万里,负山面海,中平旷千余里,山多槟榔,因名焉。山下多植甘蔗,较闽粤产尤大,围可四五寸,其味奇甘,异于常蔗,多熬为糖霜,无生食者,以故产糖极盛。云天时有暑无寒,三冬常如初夏,朔风霜雨雪所不至,故夹衣即可卒岁,非若粤地,犹有时需棉衣也。沅翁随贾数年甫得归里,年已二十四年矣,南洋风景言之甚详。午后尔安来贺岁,接悟竟书。傍晚屋庐来,因患喉痛至金沙浜就医,绕道过此,招余至船从谈,良久始别。渠舟遂泊于此,静庵、尔安留宿东西书楼。灯下封缮道日礼帖。

初九日(2月14日) 晴。屋庐船早上即去。饭后静庵赴沪,尔安至雪,因倩送道日礼帖。下午瑞弟来谈。看初七《申报》。灯下看《易知录》四十一叶。

初十日(2月15日) 阴,微雨。晨尔安自雪还来,饭后去。具舟送黄子翁,还即载严瑞翁。方兰生自莘和来贺岁,并交息款。下午六叔来谈。晚前瑞翁到饭,夜饭后下船宿,明日拟至黎。灯下补初七至今日记,看《易知录》廿二叶。

十一日(2月16日) 晴,暖。巳刻抵黎,先至梦鸥处贺岁,略坐即出。至邱绶叔处并致芹仪,不值,即至蔡氏,清臣出见。傍晚至悟竟处,亥刻还舟。看《易知录》十叶。

十二日(2月17日) 晴,更暖。巳刻抵盛,午刻登岸,至宋家贺岁,少坐,即同定夫至王宅,叔瑜出见。午后至郑宅,仲贤出见,亥刻还舟。看《易知录》十八叶。

十三日(**2 月 18 日**)　晴,暖更甚。上午还黎,在蔡氏中饭,饭后还家,清臣、二妹附舟同来。抵家尚早,即陪清臣至两宅贺岁。夜与清臣联榻东书楼。今日交雨水节。

十四日(**2 月 19 日**)　晴,暖如昨。祖母咳呛渐愈,今日起床出外。上午清臣至莘。补十一至今日记。下午六叔、明、瑞两弟来长谈。傍晚莘塔舟回,清臣约后日来溪。灯下看初七、八、十二《申报》。

十五日(**2 月 20 日**)　阴晴参半,大风。下午六叔,明、瑞两弟来长谈。灯下结算账目。

十六日(**2 月 21 日**)　晴。下午清臣自莘来,瑞弟来,四人戏掷《升官图》。瑞弟夜饭后去。灯下看《易知录》十五叶。

十七日(**2 月 22 日**)　晴。午前邱受叔同子厚来,午饭后去。明弟来长谈。傍晚瑞弟陪子蕃来贺岁,即去。

十八日(**2 月 23 日**)　阴,微雨。朝饭后备舟送清臣、二妹回黎。下午瑞弟来长谈。灯下看初九、十日《申报》,十六至廿三《京报》,看《易知录》三十六叶。今日大姊至同,大兄至苏。

十九日(**2 月 24 日**)　阴。下午明、瑞两弟来谈。灯下看十一、十三、十六《申报》,二十四、五日《京报》,看《易知录》五十叶。

二十日(**2 月 25 日**)　阴。午前定夫自厍来贺岁,下午去。大兄自郡回。灯下看《易知录》六十六叶。今日丁连泉到账房。

二十一日(**2 月 26 日**)　阴。下午翻阅《乾隆府厅州县图志》。灯下看《易知录》廿五叶,看十七、八日《申报》,廿六至初三《京报》。

二十二日(**2 月 27 日**)　阴,微晴。中午祀先,今日为曾祖考古槎府君忌辰,明日为伯祖考起亭府君忌辰,并于今日致祭,相沿如此。下午明、瑞两弟来谈,大姊自同还。灯下编钞《方舆记略》半叶,看十九《申报》,看《易知录》廿一叶。

二十三日(**2 月 28 日**)　阴,夜雨。下午六叔来长谈。灯下看初六、二十、廿一《申报》,十五及初、四、五、六、七《京报》,看《易知录》十七叶。

二十四日(3月1日) 阴,雨。午前忍安自黎来。下午六叔来长谈。灯下看《易知录》廿五叶。

二十五日(3月2日) 雨。下午编钞《方舆纪略》半叶。灯下又半叶,看《易知录》三十七叶。忍安清晨即去。

二十六日(3月3日) 阴雨。下午编钞《方舆记略》半叶,灯下又半叶,看廿二、三《申报》,《易知录》三十一叶。

二十七日(3月4日) 阴,寒甚。昨夜大雪积寸余,终日未能融尽。下午明弟来长谈。灯下编钞《方舆记略》半叶,看《易知录》廿五叶。日上慈亲复患气急,微有痰声而不爽出,因暂停补剂。今日丁少泉到账房。

二十八日(3月5日) 阴,午后复雪。今日交惊蛰节而天气甚寒,迥异望前和暖,殊失时令之正。下午编钞《方舆纪略》一叶,灯下复钞半叶,看《易知录》廿叶。

二十九日(3月6日) 雨。日上偶感风寒,颇形委顿。下午看《易知录》十叶,灯下又看十叶,看廿四《申报》。

二月初一日(3月7日) 戊申,雨。慈亲日上痰声渐平,气逆如故,腰脊疼痛异常,因请梅丈诊治,下午来开方,后余亦请定一方。灯下看廿五《申报》。

初二日(3月8日) 雨。灯下作书致厔庐,连夜均早睡。

初三日(3月9日) 阴。上午大姊至雪。午后钱一村到账房,祀灶。灯下看《易知录》廿五叶。今日文昌诞辰,余自幼持素。

初四日(3月10日) 晴。下午梅丈来为慈亲复诊。余服药两剂,感冒已去大半,唯咳呛未止,胃纳未复耳,因请转方。明弟来长谭。灯下看廿六至廿九《申报》,十二、三日《京报》,补初一以下日记。

初五日(3月11日) 晴。下午看初一《申报》。今日遣舟至雪载大姊,因事未回,厔庐乘便来溪,留宿书楼。是夜二鼓时,余与厔庐尚在书室,忽见东北火光烛天,近在咫尺,惊骇欲绝,急唤内外人起,开门出视,始知港北钱氏船厂失慎,因厂基极大、积柴过厚,故火势倍炽,当即救灭,已受惊不浅矣。事后查患,起火之由,缘渔户胡阿龙者泊舟其中,是夜醉归,挂灯于厂,未熄而卧,迨燃及卧具,痛而觉瘟,骇极狂呼,不言何事,邻人均莫敢出,幸同宿尚有二舟惊觉,呼"救人",始奔赴焉。是夜黄昏时东北风甚紧,故大势均趋西南,幸炽盛时风适静息,织尘不动,迨火灭,复有微风,余家三宅得保无恙者,殆真有神助也。

初六日(3 月 12 日)　晴。下午六叔、明弟来长谈。大姊自雪回。

初七日(3 月 13 日)　阴,微雨。中午祀先,曾祖妣沈太孺人忌辰也。下午大姊至同,屺庐回去。至东宅,在明弟处长谈。灯下看初二至初五《申报》、前月初八至十一《京报》。

初八日(3 月 14 日)　晴。下午至六叔处长谈。灯下看十四至二十《京报》,补初五至今日记,看《易知录》三十八叶。

初九日(3 月 15 日)　晴。下午黄紫瀛自东浜来长谈,晚前去。灯下看《易知录》四十叶。

初十日(3 月 16 日)　晴。午前祭龙神,余因晏起未与。祭毕即邀三宅东席及工人饮散福酒,酬如五月二十试龙之份,盖前夜之劳也。下午六叔来长谈。傍晚兰叔来谈。灯下看《易知录》五十四叶。

十一日(3 月 17 日)　晴。日来渐觉和暖。灯下看初六、七《申报》,廿一至廿六《京报》。

十二日(3 月 18 日)　晴。下午明弟来谈。灯下看初八、九、十《申报》,廿七、八《京报》,看《易知录》廿八叶。

十三日(3 月 19 日)　晴。下午六叔来长谈。灯下看《易知录》三十叶。

十四日(3 月 20 日)　晴。是日交春分节。下午编钞《方舆纪略》半叶,看十一《申报》。屺庐赴盛,绕道过此,略坐即去。灯下看《易知录》二十叶。连夜咳嗽,多稠痰,今夜微有寒热。

十五日(3月21日) 阴雨。身热退净,精神殊形委顿,胃纳亦减,因取前服梅丈方,略为增减,再行配服,入夜精神稍胜。作书致定夫、仲僖。看《易知录》十七叶。

十六日(3月22日) 阴雨,潮甚。中午祀先,嗣考芝卿府君忌辰也。下午明弟来长谈,仍微有寒热,入夜渐解。灯下看《易知录》三十叶。

十七日(3月23日) 阴晴参半,大风。下午六叔来谈长谈,大姊自莘来。灯下看《易知录》十叶。

十八日(3月24日) 晴。下午明、瑞两弟来长谈。昨日停药,今日仍复前方,感冒渐愈。灯下作书致清臣,看十二《申报》。

十九日(3月25日) 阴晴参半。下午看十三、四、五《申报》。雪申来谈。沅翁到馆。灯下看廿九、初一、二、三、六、七《京报》。是夜微有寒热,睡略早。

二十日(3月26日) 晴。下午酌请客底目。灯下看十六《申报》、初四、五、八《京报》,看《易知录》九叶。今日沅翁赴苏,因慰侄至外家也。

二十一日(3月27日) 晴,风。下午看十七、八、九《申报》。灯下看初九至十一《京报》,看《易知录》十四叶。大姊今日因呛失血一口,灯后复因胃泛呕吐数次,且有寒热。余连日仍服前方,今夜微有寒热。

二十二日(3月28日) 晴。下午明、瑞两弟来谈。灯下看《易知录》七叶,作书致舅父。

二十三日(3月29日) 晴。下午看二十、廿一《申报》。灯下看十二、三《京报》,《易知录》廿六叶。

二十四日(3月30日) 晴。朝饭后至苏家港祭奠外祖母,先有二客,午后还,尚早。舟中看《易知录》三十二叶。冀儿午饭为竹笐所鲠,请省三之郎来治,夹出即愈,开方而去,未服之。夜间早睡。

二十五日(3月31日) 晴。下午看廿二《申报》。灯下作书上舅父、致唐凤梧,检理旧账。

二十六日(**4 月 1 日**)　晴。严瑞翁解馆。大哥至黎,下午回。大姊至莘。下午至东宅,回至六叔处长谈。灯下看廿三《申报》,十四、五《京报》。早睡。

二十七日(**4 月 2 日**)　晴。朝饭后偕大哥至东轸圩扫墓,午后复至北玲圩祭扫。舟中看《易知录》六十二叶,六叔、明弟来长谈。夜间早睡。

二十八日(**4 月 3 日**)　晴,热甚。朝饭后小轩弟备舟至西房圩扫墓,至者十一人:介伯、六叔、久哥、大哥、余及明、瑞、小灶、金莲诸弟也。还至南玲圩,高祖、曾祖暨伯曾祖、伯祖三处均谨祭扫,冀儿另舟先至,并于其母枢前致祭,祭毕已午正矣。下午与大哥至六叔处长谈。夜饭至小轩弟堂室中饮散福酒,两席十一人,瑞弟因感冒未至,雪生预焉,饭后即散。灯下看廿四《申报》、《易知录》四叶。

二十九日(**4 月 4 日**)　晴,更热于昨。中午祀先。下午六叔来长谈。灯下看廿五、六《申报》,十六、七、八《京报》。

三十日(**4 月 5 日**)　阴,早上微雨。饭后至北厍角字扫墓,六叔暨小灶、金三弟同舟,余与大哥另舟往,祭毕回,至大义饮散福酒,已逾午矣。今岁系子祥族兄当祭,因病风委依愚族侄代办,共十席,席散即回。晚前祀灶。舟中看《易知录》四十八叶。

三月初一日(**4 月 6 日**)　戊寅,阴雨。下午略课冀儿理书,六叔来谈。灯下看廿七、八《申报》,十九《京报》。

初二日(**4 月 7 日**)　晴。下午略课冀儿理书,作书致宿敷族兄。灯下看廿九《申报》,作书致屋庐。

初三日(**4 月 8 日**)　阴,微雨。下午略课冀儿理书,看初一《申报》。灯下看二十至廿二《京报》,接舅父廿八信、清臣初二信。

初四日(**4 月 9 日**)　阴晴参半。下午略课冀儿理书。灯下写客目廿余束。

初五日(4月10日) 阴,微雨。下午略课冀儿理书,大姊自莘来。灯下写客目十余束,接厔庐复书。

初六日(4月11日) 阴雨。下午略课冀儿理书,瑞翁到馆,明弟来长谈,接宿敷复信。灯下写请目十余束。

初七日(4月12日) 晴。下午瑞弟来谈。灯下写请帖十束,写信致仲僖。

初八日(4月13日) 晴,天气渐热。下午接耦庚族侄信。灯下看初二、三、四《申报》,廿三至廿六《京报》。

初九日(4月14日) 晴。下午瑞弟来谈。灯下看初五、六《申报》,廿七《京报》,作书致厔庐。

初十日(4月15日) 晴。下午翻阅《萤窗异草》。灯下阅《吾学录》。夜雨。

十一日(4月16日) 晴,风,晚雨。大姊至雪。下午写喜帖三付。灯下看初八、九日《申报》,三十、初一、初二《京报》。写信致镜母舅、厔庐。

十二日(4月17日) 晴。下午六叔来长谈。大姊自雪回。接厔庐复书。

十三日(4月18日) 晴,甚热,颇有初夏光景。下午致瑞弟字条。灯下作书致悟竟、清臣,看初十、十一《申报》,初三《京报》。

十四日(4月19日) 阴雨,午后开霁。二妹还家。六叔来长谈。灯下作书致厔庐。

十五日(4月20日) 阴,微雨。下午写喜帖五付,看十二、三日《申报》。灯下看初四、五日《京报》,初七《申报》,廿八、九日《京报》。交谷雨节。

十六日(4月21日) 阴雨,夜大雷雨。下午写喜帖四付。灯下看十四《申报》,初六、七日《京报》。

十七日(4月22日) 阴雨。下午作书致式如。陆沅翁自苏至馆。六叔来谈。迩来天时不正,望前苦热,望后骤寒,慈亲因复感冒致发咳呛痰喘旧疾，略有寒热，已三四日矣，焦虑之至。

十八日（**4 月 23 日**）　阴雨。下午写喜帖八付，作书致悟竟。灯下看十五《申报》。慈亲寒热加甚，痰中略带血丝，且患鼻衄。

十九日（**4 月 24 日**）　雨。遣舟载尔安，下午至。接悟竟信。梅丈来为母亲诊治，开方即去。尔安留宿书楼。

二十日（**4 月 25 日**）　雨。朝饭后请尔安至雪行纳币礼。看十六《申报》。下午至六叔处略谈即回。点灯时行聘始回，设宴款尔安，两席共九人，两先生外，六叔及瑞、小灶三弟也，席罢略谈始散。

二十一日（**4 月 26 日**）　晴。朝饭后送尔安回黎。傍晚六叔来谈。慈亲今日复患寒热，甚炽，下午渐退，复作，至黎明时方净，痰厚而多出，不甚疼，且发肝疾，胃纳大减，时觉泛胀鼻塞，头痛口渴，不甚思饮，大便干结，甚为焦灼。服梅丈方已两副，明日拟请复诊。

二十二日（**4 月 27 日**）　晴。下午梅丈来复诊，略加驱风药，余仍为前方，化痰顺气而已。今日仍有寒热，数次复作，略轻，骨痛气逆加甚。傍晚六叔来谈。灯下写信致舅父，看十七《申报》，初八、九《京报》。

二十三日（**4 月 28 日**）　阴晴参半。下午明弟来谈。写门对八付。傍晚屋庐、骚庐来，留宿书楼。慈亲今日仍有寒热。灯下翻阅《会典》。夜雨。

二十四日（**4 月 29 日**）　阴。屋庐、骚庐今日赴苏。下午六叔来长谈。慈亲仍有寒热，大便解而未畅，气逆加甚，神气愈觉疲弱。服梅丈方已三剂，病机有增无减，因作函请赖嵩翁诊治。午后开船，今日未必能到。灯下看十八至廿一《申报》、初十至十三《京报》。

二十五日（**4 月 30 日**）　阴，微晴。下午写喜帖五付，作书致尔安。陈少山昨至珠溪，舟还。嵩兰今晨出门，须后日来，因拟明日先请少山诊治。灯下看廿二、三《申报》，十四、五《京报》。慈亲今日寒热稍轻。

二十六日（**5 月 1 日**）　阴晴参半。下午陈少山来为慈亲诊治，开方即去,方用轻泄化痰降气之法。今日仍微有寒热,痰出不爽,气逆加甚。六叔、明弟来谈。清臣来,宿东书楼,余出陪。灯下看廿四《申报》。

二十七日(5月2日) 阴晴参半,下午微雨。写喜对三付,代清臣隶书条幅一叶。晚前赖嵩翁来,即请诊治,方用参须、蛤蚧等以辅正理肺,镇摄肾气为主,并定一接服方,夜饭后即去。灯下作书上舅父。

二十八日(5月3日) 晴,潮热异常。昨今两日慈亲寒热渐微,胃气似得稍开,惟痰出不爽,咳呛时气逆特甚,且易汗泄,半因天热极也。下午六叔、明弟来长谈,收拾厅房,殊觉费力。灯下作书致方兰生。

二十九日(5月4日) 晴。下午挹山同凌芝三来,芝三饭后即至雪,挹山留宿丈石山房外室。

四月初一(5月5日) 丁未,晴。交立夏节。午刻帆鸥同陆沅翁来,帆鸥留宿,与挹山联榻。喜事一切布置今日始约粗备,大哥力居多也。夜饭请邻并阖宅上下人等。

初二日(5月6日) 阴晴参半,晚阵雨,即止。是日为余续娶沈氏之期。年来物力既艰,意兴复鲜,又值慈亲久病,心绪不佳,诸事概从简,略请客,惟及至戚,并多未到,甚觉寥寥,席罢尽散,帆鸥亦去。午后用大船一号,只遣下人迎娶,另小船两号,一为大媒挹山,一为雪申、少泉两东席所坐。子正时陆续均还,丑一初二刻结亲,至天明诸乃始毕。

初三日(5月7日) 晴。昨夜送亲者为厔庐、骚庐暨十三、十五两弟,并书宜、砺石共六人。书、砺乘便贺喜,略坐即回舟宿,余未登岸。今晨厔庐昆季四人来问宜,即扯书宜、砺石作陪,席散客去已巳刻矣。随即命舟赴雪行归安礼,未末始至,复待良久,始行登岸。灯时回舟,子初抵家。是日挹山另舟至雪,先余回胜。

初四日（5月8日）　晴。慈亲自月杪来神气虚弱，病机日亟一日，节后始乃渐松，服嵩翁前方已四五剂，因易接服方，尚觉得手。接舅父信。

初五日（5月9日）　晴，风。朝饭后至苏家港祭外祖父母，五母舅出见，并晤梦母舅及钱青士。午饭后即还，抵家甚早。

初六日（5月10日）　阴晴参半，大风。

初七日（5月11日）　晴。接屋庐信。

初八日（5月12日）　晴。作书上舅父、致侣笙丈。

初九日（5月13日）　阴晴参半。挹山回去，清臣移宿西书楼。

初十日（5月14日）　晴。

十一日（5月15日）　夜雨。下午同清臣、大哥至明弟处长谈，余先回。

十二日（5月16日）　阴雨甚寒。慈亲因感微邪复发寒热，拟请简星翁诊治，作书致定夫，托其传请。因舅父荐也。

十三日（5月17日）　阴。作书致定甫，托渠转请简星翁也。接屋庐信，即作复。

十四日（5月18日）　晴。慈亲今日寒热复来，颇似疟象。下午接屋庐信，即作复。

十五日（5月19日）　晴。午刻简星翁来，即请视慈亲疾，处方以半贝合温胆汤加减。内子近发肝气疾，腹痛，呕吐时作，初十后更剧，眠食大损，因亦附诊。开方即去。接定甫复信。

十六日（5月20日）　晴。下午作书上舅父。慈亲仍有寒热，甚炽。

十七日（5月21日）　阴雨，大风。是日交小满节。

十八日（5月22日）　晴。清臣至同，午后即回。慈亲寒热渐轻。

十九日（5月23日）　晴。慈亲今日略有寒热，近来微觉咳呛。

二十日（5月24日）　晴。朝饭后备舟送清臣、二妹还黎。下午明弟来长谈,补廿九至今日记。

二十一日(**5 月 25 日**) 晴。下午作书致少安、明弟。接程锦堂回信。灯下看十七、八、九日《申报》,初九、十日《京报》。

二十二日(**5 月 26 日**) 晴。下午看《易知录》十四叶。六叔来长谈。

二十三日(**5 月 27 日**) 晴。接舅父廿一日书,并为慈亲悬拟一方。今日寒热已止,咳呛亦渐愈,现仍服简医方,略加补味,尚有三剂,服完后拟接服舅父方。下午明弟来长谈。

二十四日(**5 月 28 日**) 阴,晚雨。下午六叔来长谈。接屋庐信。

二十五日(**5 月 29 日**) 阴,微雨。下午明弟来长谈。看《易知录》十四叶。

二十六日(**5 月 30 日**) 阴,微雨。作书致屋庐。大哥至黎,赴静庵会酌。看《易知录》五十叶。

二十七日(**5 月 31 日**) 风雨。午刻大哥自黎返。看《易知录》廿四页,看《海上花列传》两本。

二十八日(**6 月 1 日**) 阴。看《海上花列传》两本。

二十九日(**6 月 2 日**) 晴,潮热异常。下午六叔,明、瑞两弟来长谈。接屋庐书,即作复函。作书上舅父及沧舅父。

三十日(**6 月 3 日**) 晴,热。下午看《易知录》十八叶。灯下补廿四至今日记。

五月初一日(**6 月 4 日**) 丁丑,晴,微阴。下午明弟来谈。看《易知录》八十二叶。灯下作书致屋庐。内子前服简医方,仅二剂,不甚得手,后余自拟方,服四剂,诸恙渐平,眠食略复。廿四后肝疾复发,病势与望前相等,仍自拟方,附二剂,月杪始得徐愈。今日下床微步,出堪勉支,惟腹胀未平耳。

初二日(**6 月 5 日**) 阴,微雨,淡晴。下午六叔来长谈,接屋庐信复书。灯下看《易知录》七叶。

初三日(**6 月 6 日**) 晴。今日交芒种节。下午六叔,明、瑞两弟来长谈。

初四日(**6 月 7 日**) 晴。下午看《易知录》十叶。

初五日(**6 月 8 日**) 晴。中午祀先。午后至明弟处,大哥先在,六叔后至,至晚始还。

初六日(**6 月 9 日**) 晴,阴,下午风雨。写见帖十一副。看《易知录》十叶。明弟来长谈,六叔亦来。

初七日(**6 月 10 日**) 阴,微晴。午前接厓庐信。同内子至雪,厓庐暨十一、十三、十五诸弟均见。与厓庐联榻园中。夜雨。

初八日(**6 月 11 日**) 晴。下午看《易知录》。与泽益弟围棋一局。

初九日(**6 月 12 日**) 晴。看《易知录》一百叶。

初十日(**6 月 13 日**) 晴。下午看《易知录》四十四叶,赓声来谈。灯下看《易知录》三十三叶。是日热甚。

十一日(**6 月 14 日**) 阴,较昨稍凉。下午赓声、逸伦来。夜饭厓庐会酌,共七人同席。席罢逸伦、赓声略坐即去。夜与厓庐,十一、十五两弟戏掷《升官图》。

十二日(**6 月 15 日**) 雨,凉甚。

十三日(**6 月 16 日**) 阴雨。灯下补初九以下日记,与厓庐,十一、十五两弟掷《升官图》。

十四日(**6 月 17 日**) 阴雨。斐卿来,午后去。

十五日(**6 月 18 日**) 阴,下午阵雨。看《易知录》廿一叶,灯下看十叶。

十六日(**6 月 19 日**) 雨,午后开霁。家中舟来,接大哥信,下午还,傍晚抵家。舟中看《易知录》十七叶。

十七日(**6 月 20 日**) 晴,热。下午六叔来,明弟来长谈,接舅父信。

十八日(**6 月 21 日**) 晴,更热,是日交夏至节,中午祀先。下午祀灶。作书致厓庐。

十九日(**6 月 22 日**) 阴雨。下午明弟来长谈,接厓庐复信。中午祀先。

二十日(**6 月 23 日**) 阴,微雨,淡晴。上午大哥至大港,赴渊伯父会酌,午后还。雪生来长谈,至晚始去。

二十一日(**6 月 24 日**) 晴。下午六叔来长谈。灯下作书上磬舅父。

二十二日(**6 月 25 日**) 晴。接磬舅父回信。下午至明弟处谈,悟竟自盛来,大哥亦至,同在莘和夜饭,饭后同回,忍安适至,畅谈半夜。悟竟宿书楼,忍安宿内。

二十三日(**6 月 26 日**) 晴。悟竟还黎,忍安附舟同去。下午六叔、明弟来谈。

二十四日(**6 月 27 日**) 晴。下午明弟来谈。作书上舅父、致厓庐。

二十五日(**6 月 28 日**) 晴。下午至明弟处长谈。灯下作书致定甫。

二十六日(**6 月 29 日**) 阴,微雨。下午至明弟处长谈。

二十七日(**6 月 30 日**) 阴,大风雨。六叔、明弟来谈。

二十八日(**7 月 1 日**) 风雨,下午微晴。明弟来谈。

二十九日(**7 月 2 日**) 晴。连朝天气极凉,今日顿热。下午写楷扇一叶,松年款。灯下作书致悟竟、静庵。

六月初一日(**7 月 3 日**) 雨,午晴。下午明弟来谈。

初二日(**7 月 4 日**) 晴。午刻厓庐来,留宿书楼。晚接悟竟复信。

初三日(**7 月 5 日**) 晴。作书致悟竟。下午明弟来谈。

初四日(**7 月 6 日**) 晴,午后阵而不雨,夜大风。

初五日(**7 月 7 日**)　阴晴参半。连日天气酷热,今日稍凉。下午大姊自莘莘来。是日交小暑节。

初六日(**7 月 8 日**)　晴,复热。下午阵雨,即止。接静庵信。

初七日(**7 月 9 日**)　晴。午后同屋庐至雪,舟中作书复静庵,至雪后作书上舅父。补初一至今日记。灯下展临《龙门造像》百八字。

初八日(**7 月 10 日**)　晴,酷热异常。看《易知录》廿页。楷书便面二页,秋山款。灯下看《易知录》十叶,管稿一首,展临《龙门造像魏灵藏》百八字。

初九日(**7 月 11 日**)　晴。看《易知录》五页。写大卷二百四十字。灯下展临《龙门造像魏灵藏》七十二字。

初十日(**7 月 12 日**)　晴,夜大风,阵而不雨。上午看《易知录》十七叶。下午钱少江来,庚生来谈。初八起忽患脾泄,初仅二三次,今日渐剧。傍晚忽觉身热,夜睡略早。

十一日(**7 月 13 日**)　晴,阵而不雨。体热渐凉,脾泄如故,委顿之至。

十二日(**7 月 14 日**)　晴。上午家中放舟来载,畏风不敢,即归。作书致大哥,约十四五间还家。丁少翁来,为三表姊恩甥女治疾,余亦附诊,午后即去。是日泄泻略少,夜间服药。

十三日(**7 月 15 日**)　晴。下午赓笙来谈。夜间服药,今日腹泻复剧。

十四日(**7 月 16 日**)　晴。上午家中舟来,接大哥信并悟竟、静庵信,午后归家尚早。舟中看《易知录》六十页,接舅父、定甫信。

十五日(**7 月 17 日**)　晴。腹泻渐止。下午六叔、明弟来长谈,作书致定甫。

十六日(**7 月 18 日**)　晴。下午至六叔处长谈,补初九至今日记。灯下作书上舅父,致屋庐、静庵。

十七日(**7 月 19 日**)　晴,午后阵而不雨。至六叔处长谈。为吴兰叔书纨扇,半楷半隶。灯下看《易知录》三十五叶。

十八日(**7 月 20 日**) 晴，热。下午六叔、明弟来谈。灯下看十五、六日《申报》，初五、六日《京报》，看《易知录》七叶。

十九日(**7 月 21 日**) 晴。午前临《九成宫》六十字，接屋庐信。下午复屋庐信，临《九成宫》六十字。灯下看《易知录》廿六叶。

二十日(**7 月 22 日**) 晴。午前临《九成宫》六十字。下午看十七、八日《申报》，初七、八日《京报》。

二十一日(**7 月 23 日**) 晴。今日交大暑节。午前临《九成宫》六十字。下午又临七十二字，看十九《申报》，至明弟处谈。灯下看二十《申报》、初九至十二《京报》。

二十二日(**7 月 24 日**) 晴。下午六叔、明弟来长谈。灯下看《易知录》廿五叶。

二十三日(**7 月 25 日**) 晴，热甚。午前临《九成宫》四十八字。下午又临百十四字，至六叔处谈。灯下又临五十四字，看廿一《申报》、《易知录》十七叶。

二十四日(**7 月 26 日**) 晴，热甚。午前看廿二《申报》。下午临《九成宫》三十二字，六叔来长谈。晚前祀灶。灯下看《易知录》十叶。丑刻忽起大风，炎热稍解。

二十五日(**7 月 27 日**) 晴。午前看《易知录》十五叶。中午祀先。下午临《九成宫》六十四字，至明弟处谈，接悟竟信。阵雨甚畅，顿觉凉爽。灯下看廿三《申报》、十三《京报》，看《易知录》廿一叶。

附录一:柳无涯先生追悼录[①]

鸣呼无涯！知也无涯,生也有涯。奈何一病,遽返幽遐。天寒地冻,岁在龙蛇。世途榛莽,公竟乘槎。公之内行,如玉无瑕。更号自讼,励志修姱。孝友纯挚,闻达邦家。与闻邑政,风议柔嘉。自治不振,枌榆日斜。众望所属,贤劳有加。绸缪桑土,溯洄兼葭。一朝千古,乡邑咨嗟。唯余兄弟,相依辅车。敬宗兴学,力绵愿奢。将伯助予,种瓜得瓜。我病三载,猥荷嗜痂。晨夕过我,温辞吐葩。今也块独,蛰虫井蛙。展公遗象,泪雨如麻。呼公不下,是耶非耶。风流顿尽,别路长赊。有惭后死,赞语无华。

如小兄沈廷镛赞并书

追悼录
为柳巳仲先生开追悼会启

柳公巳仲,毓秀分湖,移家蚬水。早岁劬学,通六书,工隶篆。及壮,喜讲求经世之学。性慈祥而刚正,不为阿私,尝佐沈屋庐先生昆季创学东江,慨任捐输,复资教授,历十余年如一日,凡里中子弟之经其陶冶者,无不崭然露头角,为当世士夫所称道,其急公好义,造就人才,有如此者。自江震两邑设教育会,即以办学余暇襄理会务,及共和肇建,以众望所归,被举为县议会代议士。关于邑政之兴废,多所建白,成效卓然。已而县会解散,复董县教育款产经理处事,全邑学

---

① 据苏州市吴江区图书馆藏《柳无涯先生追悼录》整理,民国七年(1918)铅印本。

校经费支配悉当井然不棼，斯又见公长于理财之学，非恒人所能几及也。近更任编纂县志之职，勤于搜讨，日无暇晷，盖枌榆之事待公而理者，不知凡几。讵意二竖交侵，医药无效，未及星周，溘然长逝，春秋五十岁。子二，长冀高，次景高，箕裘克绍，幸能振厥家风。同人等慨先觉之云亡，伤故老之凋谢，爰订中华民国七年二月二十六日即旧历正月十六日下午一时，于江城县议会旧址开会追悼，聊表哀感之忱云尔。

吴江县志局、县教育会、县教育款产经理处同谨启。

柳巳仲先生追悼会启

柳巳仲先生为本校最初发起共同组织之人，慨任捐资，复资教授。初名"第一民立小学"，自改为"沈氏义庄小学"。以捐资分立东江女学，先生仍为本校义务教员，历任国文、地理、算术、琴歌诸教科，因材施教，无不中程。正课之外，若星期演讲，若年暑假补习，必诱掖奖劝，以成其事；又为学生定习字部规则，使于课余练习各种书法，评分给奖。其诲人不倦如此。所有校中章程规则，多由先生手订，又因校长昔岁出游、近年多病，恒兼代其职务，处理校事大纲。年来乡望日隆，公务丛集，而于本校教课不少懈，上课未尝或后时，非因事出门不告假，历十余年如一日也。旧历岁丁巳仲冬中浣，因公赴江，返棹冰阻同川十日，感受风寒，归犹到校授课如恒，越两日病作，遂致不起。时丁巳十二月五日丑时，即民国七年一月十七日也。呜呼哀哉！追念先生功在本校，不独及门诸子感切心丧，凡在同人，莫不兴山木之悲、抱人琴之痛，谨于四月二十二日即旧历戊午年三月十二日下午一时，集本校教员学生开会追悼，以伸哀思，凡本校学生家属及与先生有师友谊者，倘荷惠临，或赐诔词挽联，不胜感盼之至。

私立沈氏义庄高小国民学校全体校员学生敬启。

祭柳先生巳仲文

维中华民国七年二月二十六日，吴江县志局、县教育会、县教育款产经理处同人谨以清酌庶羞之奠，致祭于巳仲柳先生之灵曰：

呜呼！分湖之滨，胜溪之村。河东望族，诗礼家门。笃生我公，和而又温。不阿私好，不苟笑言。博古通今，富于经济。储才待用，贡诸当世。读书而外，旁及游艺。既通六书，复工篆隶。公之先世，聚族而居。后以乡间，伏莽潜狙。移家蚬水，撇其故庐。卜邻买宅，光大其闾。沈君昆季，创设义塾。慨捐巨赀，兼膺教育。鼎足为三，有偶无独。十周成绩，照人耳目。前清末季，庶政维新。教育会设，公与其伦。轩昂眉宇，容貌恂恂。赞襄职务，靡不躬亲。共和肇建，议会宏开。众望所归，议士是推。发言倡议，学理兼该。成效卓著，任得其材。两邑款产，设处经理。公董其事，力任肩仔。支配学款，遍十八市。若网在纲，其直如矢。文献足征，全县修志。众所推举，编纂位次。条分缕析，赖其佐治。日勤搜讨，笔不停记。余如盛族，庶务纷烦。待公处理，既贤且繁。宅心公正，古道是敦。人材难得，宗族称尊。综厥生平，急公好义。社会宣劳，热心公事。尊崇名誉，唾弃权利。名世之英，人中之骥。维桑与梓，必恭必敬。丁巳仲冬，疲于奔命。雪地冰天，霜寒风劲。积劳之躯，遂罹疾病。天何不吊，药石无灵。计其时日，期未周星。溘然长逝，遽赴幽冥。将成华表，化鹤归丁。公之事略，志乘待修。公之成绩，彪炳千秋。公之声名，百世长留。公之子孙，克绍箕裘。哲人其萎，哀悼难禁。遗容犹在，阒寂声音。椒浆桂醑，敬表寸心。魂其有知，来格来歆。呜呼哀哉！

祭柳巳仲夫子文

维中华民国七年戊午三月十二日己亥，沈氏庄校全体学生谨致祭于柳夫子巳仲之灵，曰：呜呼先生，乡邑之光。钓游胜水，徙宅东江。经义治事，两擅其长。弹棋善酒，书法钟王。庄校崛兴，栽培多士。慨执教鞭,春风桃李。骑骥飞兔,一日千里。赖师善诱,事半功莚。议会主持,解纷息争。款产经理,实董其成。聿修邑志,门户相倾。左右维护,繄维先生。往年冬仲,于役枫江。天寒冰壮,富士回翔。劳多身弱,饱饫风霜。解冻反轲,一病膏肓。病之初起,犹勤玉趾。热忱教育,服勤至死。师之行谊,付之国史。师之口碑,遍之乡里。惟我青年,椎鲁无似。孰发其蒙,孰析其理。先生而逝,我将安恃。挥涕陈词,代之哀诔。先生有知,尚歆其祀。呜呼哀哉!

祭柳巳仲先生文

维中华民国七年四月二十二日,东江女校职教员暨学生全体,谨以清酌庶羞致祭于柳巳仲先生之灵曰:分水汤汤,笃生名师。天挺人豪,命世之姿。东江女学,九载于兹。公与校长,共同维持。既殚其力,复助以资。何天不吊,朔风凄愁。同川冰阻,小作勾留。比及东返,得疾勿瘳。涓埃未报,高厚难酬。心香一瓣,敢告九幽。呜呼哀哉,尚飨!

祭柳巳仲先生文

维中华民国七年四月二十二日,沈氏庄校同人周岐、丁逢甲、周礼、程鸿逵、任传燕、沈增禧、黄骏埏、蒋运标谨以玄酒菜香致奠于柳巳仲先生之灵曰:哲人其萎,涕泪无从。天乎何酷,忍夺我公。早年劬学,名重分东。烟波一水,迁地贞丰。蚬水自治,鲈乡从公。体健神旺,天佑厥躬。今日何日,政尚大同。地方事业,赖公从容。公亦有言,正轨是崇。积极进行,彻始彻终。岁在丁未,庄学蔚兴。捐资施教,大奋热忱。公于校长,一志同心。生持大纲,十载于今。公于同事,送抱推襟。教管训练,每示南针。公于学生,奖诱规箴。安详和蔼,恺恺德音。言念畴曩,知公较深。撮举什一,全体咸钦。何图构厄,倏焉归真。因公得疾,因疾陨身。七日而逝,赍志无垠。声容如在,言笑难亲。公有地图,丹黄杂陈。公有印品,精妙绝伦。公有小简,笔墨如新。遗痕历历,不见斯人。吁嗟我公,灵爽时巡。用荐芳醑,敢告幽神。呜呼哀哉,尚飨!

祭柳无涯先生文

维中华民国七年戊午岁痾月戊子朔越十有二日,同邑弟金祖泽谨致祭于执友无涯先生之灵曰:乌乎! 国于天地,必有与立。百拱承楣,一乡一邑。乡政聿修,四海肇域。不有君子,曷树之极。巉巉先生,天挺人豪。绍闻衣德,节亮风高。视天方梦,采匿光韬。隐然浊世,威凤一毛。忆识君祖,余方童卯。甫青一衿,孤根少贱。撰杖起居,文酒之宴。巨人长德,渥荷青盼。善气迎人,睟容见面。砭我愚顽,勖我忧患。猥以图南,而誉抢鹞。闻君昆季,兰苗其芽。克绳祖武,藻丽天葩。爱而不见,空谷心遏。越岁在戌,初交伯也。金昌亭畔,缟纻心写。因缘识君,尊酒袂把。君也振奇,伯也都雅。如骖之靳,争雄文社。游刃于艺,不羁天马。维时东国,凋丧二凌。敏之密之,旭日韬升。孰起其衰,孰张其朋。双丁二陆,才可代兴。湖海浮沈,一别十稔。仗剑归来,世氛黯黮。祁祁俊义,兴学锐甚。君为剂和,如火调饪。同心勠力,瘦腰之沈。尽瘁从公,此其初朕。自是以来,蒋径三三。羊仲求仲,岁寒盟监。我隘而迁,君开其襟。我茌而弱,君坚其任。昔睹君面,今知君心。他山攻错,移我连琴。辛亥之秋,政变突起。发言盈庭,莫衷一是。君标其纲,复正其轨。一言破的,分芒析理。不激不随,众议息止。千钧一发,维系桑梓。时事孔棘,君望日崇。自治教育,靡役不从。巨艰曲隐,四海困穷。群情嗒丧,得君而通。焦思苦志,积健为雄。大德不德,如畏匐匐。乡闾之安,君心之瘁。糜精敝神,曾是不悔。去冬立阴,冰天雪地。冻鸟不飞,登音来贲。余适病肺,枯禅蛰闭。一握为欢,心夷觏既。放言时政,绸缪邑治。扼腕太息,上下论议。惘惘深杯,笑言破涕。珍重别君,踦语间次。十日暌孤,讣音遽至。伤哉卅年,哭君三世。石火电光,匆匆如寄。余惟孤特,为时所瞋。惟君爱我,情如弟昆。况乃乡国,托命斯人。狂澜失砥,人百其身。昊天疾威,寿不必仁。圣贤盗跖,同此埃尘。无与为善,呼君不闻。公私并泪,哭寝声吞。洁诚蠲志,酹君一尊。乌乎哀哉,尚飨!

祭乡先生柳公巳仲文

维中华民国七年夏历戊午正月十六日,乡人黄元蕊、费福熙敬致祭于乡先生柳公巳仲之灵曰:维公分湖华胄,柳州苗裔。含贞履洁,为民先知。当清之季,纪纲凌夷。公起卫道,程朱是师。诲彼髦士,声教遐驰。洎参议事,用力益孜。稠人骋辩,公决其疑。于兴于革,悉中机宜。继在学会,同掌度支。虽曰同掌,一禀主持。内讧生郊,蚌鹬相歧。公来城中,镇定疑危。酂侯入关,图籍先移。不惊匕鬯,功尤足碑。譬如萧规,实维曹随。胡天不吊,乃速公期。山颓木坏,遐迩同悲。矧在挚友,能勿涟而。乌乎哀哉,尚飨!

后学周麟书撰文,费揽澄敬书

祭柳巳仲先生文

维中华民国七年夏历正月十有六日,通家子沈昌眉、昌直谨和泪吮墨致祭于柳先生巳仲之灵曰:呜呼!世实须才,才生不易。屈指乡邦,老成有几。何居斯人,乃不永世。繄维先生,分湖之俊。门承通德,家留清荫。弱冠英英,发彩流润。竺志典坟,淬掌孟晋。溯光绪初,学风犹盛。寒夜书声,秋风文兴。诸老之中,雅称后劲。陶令移家,蚬江一曲。敝屣千金,十年教育。君子菁莪,髦士棫朴。时雨春风,户弦家读。遂使一乡,无人不学。地方自治,县会宏开。人厖言杂,戟手喧豗。如先生者,乃真人才。恂恂儒雅,翩然而来。觿解玦决,应者如雷。亦惟教育,无米何炊。爰集款产,出纳有司。万流奔赴,千里毫厘。任大责重,惟公优为。坠者以举,缺者以弥。校有增设,款无一亏。百里松陵,人才寥落。赖有诸贤,共肩此局。鹤立群中,公尤荦荦。奈何一朝,惊闻飞鹏。日暮途穷,天荒地蹙。无问远近，失声一哭。鈇肾摧肝，宁维戚族。惟柳与沈，气谊夙敦。在昔先世，同宅一村。鸡黍近局，联以婚姻。三古堂前，陈迹犹存。贱子昆季，小阮尤亲。琴歌酒赋，清昼黄昏。通家廿载，无忘旧盟。方邀大阮，同游竹林。昊天不吊，萎此哲人。蚬江夜落，分水春生。波流歙喤，卅里同声。私情公谊，触处伤心。哀此清泪，那不沾襟。

祭柳无涯先生文

中华民国七年四月二十二日，为吾师柳无涯先生开会追悼之辰，门人王德钟、黄骏埏、赵其润、潘棨、沈流芳、凌昌炯、凌昌烜、陈其柳、戴树钧、陈洪涛、蒋运标、凌景坚、张念祖、金兆麒、王之植、黄成均、黄中、吴淇、彭家模、徐家栋、周同生、沈维钊、孙惟荣、沈玉坤、朱孔阳、沈根源、王德锜、朱汝昌、诸纯淦、凌昌烨、凌耀汉、丁根源、陆正笏、王德泰、马荣生，敬以清酌庶羞致祭于先生之灵曰：呜呼！世衰俗敝，畴为式型。繄维硕彦，金仰嘉贞。乃鞠凶之卒降，遽撒手而赴玄冥。虽修短之有数，终叹夫天道之难凭。呜呼！先生绩学能文，不慕荣利，昭质自珍。呜呼！先生内行如玉，孺慕性成，友于义笃。呜呼！先生仁义广乎，家汲幼安之井，人乘平仲之车，恩周桑梓，谊重枌榆。呜呼！先生干事具才，与闻邑政，舆望夙推，衡事机而捍变幻，靡不片刻而决主裁。呜呼！如先生者，洵为乡邦之月旦而家衖之楷模，耆旧之风裁而士林之表式，何德之丰，何年之啬，天乎人耶，斯恨曷极！虽然里巷歌功，江乡著绩，有史可书，有石可勒，寿先生于无穷，千载后犹仿佛謦咳之可接，特是以先生之才而终于此，则退迹人士所以扼腕而心恻，况乎吾侪小子，荷德綦重，庄校之创，公实梁栋。筚路蓝缕，十年与共。嗟吾小子，尝亲讲诵。扬子之亭依然，侯苞之书难讽。抚今追昔，能无一恸。呜呼！春风萧萧，何处魂招。已矣何言，人天迢遥。向素帷以告哀，呼彼苍而不应。敢倾清泪，荐兹芳馨，尚飨！

祭柳巳仲夫子文

维中华民国七年二月二十有六日，门人夏崇朴谨以清酌庶羞致祭于柳师巳仲夫子之灵曰：大匠之门，细桷大榱，拳曲拥肿，罔不裁成。半载亲炙，化雨犹新。山颓木坏，何以为情。緊维夫子，儒雅恂恂。桑梓之望，后生之型。斯文天丧，风雨哀鸣。小子何知，不文奚述。身所亲历，恶能默默。岁在辛亥，东江负笈。辞家远行，惘焉若失。厥维夫子，和言易色。煦若春风，蔼如冬日。游子于此，心乃弥得。夫子诱人，有喜无怒。息乎雷霆，沛乎雨露。言语妪妪，声抑弗吐。脱非皋比，吾疑慈父。及乎论文，语乃特高。侃侃不息，如浪斯滔。深邃之文，疑义之数。旁人骤阅，瞠目惊走。夫子一指，了然若剖。朴也性愚，莫反三隅。夫子复我，其色愉愉。偶有领悟，喜动眉须。于我若是，于人无殊。厥后辞师，转学浦滨。欧文佶屈，疲精劳神。师严如帝，凛然畏人。学有不逮，赫然含瞋。苦念夫子，自晓达昏。犹谓懿范，日后可亲。蚬江卅里，一棹追寻。执意造物，凶降其身。吁嗟吾邑，坏此长城。追维夫子，言敏行竺。展其长才，讵维教育。识小不贤，测蠡海角。言与涕零，写此心曲。心曲如焚，言不藻饰。哲人其萎，吾将安式。一束生刍，惟玉比德。悱恻陈辞，神其来格。伏维尚飨！

祭柳师无涯文

柳师无涯先生之丧，邑人士既举行追悼之典于江城，越五十五日，母校同学追维遗泽，哀莫能已，复开会志悼，受业门人吴淇谨买椟来前，以瓣香盂饭致祭于先生之灵曰：呜呼！人孰无死，不入世则不死，既入世则生之有死，犹旦之有暮。竖之千古，横之六合，其孰能逃此公例之外，然此特为常人言之，聊借以解哀已耳。独以先生之规画时事、与闻国政，为一邑不可死之人也，而天竟致之死；先生之提倡教育、培植人才，为一乡不可死之人也，而天竟致之死；先生春秋尚少，

知命一岁,宗族之托庇,儿女之婚嫁,为一家不可死之人也,而天竟致
之死。先生死而一邑之政事孰规画？是一乡之育才孰提倡？是一家
之子姓孰庇荫？是而老天梦梦,竟忍夺吾先生之速矣,呜呼痛哉！淇
来东江,从游三载,日受先生之耳提面命,如坐我于春风中也;淇自维
愚鲁,学业无成,无以报先生之教我育我,而母校来日仔肩,方资倚
畀,后来同学犹赖熏陶,所仰仗于先生者何限,奈何遽瞑目撒手而长
逝耶,呜呼痛哉！当先生之被举为县议员也,每于事杂言庞之际,得
先生一言,问题立解,其董理教育款产也,任全县各校经费之支放时,
奔走于各市乡之间,精力之消乏,实基于此。及修志议起,先生以声
望所归,推为主任,与陈先生佩忍、金先生砚君辈共事搜讨,未尝或
懈,方期黾勉三载,告厥成功,乃编纂未半而先生死,先生而死,谁其
嗣之？呜呼痛哉！先生有子女各二,才大苏成婚耳,余则向平之愿未
毕也,而先生去矣,呜呼痛哉！往年春间,先生以事来鸯湖,时淇方承
乏女校,辱先生不弃,懃懃以坚苦耐劳为勖,言犹在耳,而先生已不可
再见矣,泰岳崩颓,后生安仰,日星惨澹,大地难明,呜呼哀哉,尚飨！

祭柳无涯文

　　惟中华民国七年四月二十三日,旧历岁在戊午三月庚子,通家内
兄沈廷镛同弟率子侄孙等谨以清酌庶羞致祭于柳君无涯妹倩之灵
曰:呜呼！劳人草草,天道茫茫。如君温厚,理宜寿康。奈何小极,遂
致凶殃。艾年甫届,舟壑潜藏。里邻嗟悼,乡邑彷徨。岂繄世运,邦
殄人亡。况忝亲故,能不悲伤。忆初识君,方在韶岁。莘水定交,欢
联僚婿。退修斋中,推襟谈艺。嗣登君堂,瑞荆荣桂。太翁矍铄,玉
昆瑜珥。万石家风,心焉钦企。拜母通家,投分加至。异苔同岑,爰
及予季。岁在戊子,君丧其耦。奉倩神伤,索居永久。爰有塞修,作
合佩玖。我禀于父,君命自母。归妹占爻,同车携手。丝萝茑萝,颀
弁在首。岂意欢娱,数丁阳九。嗣是两家,迭遭大故。棘人团团,风
不宁树。琐尾流离,卜居同赋。东江之滨,赁庑且住。举案相庄,又

悲内助。我以至亲,慰词吊赙。君益感伤,三年不娶。经卷绳床,相
期了悟。再续幺弦,不忘缞素。绸缪恩纪,缱绻旧姻。望衡对宇,洽
比其邻。同闬会食,久而弥亲。乃审时变,与古为新。教养子弟,毋
废人伦。党庠家塾,鼓舞新民。人望景起,闻誉施身。共和肇建,议
席敷陈。自治摧抑,桑梓不春。邦君诸友,犹赖咨询。度支教育,会
计平均。从公夙夜,尽瘁劳薪。去岁冬仲,返棹江城。同川中道,一
水盈盈。天寒风紧,层冰阻行。淹留旬日,履霜心惊。归犹过我,欢
若平生。俄焉疾作,寒热铄精。七日不复,绵缀无声。归真避世,遽
去蓬瀛。呜呼哀哉!君之品诣,外和内介。夷惠之间,莫测涯际。君
之文章,识明理足。辞无枝叶,语不雕琢。君之艺能,出于赋禀。知
数工书,能弈善饮。君之教人,娓娓不倦。善诱善导,裁成狂狷。凡
斯行谊,永终有誉。略举大者,可概其余。念我交君,卅载于兹。文
字攻错,患难扶持。私校公务,昔共艰危。无疑不质,有事必咨。邛
常负罶,蚿自怜夔。我病伏处,君正有为。论齿我长,体则我衰。我
方资君,君先我遗。自君之没,斗柄指东。独居感逝,春事将终。余
年待老,日暮途穷。学术荒落,后死何功。卓荦小阮,著作才雄。怀
旧蓄念,时相过从。征铭述德,有所折中。风毛济美,固自超宗。所
望二甥,黾勉继起。风雨对床,韦诗窃比[①]。我实无能,敢期酷似。
少者学文,得师差喜。可告君者,惟此而已。含泪陈词,以当哀诔。
呜呼哀哉,尚飨!

祭柳巳仲妹丈文

　　维中华民国七年,岁在戊午,三月十三日庚子,内姊沈玉镜谨以
清酌庶羞致祭于妹丈柳巳仲先生之灵曰:呜呼! 先生之作古兮,忽月
圆之三周。奠一觞以诉哀兮,词未吐而泪流。强忍涕而陈词兮,诉万
千之悲愁。维先生之荦荦兮,繫一乡之灵光。兼经义与治事兮,实两

---

　①　原注:"宁知风雨夜,复比对床眠。"韦苏州示甥元常、全真作也。

擅其特长。溯予兄弟之联欢兮，订金兰之芬芳。值嘉耦之殂谢兮，赋黄门之悼亡。凭月老而订婚兮，欣予妹之得郎。慨家难之纷乘兮，骨肉忽其参商。念一水之修阻兮，苦会短而离长。觇先生之芳躅兮，乃卜居乎蚬江。予弟予兄之接踵兮，咸迁地以为良。聚亲戚之情话兮，联诗酒以徜徉。喜予妹之弄璋兮，苦不任乎保抱。谬托予以负责兮，乃受此四十七日之襁褓。奈疟鬼之相扰兮，幸勿药之占早。又越岁而梦虺兮，俄遘痎以长逝。恸予妹之不寿兮，挥不尽乎哀涕。逮孤女之十龄兮，亦倚予以勿替。维彭咸之女弟兮，繄予兰闺之戚好。同资责而保赤兮，相与共抚此外家之珍宝。时视暖而视寒，亦分梨而授枣。喜孺子之长成兮，鉴苦心于苍昊。维两甥之抚育兮，胥精劳而神敝。感先生之倚畀兮，实孔怀之不异。逾三年而胶续兮，佩先生之慕义。虽其新之孔嘉兮，念旧姻而不寘。维予兄弟与先生兮，辟女学于东江。予亦忝任舍监兮，放女界之曙光。五周而停高等兮，繄予心之隐伤。曾建议以恢复兮，乞先生之予匡。遭恶痎而不果兮，予实愧对乎梓桑。泊先生之事繁兮，觉相见之愈稀。为乡邑谋公益兮，亦何恤乎短期之相违。溯客冬之出门兮，乃隐伏乎病机。放枫江之一棹兮，遘风雪之严威。返富土而冰阻兮，知备受乎寒。饥病七日而不复兮，竟厌世而西归。呜呼！朝露兮易晞，风烛兮危微。翰墨余迹兮，累吾歔。遗挂在壁兮，人则非。山颓木坏兮，学子沾衣。孤儿孤女兮，号恸何依。婚嫁未毕兮，忍弃如遗。翩翩季子兮，母事我姨。思量求淑兮，予当任之。一息尚存兮，所勿敢辞。惟予衰病兮，弗能瞻先生之灵帏而亲奠一卮。聊且和泪濡墨，抒此一篇之哀词，以写三十年来之痛史而寄予之咨嗟与涕洟。先生有知，其稔予悲。呜呼哀哉，尚飨！

柳无涯君哀辞

　　唐河东之先河兮，支派流衍于苏浙之分湖。绍欧王归姚与梅曾兮，小姚递嬗以逮乎韬庐。君既袭累叶之仁德兮，又师承大阮而穷楹书。杏庐之礼致而亲炙兮，尤于仲子而延誉。挺芷崑兰珮之英姿兮，重以考古今之籍图。蕴珍储材于山林兮，将待用而列庙堂之簠瑚。罡风吹下九阍兮，早孤而更痛祖荫之殂。纷人事其纠萦兮，牵率以涉尘污交接之世途。予亦同此中道辍读之病兮，惟兴学保农而于君作将伯之呼。緊望衡而对宇兮，廿载莺乔之迁居。云谲波诡而变革兮，民国肇造于斯须。乡邦凡百之待人兮，群奔走喘汗。愿如负山之趋。君担任两肩之繁重兮，嗟仆痛而马瘏。何冰雪益肆其酷烈兮，偏摧残兹一家一邑待命之躯。族属校徒之并哀兮，招魂追悼第想望于空虚。岂若予扁舟往来仿佛孔墨之席突兮，拊心枨感而深悲夫兔狐。

民国七年戊午春吴县陶惟坻呈稿，陶惟堪书

柳先生巳仲哀辞

去岁徐先生帆鸥之没，尝为文哭之。谓二十年间提倡教育，使乡人子弟翕然兴起于学问，合全邑计之，寥寥不过数十人。自徐先生没，而乡人后学辄有不胜其先型凋谢之感。乃无几而柳先生巳仲之讣又至矣，呜呼痛哉！先生于十余年前佐沈氏咏韶昆季创办沈氏小学，艰苦卓绝，成绩斐然，有名于三吴笠泽间。盖先生之造福其桑梓者甚厚，已而入县议会董理教育款产，条理缜密，规画弘远，其有功于全邑者又甚伟，使天假以年，从容展其所有，建树当不止此。乃不幸而以中年没也，是可痛矣。忆去岁十一月中，于里中瞥见先生，时薄暮矣，天奇寒，冰壮盈尺，意先生岂以穷冬来此者，殆吾视察之误欤。已而传者言先生未犯病前，尝因事一至吾里，冰凝不能成行，为淹滞数日，然则吾之此见，殆有人世千秋之感，宜其感想于予心而不能忘也。

钱祖宪谨撰

柳无涯先生哀辞

维丁巳之季冬兮，时日薄乎西方。闻君子之噩耗兮，肠欲断而彷徨。嗟白驹之过隙兮，感造化之不长。距伊人之作古兮，倏春日兮载阳。因从公于邑城兮,遂饱受夫风霜。吁二竖之交侵兮,实丁时之不祥。终怛化而归真兮,蚬水黯淡而无光。正建白之方新兮,胡忽人之云亡。缅热忱与毅力兮,泣然余涕之浪浪。忆廿载之相知兮,卒共事于周庄。钦先生之抱负兮,极磊落而汪洋。哀时事之多艰兮,愍重昏其未央。潜龙蛰而勿用兮,且尽瘁于梓乡。仰风议之贤劳兮,复教育之不忘。历始终而如一兮,见君情之信芳。邑乘资君以搜纂兮,更成效之彰彰。愧鲰生之不才兮,乃相觊以热肠。冀周行之示我兮,白日忽其芒。

之子一去不还兮,畴其余匡。并公私而一恸兮,恨绵绵其无疆。惟浮生忽若大梦兮,孰不萎夫北邙。生人杰死英灵兮,虽泉下亦何伤。精诚久而弥耿兮,姓氏永而犹香,风义垂为模范兮,事业炳之旗常。亘千秋与万岁兮,身自没而名扬。乱曰:已焉哉,人非金石,谁无尽兮,国事蜩螗,伊何竟兮。生亦可悲,遑恤死兮。因公而死。得所止兮。吁嗟我公,邑之珍兮。公今长逝,邑无人兮。匪仅私恫,志国哀兮。九京可作,盍归来兮。

世晚丁逢甲谨撰

柳巳仲先生哀辞

余昔馆于沈君根黄家,始得与巳仲先生交。一见如旧相识。越明年,先生之仲子率初从予游,颇颖悟,又明年,其长女双圆亦从予游,虽生长富家,一如寒素,绝无奢华积习,且能孜孜勤学,先生家教之善,可知矣。迨沈君咏韶提倡分元、江为二,又于江邑设立简易初等小学,即今之周一国民学校是也。其时沈君为校长,命予为主任,后沈君以与闻邑政不暇顾校,遂举予代之,先生亦襄成其事,多所指示,予之担任校务数年,而绝无息肩之意者,皆先生之相助为力也。迄民国六年十二月二十六日,先生因公赴江,事毕还同,即遇冰阻,适沈君根黄亦阻于同日,与同区诸君宴饮为乐,至七年一月六日东风解冻,先生遂与沈君效李郭之同舟鼓棹而归,尔时先生尚未病也。九日先生至庄校上课，时已疾作，犹扶病教授，其热心学务有如此者。十五日，予猝闻先生病笃，晨起即往访，以侍疾人众，未便入卧室，但知先生病象便结初下，似有转机，余即欣然回校，以为异日可再访也，庸讵知十六之夜已长逝泉台，先生与余竟自此永诀矣，呜呼痛哉！其信然耶？其梦耶？幻而非真耶？胡为乎先生之音容笑貌遂不复得见耶？爰作哀辞以舒余悲，以见先生之梗概。其辞曰：

> 江邑款产兮，谁秉厥成。周区规画兮，谁执权衡。宽以待人兮，忠恕可钦。严以律己兮，自治功深。公而忘私兮，和蔼可亲。国而忘家兮，牺牲其身。吁嗟堪悲兮，恸哭失声。君如有知兮，魂其来临。

第六区区立周一国民学校校长金如模谨撰

柳巳仲表叔哀辞

呜呼柳公，士林所宗。劬学工书，早岁声宏。出肩公益，全邑钦崇。教人热心，接物和衷。办事练达，敏而有功。乡邦倚重，造福靡穷。如何不禄，忽颓高峰。哀感遐迩，口碑攸同。矧关戚谊，岁时过从。蓦闻恶耗，气结填胸。生刍一束，泪陨西风。

表侄凌昌煌谨撰

柳先生无涯哀辞

维中华民国七年一月十七日，吾师柳无涯先生没于东江里第，时则景坚归自麇台，杜门却扫，尺书电讣，为位而号。呜呼哀哉！先生讳慕曾，字巳仲，一字无涯，江苏吴江人也。毓德名门，蜚声早岁，与兄钝斋先生有双丁两到之目。世居邑之胜溪，距景坚家五里而近，两家咸聚族而居，子姓繁衍，世缔姻好。时吾宗从曾祖行莘庐、退庵两老人方以文章经济负枌榆重望，先生丹山雏凤，一鸣惊人，老成激赏，诧为后起之秀，而敏之、密之两从祖通才凤慧，与先生昆季尤善。会沈厔庐师息游于雪溪之江曲书庄，招邀裙屐，一时俊髦之士云集鳞萃，先生翱翔其间，谭玄角艺，斗酒联吟，人望之如玉山峨峨在东南天半焉。壮岁以来洊更忧患，移家东江，遂与厔庐师同创学校，冀植俊英以维世变。景坚少孤失学，闻先生之风，始负笈从游。先生殷勤教授，穷日无怠，尝手录古先哲格言数帙以授学子，朱墨粲然，景坚得略事玄素，以睎堂奥，先生实导之。先生尝谓思古无尤，在潜弗闷，富不可求，义行仁立，教人以自拔流俗为归，阅人以处俗见清为尚，举世滔滔中常撼所蓄，以佑启士林，冀一起衰焉。昊天不吊，赍志殁世，能不痛哉。先生少擅隽才，六籍靡所弗窥，于许书、萧选最精，晚治天算舆地，尤穷秘奥。景坚驽下，弗能传一艺，厚负师门矣。闻耗以来，玄阴惨懔，天地弗春，日暮天寒，寸心如捣。往往废箸频首痛哭，入梦犹仿佛谒先生嘉树堂前执经问难时也。琴尊无恙，谁留北海之宾。门巷依然，不似西州之路矣。因效楚些之旨，用招天末之魂。其词曰：

> 维公诞生分湖兮，家有十里之菰蒲。乐琴书以遨游兮，亦樽酒之自娱。鹤样清曜兮，凤彩纡徐。肃玉树之琳琅兮，鄙燕雀之纷拏。岁值龙蛇之扰攘兮，思闭门而种菜。爰授我以六经兮，幸针肓而起废。独梦寐夫瑶芳兮，既霜华之复载。春帘雨余兮，秋堂灯背。訾咀小儒兮，网罗群逮。芙蓉振艳兮，褰裳可采。期乐且未央兮，乃忧方未艾。何有才之无命兮，乃遽殒其天年。岂桂以芬蕳兮，复膏以明煎。既缥缃之永閟兮，亦翠墨之不传。独反袂以掩泣兮，思千古兮谁贤。俨丰城之双剑兮，佳气郁而未宣。呜呼哀哉！公云亡兮，孰之悯也！斯文娄绝，天之心也！惟公子贤者，庶有以慰夫九京也。人固无弗殒者，窃悼灵修之销沈也。等婑娜之彩伴兮，痛夫珩珮之徂音也，况葭莩之情长，而文字缘深也，宜回车之腹痛，而闻笛兮沾襟也。呜呼哀哉！

门人凌景坚谨撰

胜溪夫子柳公诔

　　岁次彊梧，大荒落冬。十二月五日，胜溪夫子柳公无涯薨于里第。六日，德钟哭之寝门。于时严冬萧索，悲风泪起，途唏巷泣，几于辍舂之哀焉。厔庐夫子以歼厥股肱，伤悼尤甚。方厔庐夫子之肇创庄校也，公既力助其成，复任教傅，恂恂诱掖，始终无怠。德钟早岁入校，侍函丈者凡八载。公擅书法，通岐黄，旁及天算舆地之学，靡不殚精研治，独窥秘奥。德钟盖饫闻其绪余已。公为文至严密，论文亦极峻刻，尝言文辞弗难于博肆，而莫难于简炼，篇无累句，句无赘字，尽之以约，而义无不赅，韵流词外，低徊讽之弗能置。此极文人之能事，是以盲史班书而下，可得而疵议者多也。呜呼！德钟学文于公者久已，得导者深已，柔翰在御，明诲孔彰，我其焚君苗之砚乎。庶心丧之有既也。悲夫！公内行雍肃，渊度从容，扶济困穷，里闾怀泽，与闻邑政，卓著勋望，天不慭遗，陨越胡亟。春秋四十有九，玄首未华而怀才没世，是讵特戚族故旧之悲也乎，侧闻前典，美行宜述。孰是嘉贞，而阙斯礼，乃作诔曰：

　　　　公貌愉愉，得春之腴。公品穆穆，率古之肃。持躬维廉，端抱宁恬。希志维贞，硕道泰亨。有才克敛，如璞之琰。惠泽汪汪，施于家邦。家邦之戮，颓山坏木。修龄弗锡，深悲曷极。立德孔嘉，令誉永遐。私谥待申，曰介与醇。

　　　　　　　　　　　　　　　　　　　门人王德钟谨撰

挽诗

　　斯人竟长往，哀思满江湖。肝胆分明见，文章气类孤。传家存信史，阅世老潜夫。雏凤声能继，遗编问有无。（李世由）

　　薤歌唱彻蚬江滨，重赋招魂到暮春。七日膏肓千古恨，一朝风烛百年身。嗟君厄运偏逢己，愧我生涯惯倚人。遗挂至今犹在壁，客窗凄绝老西宾。梨花村畔驻征车，剪烛衔杯意气舒。三载因缘成蝶梦，百年天地委蘧庐。客游未忍闻邻笛，仲子犹能读父书。记取兰亭后十日，临风凭吊渺愁余。

天道有迭代，人道无久盈（陆士衡句）。朝露竟几何，忽如水上萍（江文通句）。

宾阶绿钱满，客位紫苔生（沈休文句）。已矣余何叹，生死一交情（任彦昇句）①。（万以增）

希贤饶有古人风，比德无惭魏了翁②。桑梓任劳心力瘁，珪璋播誉口碑同。

龙蛇岁厄文旌杳，桃李阴成绛帐空。③ 此日路人咸悼惜，声凄蒿里胜溪东。

博学多能久轶伦，枫江几度幸相亲。如公不愧称邦彦，奈我无文诔故人。

景行高山劳向往，残编剩墨岂湮沦。大招赋罢增惆怅，剪烛西窗迹已陈。（苏寿忱）

春秋佳日旧寻盟，南陆庵前载酒行。记得瑞荆堂外过，杏庐门下见先生。

蚬江一曲好移家，马帐春风启绛纱。不惜千金购膏火，满山桃李烂如霞。

议士如云政局新，主持坛坫仗斯人。枫江百里关疴痒，话到梓桑情更亲。

---

① 原注：右集《文选》一首。
② 原注：公晚年别号了庵。
③ 原注：公捐资兴学，并任教课，历十余年诲人不倦。

　　公家资产设专司，出纳棼如治乱丝。养士不闻无米叹，问谁会计当如斯。

　　无端邻笛起哀音，日暮风寒天地阴。分水不灵吾老矣，忌才造物是何心。（陆拥书）

　　溯与公相识，而今十载余。筚蓝筹学校①，鼎革策枌榆②。

　　烛理明于火，更弦德不孤③。北风寒彻骨，梁坏我其吁。

　　如公何可去，我欲叩天阍。开局征文献④，持筹振纪纲⑤。

　　百端纷待理，万口永难忘。杯酒临风酹，荒寒月堕黄。（薛凤昌）

　　心折良朋柳柳州，韶年学行已兼优。文论切问雕龙誉⑥，训受楹书翼燕谋⑦。

　　兰契欣联孔李谊，樗材谬许范张俦。抚今追昔浑如梦，君奈贤劳到死休。

　　十年干济展才长，擘画周详福一乡。化雨春风襄义举⑧，征文考献植言坊⑨。

　　栽培桃李生机助⑩，谈笑萑蒲水国防⑪。应得万家生佛颂，缘何

----

① 原注：倡设学会及教育会于城中，均在发起之列。
② 原注：光复后，开县会时同膺议席。
③ 原注：余所提议改良征收等重要诸案，皆得公助力乃无梗者。
④ 原注：谓纂修邑志事。
⑤ 原注：谓地方款产经理处事。
⑥ 原注：年与君切问书院文会，君每得压卷。
⑦ 原注：君祖莳庵太世伯有《课孙翼后图》。
⑧ 原注：秉教沈氏庄校。
⑨ 原注：邑志局主任。
⑩ 原注：学款处副董。
⑪ 原注：鼎革之际筹备乡团水巡，今改为区警。

天意忌贤良。（陈文滐）

柳州遽尔离尘世，一棹冰天去莫回。最是枫林月黑夜，招魂无计不堪哀。

两地烟波廿里差，天南地北各移家。分湖祀事成追忆，忍向黄垆再驻车①。

纂修邑乘仰宗工，家学赞承粥粥翁。脉脉此心终未了，九泉遗恨想无穷。

嘉树堂中烟锁空，盈门桃李怨东风。悠悠道路都流涕，蚬水鲈乡两地同。

东江女学夙萌芽，满目成行姊妹花。肝胆芬芳心悱恻，缘何太岁厄龙蛇。

枌榆自治仗仔肩，为底骑鲸上九天。读罢晓风残月句，一回掩卷一凄然。

嗷嗷待哺闵哀鸿，尽在春风嘘拂中。此后保农谈旧事，苍生霖雨令人恫。

能书能酒更能棋，医国医人更自医。春雨杏花零落尽，凄凉杜宇怨空枝。（陈其槎）

何事苍天岁暴寒，摧良萎哲太无端。新湖冰断连三日，累得先生遽跨鸾。

枌榆文献久沉沦，撷拾遗闻费苦辛。未就汗青先绝笔，残编继辑更何人。

礼乐崩颓大雅亡，乡村教育赖君倡。东江十里春风感，桃李盈门泪万行。

家世河东祖德馨，瞻韩御李仰仪型。何堪一夕风流尽，薤露歌哀

---

① 原注：曾与君会觞分湖先哲祠。

可忍听。（唐嵩①）

　　乡邦寥落人才尽，再此摧残道益孤。不尽东江流日夜，哀声呜咽到分湖。

　　十年教育话菁莪，敝屣千金不厌多。今日莘莘诸学子，师门回首痛如何。

　　松陵文献溯前朝，考索钩稽百载遥。插架丛残皆手稿，修文地下太无聊。

　　数载时邀小阮俱，难忘大阮是通儒。老成遽去典型远，痛绝南州一束刍。（夏钟麐、袁翰清）

　　分湖几度挹清襟，樽酒言欢梦怕寻。早岁文章惊海内，暮年桃李遍江浔。

　　德星寥落希前哲，吾道涟洏失正音。搔首云天空怅望，微茫沤鹭动哀吟。

　　独敦古谊见情真，耆旧天偏靳此人。野史枫江成绝笔，东风黍谷寂回春。

　　青衫涕泪痕犹湿，翠墨淋漓迹已陈。剩有疏狂小阮在，高斋重与仰徽尘。（许豫观）

　　小别无端成死别，飞来噩耗泪丝丝，斯人不信遭天忌，直道谁知与世辞。

　　一邑人文空后辈，千秋品望重吾师。负恩门下飘蓬子，未向荒江奠一卮。②（陈洪涛）

---

　　①　原注：申廷。
　　②　生闻吾师恶耗，以事羁不克凭棺一恸。

文章岂必柳州同，但觉高才气等虹。怀璧如君犹未达，执鞭似我欲何从。

鹏抟自昔人犹望，鹏鹏于今天竟聋。著作一无黄叔度，垂声惟仗口碑丰。（沈维中）

十里河分江浙山[①]，山明水秀向村环。疏林影里炊烟袅，茅屋滩头夕照殷。

大好风光堪选胜，嘉名福地才相称。罗池船抵芷兰洲，汾水流漾松菊径。

安乐营窝秋复春，家传笔谏异齐民。棣花友爱逾鹡鸰，瓜瓞绵长出凤麟。

麟凤雏森毛灿锦，呈祥敛彩区流品。文闱射策展经纶，诗社循盟耽宴饮。

转瞬桃源起隐忧，萑蒲有盗问津谋。联巢飞燕因惊散，出谷流莺赋远游。

书画自随推仲子，妻孥一舸离桑梓。周郎庄畔驻牙樯，严字圩边临玉趾。

买得愚邱止乐郊，暂时赁庑待诛茅。堂成嘉树祥光霭，门对潭杨翠线抛。

轮奂于斯颂歌哭，悼亡憾事机先伏。镜台重下亦姻缘，乡校旋开参教育。

协助吴兴振学风，酿金改组别私公。许田禾稼经常费，中沚菁莪造就功。

讲义簿书肩内外，复襄纪念诸嘉会。十年莲子苦心房，六幅梅花荣校斾。

弦歌声里起轰雷，光复河山混九垓。锐意经营民宪立，乘机出没

---

　　① 原注：借成句起。

匪人来。

　　忧时大府纷传檄,去莠询刍双目的。团练师船借箸筹,方隅弊政从头剔。

　　乡举里选姓名香,代议余闲费料量。藻水源流资挹注,松陵文献续班杨。

　　贤劳独耐兼多职,故里烝髦仍矜式。骐骥嘶风疾带归,龙蛇厄运逃难得。

　　连宵谵语梦乘槎,病到弥留黯烛花。眷属合成三代恸,仙曹恭迓五云车。

　　隆隆震地声西去,惊醒群眠天欲曙。江畔闻颓处士星,人间莫挽巫阳驭。

　　平明凶信报来寒,传遍亲朋惨不欢。日照素帷空谒李,风吹遗像抵瞻韩。

　　凄凉奠酒兼焚帛,再拜陈情随众客。小子何缘托娅姻,先生直欲齐元白。

　　学深品洁性沈潜,整肃闺门律己严。遇事当仁从不让,待人以礼总执谦。

　　旁求艺术虞荒怠,汉碣商彝搜学海。舆算思潮沛寸心,刚柔笔法垂千载。

　　居恒余事解排为,聋聩提撕善劝规。说法生公头点石,缅怀叔子泪名碑。

　　蓬瀛何事遽归急,幸有机云能自立。兰桂斯今衍万年,苇棠念旧讴全邑。

　　去思余庆正交乘,身后哀荣有未曾。南国菁华光志乘,北邙葱郁妥邱陵。

　　离离宿草松楸静,展拜低徊当返省。我托骈罗世德怀,公安窀穸时人影。

　　休慕斧缘谀墓文,樗材没世料无闻。名贤毕竟留芳迹,荒冢徒然对夕曛。

待毙余生动悲啸，将公对勘真堪吊。才迟倚马涩文思，纸满涂鸦输墨妙。

身是书痴百不谙，偶尝辛苦冀回甘。征兰有效成奢愿，春粟多端忍畅谈。

进狼驱虎灾遭叠，浩劫牵连累妻妾。沾泥杨柳满堤花，积雨梧桐堆井叶。

慨念前尘处置疏，门庭萧索食贫初。尽多莲幕心生羡，赢得蔬园手自锄。

社肉平分愧刀钝，浮云万事充肥遁。携蕉覆鹿懒填隍，附木寒蝉拼堕溷。

如此生平暗自怜，视公身世判凡仙。蚊雷竞响原无状，镜月同昏会有年。

达处纵观堪奉慰，盖棺论定斯为贵。大名悠久并千椿，兆姓荣枯随百卉。

道旁吞声有丈夫，依稀年齿与公符。身尝原范孤寒味，目妒朱陈嫁娶图。

愤慨中宵剑鸣匣，吹箫吴市终穷乏。乱山丛骨化青燐，末路英雄下场法。（戴宝德）

乡国称人杰，遗才露一斑。博文能善诱，俭德济宏艰。
品学推师范，清廉起懦顽。道心嗟逝水，怀少慕尼山。①
风月诗辞俊，图书史笔删。知非年太促，和圣惠同班。
未满霓云望，先教蝶梦悭。共惊梁木折，赤子涕潸潸。（释善缘、

---

① 原注:丙辰秋,遁村僧以间接法破坏本乡贫儿院,幸蒙大力公函县署解决,诸生沐恩无以报德,特为敬立长生位,满望期颐,克享孺慕,孰知惠泽才霈,人琴已杳,呜呼噫。

释智缘)

挽歌

东江水与杨潭柳,春风作意回旋久。今年桃李花开日,水自长流柳何有。

吁嗟乎,水自长流柳何有。江乡风气开通早,教泽无私及小草、年年灌溉自由苗。

女子国民今有造,微先生我辈何由入学校。(东江女学全体学生)

卓哉柳先生,分湖毓秀,蚬水卜邻,睦姻高谊。教育热诚,同心兴学。春风十载,广栽成山。颒水坏遗,爱诵菁菁。

哀哉柳先生,音容宛在,教泽如新。舆图算草,文课书评。多能艺事,真笔印尽通神。留存手迹,片羽吉光珍。

伟哉柳先生,邦家闻达,乡邑典型。与时消息,爱物济人。敬恭桑梓,学务财政任艰辛。哲人其萎,可赎百其身。(沈氏两等小学全体学生)

呜呼我公,我公今何往耶? 其寄精魂于云霞之上耶? 抑尚在尘寰中游戏耶? 奈何一病不起,遽返幽遐。公何往耶? 公何往耶? 尚有余小子之在念耶? 蝉委蜕耶? 鳞潜藏耶? 鹤归来耶? 呜呼! 我公我公,果何往耶? 追念我公在日,声望才华,一时罕偶,乡邦闾里争夸。冲和道气,如玉美无瑕,恢恢名德,方期寿考无涯。何天不吊,谶应龙蛇,已岁将终兮,贤人嗟嗟,哀动枫江,诗吟黄鸟,秦丧子车。呜呼! 公归不复,德音不瑕。

忆我少小从姑,学语呀呀。幸托寄生小草,教养有加。渐及成人,更助我成家,深恩莫报,空愧玉立侯芭。易篑睽违,闻讣惊讶,灵床拜奠兮,血泪如麻。今日重来,会开追悼,桃李不花。呜呼! 挽歌当哭,呜咽咿哑。(赵其润)

挽联

学风振处，誉满松陵，大寿才四十有九龄，历劫龙蛇成恶谶。
岁纪穷时，真归蓬岛，今日正重三越八夕，会丧车马溢通衢。

　　　　　　　　（吴县三区区立周庄高小、国民学校全体）

怀旧共编摩，蓄念未摅先绝笔。
作新弘教育，长才初展遽归魂。

　　　　　　　　　　　　　　（吴江县志局同人）

古义通才，天与时艰留硕果。
鞠躬尽瘁，我为乡国恸斯人。

　　　　　　　　　　　　　　　　（公款公产处）

腊鼓咽悲音，君独逍遥厌尘世。
春灯展小影，我来凭吊感人琴。

　　　　　　　　　　　　　　　　　　（县农会）

问客何好，狂吟豪饮，喜弈善书，顾此洒洒潇潇，不愧书生本色。
极君之能，议政理财，修志兴学，是皆磊磊落落，足为我邑增光。

　　　　　　　　　　　　　　　　（吴江县商会）

政潮初变，公复出山，为教育理财，锱铢不爽。
县志垂成，君何绝笔，幸启贤有后，堂构堪承。

　　　　　　　　　　　　　　　　（吴江县教育会）

能饮能弈，能诗能书，儒雅风流，四世继清芬，刘晏理财犹余事。
不激不随，不偏不倚，从容中道，一乡孚众望，国侨谁嗣有同声。

　　　　　　　　　　　　　　　　　　（吴江中学校）

邑志未成，何事修文天又召。
哲人竟萎，更嗟后进放安从。

　　　　　　　　　　　　　（吴江县立第五高小学校）

硕望重东江，霎时抛撇红尘，分湖先哲祠中，应与八元分片席。

后生宗北斗,尔日撤除绛帐,沈氏义庄校内,那堪一别竟千秋。

(吴江县立第六高小学校)

雅量如周公瑾,念功在度支,下邑弦歌咸倚重。

行年同蘧伯玉,乃厄当辰巳,高贤踪迹已成真。

(县立第一女子高小学校、私立丽则女学校)

昊天不吊,夺我长城,蓦闻噩耗传来,莘莘学子同挥泪。

人事靡常,辄成幻境,竟尔修文赴召,槃槃大才企前型。

(江一国民学校)

为名所累,竟丧厥生,冰雪阻归舟,问孰是致公死者。

以身殉学,亦复何悔,风声树全邑,殆与吾校主同之。

(私立亮叔学校全体)

养气读书,壮岁讲求经世学。

急公好义,先生富有济时才。

(严墓市教育会)

人才乐育,后学勃兴,里党有得师之庆。

县志将成,天年不假,先生竟赍志以终。

(严墓区立国民学校)

责在理财,人皆曰难为继。

寒能蕴病,天何不辍其冬。

(吴江商会同里分所)

于公家卓著贤声,竭力殚心,雅望久传蚬水。

为吾邑有数人物,输财兴学,感恩奚独士林。

(同区区立女子国民学校)

操行为一乡矜式,竟作地府修文,大德谁云必得寿。

理财兴全县教育,终因学堂致命,公益继起又何人。

(盛区私立敬业义务国民学校职员　黄师龙、
王大来、潘金相、钱鹏、王大焜、胡廷案)

矢志福枌,榆谋公益心热如火,任私团力猛于潮,雅度式恂恂,始信多劳能损寿。

竭诚栽桃，李讲学术寒暑无辞，搜掌故艰难罔恤，噩音惊咄咄，惨教残腊不回春。

（平溪乡办事处）

力兴教育，性秉慈祥，看哲嗣克绍箕裘，共仰芳型如在。

腊鼓频催，玉楼遽召，辑邑志正烦搜讨，何图大雅云亡。

（吴江县第八区区立平一国民学校全体）

星陨白蚬，江边热血一腔，未遂毕生大志。

会开垂虹，桥畔哀声满地，岂徒学子伤心。

（平一女子国民学校、私立轫初国民学校）

是两间灵秀所钟，仗此展布宏才，明星长照虹亭畔。

为全邑士夫之范，从今追怀旧德，寒浪空腾蚬水边。

（梨里办事处同人、梨里商会事务所同人）

十载细论文，看桃李盈门，比德无惭杨嗣复。

五旬方学易，奈龙蛇厄运，传经竟失郑康成。

（梨区区立女子高小学校、梨区区立女子国民学校）

长理财术，具政治才，数年来名重鲈乡，常使白叟黄童，载道口碑称大雅。

有兴学功，负教育职，一霎时星沈蚬水，顿令垂髫总角买丝绣像哭先生。

（梨区区立第一、二国民学校）

一邑推崇泰斗，为教育权衡，经济条目毕张，如今模水范山竟归蓬岛。

东江钟毓人文，赖先生启迪，精勤英才辈出，争奈冰天雪窖速驾蓉城。

（八圻第一国民学校）

研究具精心，频年开会商量，教育前途资说论。

凄凉传噩耗，此日英魂缥缈，地方后起孰嗣音。

（第六区教员联合研究会）

望重一乡幸桑梓，关怀臂助每多公益事。

病侵二竖奈葭苓，罔效心伤顿失老成人。

（芦墟乡办事处）

兴学具热肠，理财见精心，才调轶凡庸，笠泽松陵真罕匹。

生有益于乡，没堪祭诸社，典型范后起，分湖蚬水等长流。

（芦五国民学校）

十年任教，五载理财，力果更心精，笠泽松陵，百里闻风同叹服。

阻冰负病，祭蜡归真，琴留嗟人去，私情公谊，一朝撒手剧哀伤。

（芦六乡校）

任事具毅力，办学富热心，遂教里党亲朋同声一哭。

享寿只五旬，撄疴才七日，留得文章事业卓著千秋。

（莘一国民学校）

理财兴学，具有坚持到底心，即地围乡隅，骏誉遥传钦佩久。

考献征文，尚留艰巨未竟业，遽星沉处士，鸿编欲订继成难。

（莘五国民学校）

五十年小住人间，明晰秋毫，遇事咸钦缜密。

三千界初醒大梦，化行春雨，遗风犹在乡间。

（厍三国民学校）

任事不嫌劳，戚族瞻依乡邑望。

有才未用世，共和时代服官年。

（周庄乡办事处全体职员）

合邑佩贤劳，热血弥纶，自治教育资擘画。

霎时辞尘世，噩音传递，乡党戚族共悲伤。

（周一国民学校）

教育重农村，频年规画设施，要使愚氓识文字。

鸿蒙开草昧，此日老成凋谢，故应童子不歌谣。

（周二国民学校）

教育失长城，松笠不春，岂独东江水呜咽。

挽歌哀动地，莘芦在望，遥连北舍树溟蒙。

（周区第三、第四国民学校全体教员学生）

兴学赖同心，溯此校创造艰难，维持辛苦，历十年如一日，砥柱实为将伯助。

讲堂寻旧迹，怅今日典型宛在，謦咳无闻，痛先生其何往，瓣香长繁吾人思。

（沈氏义庄小学全体教员学生）

十年树木，有良规佐亲知建家塾，毅力热忱，无愧睦姻能任恤。

一视同仁，及女学改附庸为独立，兼筹并顾，分担经济广栽培。

（私立东江女子小学全体教员学生）

张楷所居成市，荀卿度己如绳，风谊交推非独我。

澹台至必以公，子贱治资于友，人琴感旧最思君。

（周焘）

官阁快延宾，乡邦政治相与有成，即看谇柳门墙，惠可为师和亦圣。

山庄重话旧，诗酒流连会经几日，瞥见江枫摇落，树犹如此我何堪。

（丁祖荫）

哲人云亡，我为社会惜。

世乱未已，公作逍遥游。

（陈恩梓）

江曲咽寒流，风雪残冬，报道先生忽厌世。

门楣余后福，诗书旧业，争称贤子克传经。

（李涤）

枫落水惊寒，星陨少微，哀动江城催腊鼓。

桂馨枝并茂,风流尔雅,芳留轼辙读遗书。

（钱保泰、蒋云阶）

警笛几声,催忆频年,蚬水东回,自问菲材随步武。

教鞭中道,断到今日,鲈乡西望,群嗟合邑丧斯文。

（储光霁）

是文章巨子,是经济长才,功在梓乡观此日同声悼叹。

以公益自任,以教育为务,泽留粉社俾方今末世增光。

（钮廷杰）

水乡想东道,地旷势分,警卫无能愧厥职。

物望重吴江,才长命短,束刍追奠仰遗光。

（陈正启、汪葆光）

谦和持躬,卅载榆乡钦轨范。

诗书裕后,两行玉树继清芬。

（刘荣华）

雅度服公权,记曾握手吴门,酒绿灯红,相与倾怀谈选政。

苦心怜长吉,太息归真仙岛,风凄月冷,空留遗范著乡评。

（顾葆康）

禊水话萍踪,大阮联欢,秋雨春灯寻旧梦。

东江幻泡影,藐孤安托,青衫白发愧西宾。

（万以增）

众望久归公,家族事乡里谊,弘毅真诚不辞况瘁。

四方今多难,老成谢典型亡,天心世运何太迷茫。

（袁荣棣率男福伦、镇圭）

万里未归人,霜鬓风前哭老友。

卅年相与事,乡心月下忆平生。

（顾庭懋）

有几许功业留贻,天不假年,堕泪争看羊祜碣。

忆平昔书函往复，言犹在耳，伤心忍检子云编。

（俞燡）

不名一能，无所弗能，合文章经济铸典型，后生仰式。
施于有政，是亦为政，与里党亲朋担义务，众望攸归。

（陆恢）

政学两界，事务丛庞，竟以独力兼之，不辞劳勣。
风雪三冬，客途况瘁，猛听一声去也，无限凄凉。

（陶惟堪、陶惟坻、张嘉猷）

十八区公论，咸钦师表奋身先，倚此长才能办学。
二三子同群，恒契鼎形嗟足折，从兹遇事有谁商。

（黄元蕊）

万方多难逼残年，邦殄人亡，天意苍茫公竟去。
几日言欢如梦寐，车过腹痛，平生风谊我难忘。

（金祖泽）

铭墓敢云辞，子厚生平多节概。
同窗悲永诀，杏庐门下少传人。

（陈去病）

残局最难收，谁是解人，公独擅场称妙手。
酒徒能有几，魂兮入梦，欢然对饮若平生。

（钱崇威同弟崇固）

为一乡一邑尽贤劳，骥足未展，可惜长才终短驭。
有元方季万负时誉，凤毛已丰，伫看后起继先型。

（徐洽保）

志士有苦心，兴学捐金，任教十年以身殉。
贤者偏不寿，因公冲雪，临歧一别竟仙游。

（费洽恩率男）

自我不见于今三年，竟与先生成永诀。

维公之亡又弱一个，从兹后学更安宗。

（吴燕厦）

继起伊谁，乡国论才不易得。

人生到此，天阍如梦复何言。

（费树蔚）

乡居甘服务，我亦劳人，两字和平滋我愧。

邑志未成书，公先作古，一生行谊付公评。

（吴鸿一）

赤心尽桑梓，义务冒霜雪来吴江，顾我才两旬，一别永诀。

宗风仰儒雅，衣冠绍箕裘述先志，传后至百世，虽死犹生。

（王荠）

文固无如命何，修志未成天已忌。

君乃长于愤者，避世而去古之狂。

（王任、王赓飏）

有舆论可凭，事理通达心气和平。

为法团一恸，老成凋谢人才难得。

（周公才）

维公清亮和平，综核具长才，能者劳智者忧，匝月之前，会以艰窘劳苶虑。

愧我迂回拙钝。弦歌肩重负，过相规善相劝，自今而后，更谁恳笃任维持。

（费揽澄同弟承禄）

灵秀毓汾湖，乡望素孚，岂第才名闻早岁。

风波来蚬水，老成凋谢，未知继起属何人。

（唐昌言）

通音训能诗词，先生得午梦灵芬之余韵。

纂志乘征文献，斯人与果堂纯叔而并传。

（沈圻）

未匝月病膏肓，溘焉长逝。

通六书工篆隶，卓然成家。

　　　　　　　　　　　　　　　　　　　　　　（沈天民）

处事秉大公，持论无偏倚，如此仁厚长者，试问近时能有几。

理财昭信用，修志费搜讨，留得芬馨遗业，何忧没世不称名。

　　　　　　　　　　　　　　　　　　　　　　（王定一）

雅誉著松陵，犖犖大才，如此精纯能有几。

悲歌传蚬水，莘莘学子，从今仰止更何人。

　　　　　　　　　　　　　　　　　　　　　　（费道基）

方幸公道长存，古处是敦，下邑庶几明礼让。

孰意高才不寿，贤者避世，尘寰弗屑效功勋。

　　　　　　　　　　　　　　　　　　　　　　（殷章锡）

造物不仁，如公贤者夺其寿。

先生有憾，方修邑乘未成书。

　　　　　　　　　　　　　　　　　　　　　　（周积理）

是积学士，是教育家，才猷媲美孝先，腹笥便便能有几。

修志未成，修文遽召，寿命难延长吉，天道茫茫不可知。

　　　　　　　　　　　　　　　　（杨文震、倪鸿孚、周积伟）

正假年学易时，县志将成，雪满松寮万涉笔。

是修行明经者，乡评素洽，云横蚬水倍怆怀。

　　　　　　　　　　　　　　　　　　　（杨澄中、庄承第）

大雅云亡，算到知非亏一月。

元宵才过，会开追悼哭先生。

　　　　　　　　　　　　　　　　　　　（邱青扬、施宗潮）

胸藏学问文章，斯人难再。

力任经济教育，有德不孤。

　　　　　　　　　　　　　　　　　　　（施昆和、汪延俊）

计学擅长才，一尘不染，明同日月清同水。

贤劳襄邑政,百废俱兴,言可经纶行可师。

(俞湘、俞湘)

满腹富经世学,代议邑政,造就人才,成绩昭彰,共钦热心任事。
屈指届服官年,纂修县志,规划校款,诸端待理,何遽撒手归真。

(谭其年)

县志待修,词赞柳州能有几。
浮生若梦,星沉蚬水更含悲。

(施宝华)

审查财政具长才,溯自民国纪元,百里小侯争倚畀。
经理款产仗毅力,遽尔玉楼赴召,一乡父老尽伤悲。

(吕鸿勋、赵荣甲)

云黯松陵,私叹人亡邦欲瘁。
浪淘蚬水,眼看波逝我尤悲。

(薛凤钧)

事综全邑,望重各乡,可称能者劳多,公法私团胥倚赖。
杯酒未干,河冰初解,报道先生去也,天涯地角永伤悲。

(范祖培)

男校立,女校成,树人期百年,卜式输财襄伯仲。
己巳生,丁巳卒,杖家少一岁,康成无命厄龙蛇。

(沈大椿率子)

挹秀于汾水蚬水之间,百尺楼高,投老江湖人已痛。
厄算在辰年巳年而后,一方星陨,凄凉学务我何堪。

(任传薪率侄、子)

综我公毕生心术,既和且平,何图天不假年,顿使中流摧柱石。
听合邑载道口碑,由近及远,讵料病无几日,竟教后起失仪型。

(金祖荣)

学界赖维持,遇事任劳,社会似君能有几。

志乘甫编辑,降年不永,哲人无命欲何如。

（洪鹗）

梓里育英才,指导良殷,从此门墙留余泽。
松陵搜文献,纂修未竟,深为社会惜斯人。

（张德熊）

梓桑文献,桃李门墙,一邑待谟猷,犹觉长材屈短驭。
廉正饬躬,贞固干事,五旬悲溘逝,那堪德邵靳年高。

（沈雁题、王湛霖）

志乘著枫江,教育振兴,一代文章推子厚。
丰徽传梓里,老成凋谢,千秋字学仰公权。

（秦兆鸿）

款产赖经营,痛鲈乡风雨凄凉,谁负千钧重任。
英灵归缥缈,听蚬水波涛呜咽,恍同四面悲歌。

（王倪寿芝）

民间事未尝一日去,诸怀记曩岁从容建议,鼓掌如雷,岂期变幻
风云,尽有刍荛无计献。
里中人安得几个真,知己感者番慷慨指困,交情似海,缅想湛深
雨露,遍栽桃李待阴成。

（邱庚藻）

硕果挺鲈乡,累年文教扶持,功在一方名留千古。
狂风起蚬水,蓦地英才凋萎,天心莫测人望安归。

（毛乃丰）

笔法仰公权,记昔年蓬荜生辉,会叨染翰。
襟怀推叔度,负此日梓乡重望,洵是传人。

（汝梦庚）

少摹钟字,长著韩文,师教负裁成,同悟科名沧海堕。
先哭大苏,后悲小宋,人才叹歇绝,陡惊奎斗大江沈。

（汝人龙、汝人凤）

保农兴学著贤劳,教泽沛贞丰,未展平生真抱负。
议事理财饶经验,风波来蚬水,从今又弱一人才。

（陈元珍）

具经世才,频年挖雅扬风,能使全邑翕然,论功不在前贤下。
值奇寒日,到处断流绝渡,忽报先生去也,遗范当为后人师。

（汪廷元）

谢家兰玉,阮氏竹林,五秩寿堪征,方期鹤算长延,辉腾南极。
管子理财,酂侯立法,一时名卓著,讵料鲸骑忽返,泪洒东江。

（冯秉钧）

公权笔法,子厚文章,纵目十行书,史铸经陶隆凤望。
仲郢贤良,耆卿风雅,怆怀三阅月,山颓木坏有余悲。

（黄逢源）

去分水迹寄蚬滨,卓荦才人,方惜梓乡无福挽。
赴修文年刚学易,摧残硕彦,载歌薤露有余哀。

（陆荣光）

书生兴教育,未为能事,独是庇寒士颜,拯饥民食,难得十年如一日,可奈昊天不吊,遽丧斯文,风冷鲈乡,编纂丛残谁后起。
善人应寿考,亦属寻常,正当晋艾觞酒,歌保定诗,为君五秩祝三多,何期造物弗仁,忽摧硕果,星沉蚬水,引瞻遗挂哭先生。

（唐嵩申率子）

谊重梓桑,忆当年松笠驱车,政教更新心力瘁。
望隆山斗,叹今日龙蛇厄运,哀思空有诔歌声。

（王国光）

公望公才,数遍鲈乡有几个。
斯人斯疾,悲含蚬水不成波。

（袁金钊）

天道竟难论,听噩耗无端,追怀恩泽,当年百里同倾知己泪。

公寿何不永,幸善人有后,定卜箕裘,他日九原休繁托孤心。

（钱钧璜）

捐馆痛三冬,蚬水汤汤,眷念枌榆多建白。
卧床只七日,莘溪汩汩,伤心桑梓失仪型。

（凌家杰）

蓄道德能文章,县志家乘,从事纂修悲未竟。
景前贤奖后进,学风议案,悉心提倡属何人。

（顾锡麟）

邑乘资鸿才,轶事间商,名论时闻,惠我数缄成绝笔。
文星沉蚬水,舆情感叹,士林悼惜,诵君高谊听同声。

（梅兆鹗）

山斗重枌榆,世乱能全高尚志。
风霜厄松柏,岁寒如见后凋心。

（钱熙）

家学有渊源,酒垒棋经多绝妙。
凄风送残腊,征文考献又何人。

（陈鼎三、凌茂祥）

心迹喜双清,难得风流兼蕴藉。
亲朋尽一哭,更无魂梦到晨昏。

（沈惟堃）

弱息荷裁量,公权书法,子厚文章,家学扬芬开后进。
哲人惊萎谢,蚬水莺迁,鸿名鹊起,邻春辍相话前因。

（朱尔康率男）

修县志理学款,奔走岂为饥驱,能者多劳,乡邑内殆无余子。
捐资财任教授,培植足征心热,死而后已,学界中能有几人。

（朱清蕖率子）

养性功深,平矜释躁。

修文驾促，返璞归真。

（陶善镶）

昔年共事，攻玉攻金，更顽儿叨坐，春风略娴诗礼。
数日沉疴，成仙成佛，愿令子克承，遗泽丕振门楣。

（陶善鑅率男）

精力纵衰颓，不惮一身肩重任。
音容堪想象，定知百世颂仁人。

（张璋）

硕望重吴江，乐与梓桑担义务。
雅怀钦叔度，翻因冰雪促遐龄。

（张宝棣）

寡过比蘧贤，学有根源能自讼。
涵养同程子，品如金玉乃无瑕。

（朱絃）

婿水作寓公，君同徙宅，东江廿年，嘉树荫叨，鲍子一生知我感。
京华惊噩耗，吾正悲怀，徐稚两月，良朋歼叠，元卿三径复谁游。

（陈文湴）

至交传六世，鸿迹雪泥，彼此卷轴藏箱，向秀无非怀旧赋。
大任当九京，鹤鸣华表，往来长松古柏，郑玄终是护经神。

（诸宝镛率子）

修志未终篇，赖公多才搜轶事。
论交称莫逆，老天何故丧斯文。

（沈元鋆、谢秉中、洪虬）

一乡之善士，一国之善士。
其生也有涯，其知也无涯。

（余其锵、郁世羹）

七日负沉疴，不信风义如公，事业未终身已逝。

三冬飞急景,那堪冰霜入骨,膏肓莫挽恨靡穷。

（程鸿逵）

公乃勇于义者,即小试一邑范围因革废兴,绰有余力。
文固无如命也,只赢得两乡子女讴歌慷慨,同表遗哀。

（王文煜）

贤若蘧大夫,欲寡其过犹自讼。
才如柳公度,输纵上寿亦无瑕。

（曹承履）

喜高吟而不厕于狂,善豪饮而卒免于乱,讵知前辈风流又弱一个。
办教育则历年勿替,纂志乘则至死勿懈,似此毕生勤勉能有几人。

（朱慕家、孙天雄）

莘野托比邻,十里烟波,载道口碑称长者。
松陵开大会,连朝风雨,元宵灯火黯春城。

（顾中新）

数载订深交,毅力办公如君有几。
一朝嗟永别,修文赴召令我何堪。

（金如模）

蚬水得师资,予小子追步后尘,共事忍忘十载聚。
鲈乡留遗爱,邑人士临风挥泪,伤心岂为一方悲。

（沈增禧）

宅心仁厚,应世和平,处事公正,合政商学各界奉为楷模,试问十八市乡如公有几。
赞成庄塾,纂修家谱,规画村区,为亲族友任劳竭其恩款,孰料半百年限与世长辞。

（周礼、丁逢甲、沈增禧）

故乡望实俱崇,忍闻鹤语天寒,江上归舟谢宾客。

先子辈流向尽，又见蛇年运厄，风前掩袂哭亲知。

（费福熙同弟福炘、福焜、福燿）

忆先君晚号非翁，仿佛我公常自诮。

与哲嗣同时失怙，感怀父执各衔悲。

（曹承泰同弟）

工棋豪饮喜书，是风雅中人物。

大度热诚虚器，固尘世间丈夫。

（范铺）

多能多智并多福，和气应致祥，想前年排难解纷，愧我未酬令德。

善弈善诗兼善书，奇才偏不寿，痛此日盖棺定论，如公允称完人。

（金明远）

是文学家，是教育家，十八区校舍如林，此最人才辈出。

困于天寒，阻于地冻，六七日病魔为祟，斯诚天道难知。

（金康年、金若水）

文章宗匠，教育名家，何期雪窖冰天，报道先生竟归去。

汾北人才，河东世胄，共仰泰山斗宿，那堪噩耗忽传来。

（张元炳）

是政治家，是教育家，热血一腔心不死。

其生也荣，其没也哀，分湖卅里泪同流。

（夏麐）

自两邑合治以来，眼看百里松陵人才有几，先生又归去，遂教闻笛心伤，回车腹痛。

记双桨分湖之畔，手创一方粉社文献常留，后死复何堪，徒叹鲈乡萧瑟，蚬水凄凉。

（沈毓源、沈毓清）

为社会谋公益，为梓桑谋教育，毕世贤劳，俾分水溪边均沾化雨。

或作天上列仙，或作地下修文，霎时仙去，看鲈乡亭畔同失春风。

（沈毓藻）

生离竟死别，去年蚬水滩头，情深不尽临歧语。
白马更素车，今日鲈乡亭畔，泪潸何堪追悼来。

（许豫）

十丈撇红尘，邑有善人，胡为天不遗此老。
一乡多建白，后无来者，几疑世欲丧斯文。

（王根）

忆昔年乡董备员，政有不通，事有可疑，幸我常承前哲教。
叹今后地方多故，危厦谁支，狂澜谁挽，哭公更为众生悲。

（梅先）

立品诚无瑕，才德兼资，如此人才会有几。
任事能尽职，栋梁中折，毕生怀抱向谁开。

（费钟）

药裹犹存，兼旬病肺琴书懒。
酒星忽堕，独夜招魂风露寒。

（钱颂贤、钱颂云）

有宋朝范文正风，接物以仁敷教以德。
是吾党鲁灵光殿，生式于社殁祀于乡。

（唐鉴秋）

沧海慨横流，跨鹤空山归上界。
少微惊隐曜，啼鹃清夜哭先生。

（费公直）

风谊著鲈乡，公益贤劳负重望。
星光沉蚬水，哲人萎谢哭同声。

（朱刚）

小子幸承恩，数载因缘亲德益。
先生痛长逝，一朝风雨泣师谟。

（朱汝珏、朱汝璞）

髫龀坐春风，辨志离经资启迪。

口碑传冬日，息歌罢相益悲怀。

（肄业生王棣鄂）

记讲堂趋侍，静气平心，指陈不倦。
恨客路风霜，砭肌削骨，医治无灵。

（受业沈善鏮）

末学叹荒芜，忆曩时绛帐，春风十载蹉跎成底事。
大星惊陨落，看尔日青衫，泪雨一堂悼痛集同人。

（受业郁昌畦）

当年绛帐，趋承悦色和颜多方指示。
此日素帷，黯淡遗铅剩墨触物心伤。

（受业唐湛声、陈起东）

当年绛帐，追随常荷春风披拂。
此日穗帏，凭吊那禁泪雨滂沱。

（受业张惟智）

回首忆十载，光阴化雨，春风重叨培植。
伤心说三冬，冰雪泰山，梁木遽痛摧颓。

（学生戴树铢、戴树钧）

畴昔荷垂青，教育有方，深幸身列门墙，辱荷栽培沾化雨。
家乡多建白，艰巨独任，岂料魂归泉壤，不禁涕泪洒春风。

（受业门人吴淇）

桃李愧公门，回忆绛帐，追随教承四载。
葭莩关戚谊，那堪素帷，酹奠泪洒三冬。

（受业黄骏埏）

失学荷提撕，数载春风苏涸鲋。
老成悲凋谢，连消夜月听啼鹃。

（受业门人潘棠）

蚬水仰仪型，桃李门墙惄小子。

鲈乡挥涕泪，枌榆山斗失先生。

（受业陈洪涛、凌景坚）

马帐绝薪，传滋愧涓埃犹未报。
程门痛心，丧仰瞻山木可胜悲。

（门生朱毅）

公真叔世，英贤接物和光同柳季。
吾亦及门，弟子登堂啜泣哭林宗。

（受业门人周同生）

祚薄门衰，孤露正凄凉，凤荷栽成铭肺腑。
山颓木坏，高风今安仰，不堪痛悼裂肝肠。

（受业朱孔阳）

忆五载登堂，时向终帏瞻夫子。
痛一朝辞世，更谁青眼到狂生。

（受业王德锜）

侍程门数年，忝辱栽培，化雨春风沾教泽。
后兰亭十日，会开追悼，素车白马哭先生。

（受业朱汝昌）

一棹返江城，正雪地冰天，报道先生去也。
十年兴庄校，念山颓木坏，曷禁诸子惘然。

（受业诸纯淦）

负笈情深，念当年雪立程门，常沾化雨。
骑箕运陁，痛此日风凄马帐，空仰高山。

（受业凌耀汉）

幸邑志将成，一席占儒林先生不朽。
听薤歌唱彻，十年空树木学子何依。

（受业陈定枑）

徙宅到东江，绛帐宏开，桃李春风亲教泽。

哀涛咽蚬水,穗帏凄绝,龙蛇厄运哭先生。

(门人王德震、王德泰、王旭)

母校创始,襄赞綦劳,师座久亲,提撕不倦,精勤逾十载,道貌常存,敢忘春风频披拂。

在世五旬,犹少一禩,抱疴七日,遽厄三更,哀泣遍同人,高山安仰,空教吾党麇怀思。

(门人陈定枏、薛润琪、张宗佑、汝人羆、
王旭、程时春、王德震、沈荣生)

学校得良师,忆莺湖负笈来前,时雨春风频嘘拂。

江乡孚众望,痛蚬水骑鲸长逝,山颓木坏倍凄凉。

(学生庞民标)

母校失良师,报道先生去也。

蚬江开大会,益教小子凄然。

(门人秦国辉、秦国桢)

学款筹画,邑志纂修,公事尽贤劳,宅相凤饶经世学。

饱受风霜,独侵肺腑,医家穷善术,渭阳竟断老人肠。

(愚舅氏凌涛、凌济、凌淮)

君病只七日,君寿只五旬,溯笑语于曩时,回首不胜今昔感。

为葭莩莩光,为枌榆造福,综公私而一恸,伤心岂独舅甥情。

(愚舅氏凌澧)

葭亲缔先世,指北舍而非遥,情话缠绵已成旧梦。

刍束奠今朝,溯东江之在望,悲涛鸣咽尚有余哀。

(表弟顾珩、顾环)

遁世无闷,以永终誉。

诲人不倦,俾克有功。

(内表弟彭传瑗同弟传璪率侄、子)

愧我滥充掌校,教术学务全赖提携,凭吊而论故人,永怀随会谁归之感。

痛君忽赴修文,友谊亲情两多怅触,此去倘逢兄长,勿以薛包让产为言。

（缌服表弟徐兆鳌卒男）

维公敦古处衣冠,接人和蔼,持己谦冲,天道果何亲,乃靳一龄虚大衍。

惭我奉后生杖履,谊托葭莩,敬推桑梓,残冬婴小极,顿挥双泪哭师门。

（受业表妹婿王德钟）

兴学校,扶戚党,公私是赖,乡邑称贤,讵料星殒少微,不论亲疏同一哭。

长治事,精经义,赋性和平,待人纯挚,最痛壁留遗挂,偶瞻笑貌已千秋。

（姊婿袁锡晋）

公也兼人,为乡党宗族闲,不可少之明星,方资宏济艰难,讵料千秋自今始。

仆以至戚,附文章道义交,乃相睽于歧辙,际此倥偬南北,何堪一恸为君来。

（妹婿蔡寅）

待人和蔼,律己谨严,才学识钦佩靡涯,六七年桑梓敬恭都属松陵,幸福盖英雄所造,时势攸关,如斯毅力热心,十八区谁堪俦匹。

家国宣劳,公私交瘁,精气神销磨殆尽,一来复膏肓危亟陟传蓬岛,栖真然躯壳虽亡,事功卓著,从此令名荣誉,百千载依旧称扬。

（从妹婿王锡田率男）

为宗族亲戚排解,为乡党朋友吹嘘,邑政复与闻,此后问谁能继起。

作幼子童孙师表,作县志里乘古人,天心殊太酷,从今何处更相逢。

（内表兄朱清冀率子）

灯下敲棋,窗前校字,风义兼师友,情莫能忘,每当假返敝庐,眷念故人频东望。

　　公徐枫邑，冰阻桐川，杯酒话霜天，兴复不浅，讵料归来旬日，陡撄笃疾竟西沉。

（内表弟任传鹤、任传燕）

　　讲学逾十年，上承鹿洞规模，后进荷栽培，广被春风遍松笠。

　　追踪才二载，最惨同川冰雪，哲人遭摧萎，空怀雅谊说邢谭。

（襟弟宋绍祁）

　　江天如墨，小别千秋，并世于今亡管鲍。

　　乡国需才，又弱一个，伤心岂独是邢谭。

（襟教弟刘谦吉率男孙）

　　长才能干事，利泽及人，碑拟罗池传子厚。

　　凤慧更多文，余闲染翰，铭书玄秘比公权。

（内从兄沈塘率子孙）

　　相于垂四十年，交情有素，念平生为友朋为姻娅，实为异姓弟昆，恸哭欲陈词从何说起。

　　得病才六七日，来复无期，溯劳绩在私校在议会，复在一邑教育，衰慵偏后死自问多惭。

（愚内兄沈廷镛同弟率子侄孙）

　　相知卅载前，共事十年余，记缔好密亲卜，居同闬家国，慨沧桑往事凄凉难再溯。

　　七日累沈疴，五旬厄初度，正岁聿云暮天，不愁遗公私，益丛脞有谁商榷与施行。

（愚内兄沈廷镛、沈廷钟）

　　蚬水黎村，相违卅里，记昔年与闻邑政，君参议席，我佐簿书，阴雨绸缪频叙首。

　　茑萝松柏，忝附一枝，况两度追随庄校，分执教鞭，时陪尊酒，残冬诀别太伤心。

（内弟周岐率子内侄世勋）

吾两人宜自悼耳，痛夫家胤祚未昌，空怀田氏分荆，同母弟昆今已尽。

劝四姑勿过伤焉，看甥辈才华挺秀，争似谢庭美树，合门孝顺强为欢。

（内弟妇沈朱素华、沈梅鹤修率子女流芳、泽民、聘毅）

鲈乡弱一个人才，岂唯胜秀桥头话梓桑而呜咽。

蚬水涨三篙泪雨，剩有贞丰里畔发桃李之英华。

（表侄沈昌眉）

念贱子早废，蓼莪宅相托高门，差幸长松庇小草。

痛慈闱连摧，棣鄂衰年多阨运，忍听老泪洒重泉。

（功服外甥凌昌燧）

师又兼亲，一眶痛泪两重洒。

公而忘私，中道殒身满路悲。

（表内侄彭家模）

为经师为人师，几百辈及门桃李群荷栽培，松柏竟凋残，伤心蚬水波寒，吴江枫落。

在政界在学界，十余年尽力梓桑同声仰望，龙蛇嗟运会，回首贞丰月冷，胜秀桥孤。

（内表侄张肇甲）

为鲁仲连排难实多端，不必远征，就小子言之，会托蚍蟒，蚬水春风沾厚泽。

较蘧伯玉知非少一岁，方期眉寿，讵先生去矣，眷怀耆旧，罗池遗爱恸亲情。

（姨甥戴宝德）

雅望重梓乡，戚谊亲情，倍承眷顾。

凶音传莘野，后生小子，顿失依归。

（内侄凌昌炯、昌烨、昌烜、昌炎）

才竟虚生，狐兔悲中惟我切。

天犹可补，凤凰池上待毛丰。

（内侄沈维中率子）

受知逾子姓，凤荷栽培，厚谊感极生成，回思十载辛勤恩私未报，乘化忽归真，此后可能通梦寐。

求学别乡庐，方欣休假，良期欢承左右，讵意一江迢递噩耗惊传，抚膺徒痛哭，来迟竟已隔音容。

（内侄赵其润）

小草附乔松，两载承欢，每诵白圭资训勉。

大星沉蚬水，霎时闻耗，我瞻素旐倍凄怆。

（侄婿钱贻德）

世阀仰河东，雀射云屏，正喜朱陈方缔好。

讣书来淀北，鹤归蓬岛，陡随安羡去游仙。

（待馆甥陆明桓）

为合族任纂修宗谱，销磨四载精神，犹冀春来祭墓，面晤有期，望君更比望年切。

居贞丰因培植人才，呕吐半生心血，剧怜冰阻同川，病成不起，丧侄那如丧弟悲。

（兄堉森）

助私校育人才，热心提倡，时阅十年，几辈后生蒙厥德。

为宗族修谱牒，壹志力行，功亏一篑，继今巨任更谁肩。

（祖免侄鸣鸿）

门户叹衰微，重任谁肩，十年触起孤儿痛。

诗书惧荒落，训言在耳，一脉谁承从父恩。

（受业祖免侄绳祖）

作孤儿逾六载，未知门户艰辛，问何人残局支撑，一柱独高擎，蚧地极天，容我读书聊寄傲。

撄病魔才八日，讵料膏肓变幻，痛此际鞠凶浒降，寸心今欲碎，崩榱折栋,叫阍无路复奚言。

(降期服侄弃疾率子降功服侄孙无忌)

幛额

尚有典型(吴江周庄乡田业分会)　谷我士女(岁余保农会)

春风广被(东江女学全体)　养蒙训俗(周庄乡立国民学校全体)

多士楷模(李世由)　和惠可风(丁祖荫)

人琴俱杳(丁方毅)　典型犹在(姻愚弟杨昌沪)

哲人其萎(世愚弟费洽恩率子侄)　山颓木坏(世愚弟费玄韫、周公才、王菼)

望重枌榆(姻愚弟费树蔚率侄)　公权归去(愚弟杨文震、周积理、倪鸿孚)

望重鲈乡(姻世弟庞元润)　哲人其萎(晚余其锵、郁世羹)

典型尚在(世侄沈元鋆、钱崇礼、谢秉中、洪虬)　典型犹在(世侄费佑启、费佑成)

公不少留(世侄郁昌畦)　人堪千古(世侄朱刚、朱毅)

望重梓乡(姻愚侄费福熙同弟)　先型足式(姻侄王庆升)

绛帐风凄(门人黄成均、黄骏埏)　我将安仰(受业门人吴淇)

哲人其萎(襟弟吴曾述率子)　运厄螣蛇(内表弟彭传瑗同弟)

典型犹在(内侄凌昌炯、昌烨、昌烜、昌炎)　泰山其颓(缌服子婿陆明桓)

乡里共事述略

柳公无涯之亡,乡邑同人无不悲悼。亲友深其于邑行路,为之咨嗟,而况廷镛兄弟肺腑至亲,多年共事,一朝千古,后死者何以为情?恸哭之余,怆感积中不能自已。今月之二十六日即旧历戊午正月十六日,县志局、县教育会、县教育款产经理处诸君为公开追悼会于江城,廷镛屡病之躯不克莅会,谨由廷钟代表哀忱,并举十余年来在乡里间与公共事情形为莅会诸君子告：

公之从事教育也，始于乙巳，其时清廷方罢科举，郡邑志士始兴学会，廷镛与公亦尝奔走其间，知兴学为当务之急，会所居周庄创办元江公学，元邑经董陶慎甫、小沚两先生主其事，邀同筹办成立，并同任教科，垫捐经费。廷镛常住校经理，公亦无日不至校任课，如是者近一年。越岁丁未，廷镛兄弟另设民立小学，公益发愤奋兴捐资任课，日夕研求教育原理，一二年后学生日多。遂于己酉年改为沈氏义庄两等小学，以廷镛等三人捐资分立东江女学。溯自两校成立以来，于今十有余年，公历任国文、地理、算术义务教员，始终不少懈，上课未尝或后时，非因事出门不告假，其教学生也循循善诱，不责以强记而所授类能隅反。正课之外，或星期演讲，或年暑假补习，公必力与赞成，乐为讲贯，又定习字部规则，教学生练习各种书法，评分给奖，以鼓学生兴趣。廷镛自庚戌后游幕白门，壬癸间佐掾本邑，家居日少，甲寅归里后又复疢疾恒存，七八年中校长职务诸多旷废，公实代其劳。凡此皆公之教泽及于私校，兹校学生以及廷镛兄弟子孙所为感激嘉惠，永矢勿谖者也。戊申、己酉间，廷镛承乏教育会事，时会所趋，劝学为要，而僻处东乡，开会必至江城，调查遍及两邑，事务殷繁，函牍旁午，匡救不及，惟公是赖。清季筹办自治，分划市乡区域，周庄以元江两县交界之故，元人士主合，或且议割江界一小部分归元，江人士主分，往复数年，简书盈寸，半出公手，卒依固有境界分立定案，周庄因得列为吴江十八市乡之一。元江学校既改名"贞丰"，划出江界米捐，即以创办初等小学一所，即今之第一国民学校也。镇有瑞福庵，颓废已久，前经乡议会议决改造公所，或作校舍，公与廷钟均以为宜，曾勘估工程，并先围筑驳岸，以款绌未及兴修屋宇，此亦公未竟之志也。自乡自治成立，组织议会选任乡董，佐一切规画设施，皆公隐为主持，故绝无偭规越矩之事。自治解散后，廷钟承乏乡事，所有地方教育、警察以及农田、水利，无不咨询于公而后行。壬子、癸丑两年推广乡小学三所，开浚各圩村搂港，以资旱潦蓄泄。事前丈勘绘图，事后禀报除粮，皆公相助为理。附近乡村每届冬令恒以逃荒为患，逃荒者实江北一带游民，自称难民，以灾歉来南就食，岁岁有之。百十成群，沿村强索钱米，每村给米，自一石以至数石，洋钱或数元以至数十元，不与则盘踞不去，米谷、禾稼、稻草任意取携，自行炊食，乡人畏之如寇盗强悍者，或抗拒致两伤，酿成械斗人命重案。廷镛等目击情况，与公计议，设抚御游民会，联合各乡村订立章程，俟其至时，来镇报告，由会代请当地营泛至村弹压，即由在会各村醵资遣送出境，合多数圩村为一次资遣，其费与往常每村各给相差不可以数计，又免到村骚扰之患，以是乡人皆乐从附会，远及于莘塔、北库，此会创始于乙巳，至庚戌改名"岁余保农会"，通禀大府立案，踵行十余年，每年资遣难民四五起至十数起不等。临时醵资不及，或先由会垫应，事后向各村收集一次；资遣有余，留作下次支应，历年收支簿籍皆由公稽核掌管，厘然可考。凡此皆公之利泽及于一乡，兹乡居民所为歌颂功绩，怀思不忘者也。廷镛兄弟才识疏浅，十余年来在乡里间，经办公益事务以及私家事业，所与同患难共艰辛者，惟公一人。而今已矣，追念畴昔，拉杂书告，和泪濡墨，语不成文，诸维亮鉴至公之劳绩在于全邑者，人所共知，尤为莅会诸君所洞悉，而与廷镛兄弟数十年中邛鳖相依之亲谊私情，更言之不能尽，故不赘及。

沈廷镛、廷钟敬白

柳无涯先生慕志铭

中华民国七年一月十有七日，吾友柳君无涯疾终里第。一时识与不识，闻耗嗟悼，若丧厥荫，莫不奔走相告曰："柳君奚为弃我而逝耶？柳君逝而吾侪将何所资以行耶？"则皆哭失声，盖其长厚之德根诸天性，宽仁泛爱治于人心。仲尼所谓"遗爱"不其然欤？令嗣冀高昆弟将于明年春暮葬君东轸字围之原，以元配凌、继配沈祔礼也。先期其犹子弃疾以去病故交来属为铭，义弗敢辞。在昔吾师长洲诸先生以文章道义教授于乡，维时从之游者云集鳞萃，而君与其昆钝斋亲

炙尤久，膺高第之选，闻诸朋好。君少失怙，育于其祖莳庵先生，莳翁
耆年硕德，隆礼师儒，望之綦切，而君亦岐嶷颖发，能得亲欢，龆龄入
学，读书十行俱下，年十四试仙佛解，灵想杳渺，荷师激赏，时或其曹
有所疑难，就师解释，师辄诏君具答，了了中程，众为叹服。顾连绌于
有司，改应秋闱，几获隽矣，终铩羽归。重值忧凶，遂绝进取，伏处者
有年，戊戌十月余过周庄，始见君自胜溪来迁，未几，购宅止焉，以故
居堂曰"养树"，遂颜其所曰"嘉树"，示弗忘祖德云。当是时，中原久
丧乱，识者咸谓非育才不足救国，君既前遣其子负笈海上，而复与里
之贤者兴创学校，躬为教授，慨然有移风易俗之概。先后十余岁，成
材以百数。周庄濒东江上游，距邑治仅一舍许，而其民多衰荼，弗自
振拔，岁之既晏，流亡麇集，恒被侵扰，君独深忧之，乃与沈君屋庐、跻
庵昆季谋立保农会，以时资遗。繇是附近数十里间村落无秋毫之警，
至于今是赖，民治聿兴，百端待理，爰复与众截长补短，规其地为周庄
乡，蔚然预于吴江十八自治区域之列，说者谓非君之劳不及此。沈君
者，亦长洲门下士，而君之妇兄也，其贤而好义一如君，每有所筹策，
君无不力为之尽，故三人者恒相倚，如蛩之于距也。屋庐既时出为幕
僚，其所创学塾咸以属君，而跻庵绸缪桑梓，君亦罔弗为之擘画也。
光复后，尤以众望为邑长官倚重，若教育，若议会，若公款、公产诸事
宜，咸需君是任。君俱不以为劳，爬梳抉摘，条理井井，举凡众人之所
难，君独任之而有余，以是舆论翕然，谓事无君共有，弗济也。余自束
发受书，即有志乎文史，追侍先师，辄以后进诣君质正。前此《松陵文
集》《笠泽词征》诸辑，恒借君纵臾付之剞劂迻者，宝庆李侯以邑志相
属，君益力与赞助，天寒岁暮，冰阻长川，尊酒过从，商量至洽，方期春
融，从事铅椠，俾藏厥事，讵意别未经旬，书问方达，而君已一瞑不视
耶，悲夫！君讳慕曾，字翰臣，号巳仲，吴江人，无涯其别号也。曾祖
树芳，祖兆薰，父应墀，嗣父应奎，俱为邑通人，垂光志乘，兄钝斋讳念
曾同怀友善，有二难之目。先君卒，君既经纪其丧，属余表其墓，又扶
植其子女，久而弗懈，且益推之，以及宗亲，故君之卒也，弃疾与其人

俱哭之，恸如君之于其兄也。乌乎！是可以觇君之内行矣。君生清同治八年正月四日，春秋五十，娶凌及沈，今为周氏，子冀高、景高，女双圆、双同，孙惠礽，系以铭曰：

> 灵符初展灵椿苦，鹓巢翻覆遗双雏。贻谋燕翼何勤劬，皤然一老同慈乌。崭然头角孤不孤，兰芽秀苗腾令誉。能弈善饮且伟躯，英迈突过高阳徒。覃精萧选通许书，尤穷天算兼舆图。少年述作未足诔，盛德有口碑载途。知非学易厥岁符，能自讼者奚遽殂。生也有涯瑕则无，我铭非惭人其模。

同邑陈去病撰文，沈维中书丹，湘乡李涤篆盖

先考巳仲府君行略

府君姓柳氏，讳慕曾，字幼卿，一字翰臣，号巳仲，晚署自讼，别号了庵，一称无瑕，亦曰无涯。江苏吴江县人。先世家浙东慈溪祝家渡，明季，春江府君始来迁邑之东村。三传至心园府君，自东村迁北舍。又三传至杏传府君讳学洙，自北舍迁大港。又一传至逊村府君讳琇，复自大港迁胜溪。行谊详顾先生剑锋《家传》、沈先生云巢《墓志》、姚先生春木《墓表》，列《江震人物续志·节义传》。逊村府君三子，季古楂府君讳树芳，配沈太孺人，继配顾太孺人。行谊详姚先生春木《生传》，沈先生南一《墓志》，顾先生访溪、董先生梦兰《诔文》，列《吴江县续志·文苑传》。诗文采入郭先生频伽《灵芬馆诗话》、陈先生讱庵《寿松堂诗话》、陆先生雪亭《松陵诗征续编》、凌先生退庵《松陵文录》，是为府君曾祖。古楂府君二子，次莳庵府君讳兆薰，配邱太孺人。行谊详章先生式之《墓表》，诗词采入陈先生讱庵《寿松堂诗话》、陈先生巢南《笠泽词征》，是为府君皇祖。莳庵府君二子，长笠云府君讳应墀，配凌太孺人。行谊详族祖韬庐先生《家传》、熊先生含斋《墓志》、李先生匏斋《哀辞》，列《吴江县续志·文苑传》；文采入凌先生退庵《松陵文录》，是为府君本生考。次芝卿府君应奎，配凌太孺

人。行谊详李先生匏斋《哀辞》,是为府君嗣考。

　　府君承积德累义之后,赋性仁孝。天资尤英挺,读书十行俱下,意度廓如也。初,逊村府君仲子秀山府君讳毓芳无子,以古楂府君长子起亭府君讳兆青为后,起亭府君亦无子,以笠云府君为后。笠云府君二子,长伯考钝斋府君讳念曾,次即府君。而芝卿府君年十八,以咯血疾卒,莳庵府君哭之恸,乃以府君归后小宗。未几,笠云府君又早世。莳庵府君既连丧二子,则望府君昆季成名甚亟。先后延吴先生少松、诸先生杏庐及祖母舅凌退庵先生、族祖韬庐先生,课府君暨伯考读学,骎骎益进,才名雀起。年十九,先妣凌孺人来归。先是莳庵府君既为府君援例纳粟,以中书科中书注选籍。岁戊子,复促应秋试,一击不中。是冬不孝冀高生,先批凌孺人以产后遭疾卒,府君素敦伉俪谊,痛悼过情。越二岁庚寅冬,莳庵府君弃养。府君以承重与伯考共治丧葬,哀毁尽礼。迨服阕,复赴癸巳秋闱,冀得一当以副先人期望。几获隽矣,终铩羽归。凌孺人之丧也,府君誓勿再娶,赋诗言志,有"空山迈往"之语。会曾祖妣邱太孺人年高,本生祖妣凌太孺人复多病,咸以中馈为忧,累促之,乃以是冬续娶先继妣沈孺人焉。翌三岁丙申,凌太孺人弃养。明岁丁酉,邱太孺人复弃养。两年再丧,府君哀毁逾恒,而迁徙之议以起。

　　初,吾家自逊村府君以降,聚族居胜溪。溪在分湖之滨,清政不纲,崔蒲四起,乡居者悠焉忧之。至是族人又感讹言,谓宅妖为祟,纷纭趋避。伯考既赁庑禊湖,府君亦移家周庄,时戊戌冬十月也。寻购置第宅,颜其厅事曰"嘉树堂",盖毋忘逊村府君养树名堂之意云。岁己亥,不孝景高生。明岁庚子,先继妣沈孺人卒,府君哀之如丧凌孺人时。越三岁癸卯,乃再续娶我母周孺人。

　　当府君少时,我家鼎盛,莳庵府君以名德称一乡。老而弥健,门内之政,一不以相委。故府君得专意读书,有志于名山著述之业。弱冠以往,家难梦如,再赋悼亡,三罹大故,神伤境厄,侘傺无聊。及周孺人来嫔,已复为不孝冀高娶妇室,家始稍稍安定,无内顾忧。

会舅氏沈扆庐、跻庵两先生亦迁寓周庄,感激时变,知非育才不足以救国,始与镇人士陶先生慎甫、小泚,沈先生仲眉诸公,创办元江公学。府君亦捐资任教课,从事年余。丁未春,两舅氏别创民立小学,嗣扩为沈氏义庄两等小学,又分立东江女学,慨然有移风易俗之想。府君更发愤兴起,力赞其成。既任捐输,复资教授,疲精殚虑,致力尤勤,盖十余年如一日焉。

周庄去县治东约四十里,其地夙为元和、吴江分界之区。而人文蔚起,以占籍首邑者为多。我邑则自费氏以武略起家外,几有人材寥落之叹。逮府君与两舅氏以寓公莅止,苦心擘画,文化始启。厥后推行地方自治,得列为全县十八市乡之一,说者谓筚路蓝缕,微府君与两舅氏之功弗及此云。

时江淮以北,岁有偏灾,每值冬令,饥民南来就食,百十成群。其人类多桀黠,所至乡村,每苦骚扰,或至抗拒两伤。府君复与同镇诸公及两舅氏创办抚御游民会,与各村联合订章,俟其至时醵资遣送,由会请本地营泛为之弹压出境。寻改名岁余保农会,通禀行政长官立案。乡村乐从附会者,及于莘塔、北舍诸区。每岁资遣饥民必十数起,行之十余年,未尝少懈,乡人咸利赖之。初,邑人士有教育会、劝学所之设,岁时会集,府君奔走,将事维谨。及共和肇建,集县议会于江城。府君以众望所归,被举为议员,旋任财政审查,其与闻邑政之劳,盖自此始。

府君心气和平,议论精密,长于衡量事机,钩距变幻。每一事之来,一议之兴,往往片言力断,洞见中边,百不失一。而待人接物尤谦恭自下,不激不随,虽意气豪纵者见之,辄退然沮废。十年以来,望实俱崇,有由然也。会政潮激荡,议会及自治机关先后摧折。爰有县教育款产经理处之建,众议属府君与费先生孟良、黄先生仲玉董其事,府君辞弗获。费君于府君为年家子,黄君齿较尊,并以府君综核才长,凡事一听府君主持,历任长官尤倚之如左右手。故全邑学校经费每月支放,府君恒独任其劳,学风丕振,舆诵翕然。

我邑建治始自吴越钱氏,清初析置震泽,沈先生果堂曾撰两邑县志。其后,吴江续志成于熊先生含斋,震泽独缺焉未修。入民国,两邑复合为一,事变既繁,而先老凋谢,文献无征,府君尝引以为念。值邑侯邵阳李公暾庐下车,首创重修之议,遂设县志局城中,府君复被推就会计主任,规画周至。经理处为义务职,志局故有俸给,府君初亦力却弗受,嗣以众议规定,乃拟储助他年剞劂之资,其一介不苟如此。讵意汗青无日,而府君竟不及待耶?呜呼痛哉!不孝冀高之授室也在戊申。越四岁壬子,生长男惠礽,又四岁丙辰,生次男福礽。府君喜得再抱孙,恒顾而乐之。盖我宗族大而丁衰,充闾亢宗不能不属望于后起也。顾明年丁巳春,福礽遽遘疾殇,府君怆感甚,意若有不自释者。

府君生而赋禀强固,伟躯干健,饮啖有河朔壮士风。弱冠后罹痈疽几殆,延名医治之,幸获疗愈,而元气已伤。重以忧患洊臻,元精销铄,受病盖由此始矣。近岁得肺疾,晨起盥漱,涕唾盈器,不孝辈恒忧之。以公私交集,迄未暇就医而早作晏息。任事孳孳弗休,精力犹弥满,亦终弗信其非寿征也。既兼数职,奔走城乡,月不得息,虽祁寒祁暑无间,况瘁尤甚。是岁仲冬,复以事赴江城,归途阻冰同川旬日。值新历已改,岁为民国七年,至一月六日始旋里,仍莅校授课如恒。九日晚自校归,偶撄小疴,犹强自支持。讵历七昼夜,寒热弗解,气上逆,痰格格不得吐。谒医祈药悉无效,至十六日夜半,竟弃不孝辈而长逝矣。撒手归真,遽一瞑而不视,抢地呼天,虽百身其奚赎?呜呼痛哉!呜呼痛哉!

府君天性宽厚纯挚,无疾言遽色,事凌太孺人以孝闻。太孺人晚岁多病,扶持搔抑非府君弗欢。与伯考友于尤笃,自遭播迁,音书往复,日以为常。壬子夏,伯考以时疾殁,府君哭之恸,久而弗忘。从兄弃疾,读书不问外事,绸缪阴雨,繄维府君是赖。又为伯考营葬,遣嫁从妹,百废具举,未尝言劳。盖府君抚从兄犹子,而从兄亦尊礼府君,音书往复,无异伯考生时也。

府君女兄弟二人，归蔡氏姑母早世。归凌氏姑母守节抚嗣孤，数十年与府君蛩駏相依，偶遭艰巨，必共商榷，视昔贤燃须之风，殆无愧焉。族父瑞叔府君讳受璜暨配族母凌孺人，先后谢世，遗寡妾孤女。府君为匡扶料理，劳怨弗辞。小轩、凤仪两族父暨族兄炳纶、族弟绳祖，咸以府君为依归，鸰原急难，奋身相从。旁逮疏宗远族，亦有求无弗应者。吾家宗谱创始于古楂府君，重修于莳庵府君，迄今几四十年。当伯考生时，尝有志纂述，府君益矢竣厥功，草创未成，鞠凶遽降。呜呼痛哉！

春江府君以降，茔兆旧有祭田，供寒食扫墓之需。年来百物腾贵，费渐不支，府君创议扩充，尚未有成约。斯二事者，尤不孝辈所愿，与伯叔昆弟黾勉以图其成，庶稍慰府君在天之灵于万一者也。平生俭于自奉，而奖借寒微不遗余力。于亲友子弟之聪慧者，尤喜助之就学，虽费巨资毋吝。下逮村农市贩、臧获媪妪，苟以急难相告，靡弗使满意以去。故其殁也，会吊者多痛哭失声。呜呼！可以知府君之为人矣。

府君早岁能诗文，跌宕名场。尤豪于饮，床下藏越酒数坛，每更阑人静，则泼醅独酌，有酬云邀月之概。前辈吴先生望云、任先生晼香，恒招与共饮，呼为小酒友。又尝著一书，名曰《无奇不有》，其风趣如此。于群籍无所弗窥，治许书萧选最精。尝学医于李先生匏斋，学书于姚先生凤生，学弈于凌先生退庵，咸称高第弟子。而天算舆地之学，尤能不假师传独窥奥秘，倘所谓生而知之者欤。不孝辈梼昧无似，骤罹大故，神智索然，将何以绍述遗徽表扬先德耶？呜呼痛哉！呜呼痛哉！

府君生中华民国纪元前四十三年二月十四日寅时，即清同治八年己巳正月四日，卒民国七年一月十七日丑时，即旧历丁巳十二月五日，从新纪元计，享年五十岁。配先妣凌孺人，雨亭公讳澍女；继配先继妣沈孺人，飚生公讳中坚女；再继配我母周孺人，淑君公讳仪表女。子二：长不孝冀高，凌孺人出，娶王氏，立夫公讳群鹤女；次不孝景高，沈孺人出。女三：长殇；次双圆，字同邑陆明恒，俱沈孺人出；季双同，未字，周孺人出。孙二：长惠礽；次福礽，殇。不孝辈将以八年某月日，奉府君枢附葬于本邑二十九都东轸圩莳庵府君茔兆之穆位，而铭幽之文未具。用是抔心泣血追次大略，冀当世先生长者以道德文章阐幽显微为己任者闵焉，而表其隧，则不孝辈世世子孙感且弗朽矣！

不孝冀高、景高谨述

附录二:柳慕曾诗^①

夜不成寐枕上赋此

几多美景付东流,好梦还时万念休。
但保坚贞同铁石,莫因毁誉乱薰莸。
尘缘已尽何难绝,仙境非遥未忍求。
此后一心别无恋,堂前垂荫渐深秋。

秋夜怀骚庐

独对花前月影丛,无边离绪动秋风。
一轮缺处有时满,孤凤西飞不复东。
枉入红尘嗟薄福,谁垂青眼识愚衷。
天涯幸有同心者,来慰余情梦寐中。

有　感

凄风凄雨预重阳,秋士逢秋更断肠。
强作欢颜斗谐谑,转因笑语动悲凉。
当年艳福今何在,一缕亲情半未忘。
自顾此身无位置,下难尘俗上仙乡。

---

① 辑自柳亚子编《分湖诗钞》,江苏人民出版社 2009 年版,第 294—
295 页。

读《聊斋志异·香玉篇》叠韵四绝,因用其韵书感

多少离鸾恨,凄凉对晓窗。
良缘浅复浅,梦里不成双。

孤雁,叠前韵

阵雁排空过,哀鸣独绕窗。
自怜孤影瘦,难逐一双双。

怀骚庐

故人思不见,万绪集三更。
展卷心弥骋,依衾梦岂成。
泪随檐雨滴,悲假草虫鸣。
独自挑灯坐,惟当念远行①。

---

① 原注:时君客海上。

《中国近现代稀见史料丛刊》已出书目

第一辑

莫友芝日记　　　　　　　　　徐兆玮杂著七种
汪荣宝日记　　　　　　　　　白雨斋诗话
翁曾翰日记　　　　　　　　　俞樾函札辑证
邓华熙日记　　　　　　　　　清民两代金石书画史
贺葆真日记　　　　　　　　　扶桑十旬记(外三种)

第二辑

翁斌孙日记　　　　　　　　　翁同爵家书系年考
张佩纶日记　　　　　　　　　张祥河奏折
吴兔床日记　　　　　　　　　爱日精庐文稿
赵元成日记(外一种)　　　　　沈信卿先生文集
1934—1935中缅边界调查日记　联语粹编
十八国游历日记　　　　　　　近代珍稀集句诗文集
潘德舆家书与日记(外四种)

第三辑

孟宪彝日记　　　　　　　　　吴大澂书信四种
潘道根日记　　　　　　　　　赵尊岳集
蟫庐日记(外五种)　　　　　　贺培新集
王癸避难日志　辛卯年日记　　珠泉草庐师友录　珠泉草庐文录
嘉业堂藏书日记抄　　　　　　校辑民权素诗话廿一种

第四辑

江瀚日记　　　　　　　　　　王承传日记
英轺日记两种　　　　　　　　唐烜日记
胡嗣瑗日记　　　　　　　　　王锺霖日记(外一种)
王振声日记　　　　　　　　　翁同龢家书诠释
黄秉义日记　　　　　　　　　甲午日本汉诗选录
粟奉之日记　　　　　　　　　达亭老人遗稿